鲁迅

和他的周边

古耜\著

中国言实出版社

图书在版编目（CIP）数据

鲁迅和他的周边 / 古耜著 . -- 北京：中国言实出
版社，2016.4
ISBN 978-7-5171-1857-2

Ⅰ. ①鲁… Ⅱ. ①古… Ⅲ. ①鲁迅研究
Ⅳ. ① I210

中国版本图书馆 CIP 数据核字（2016）第 083923 号

出 版 人：王昕朋
责任编辑：史会美
文字编辑：何　勋
封面设计：徐　晴

出版发行　**中国言实出版社**
　　　　　地　址：北京市朝阳区北苑路 180 号加利大厦 5 号楼 105 室
　　　　　邮　编：100101
　　　　　编辑部：北京市海淀区北太平庄路甲 1 号
　　　　　邮　编：100037
　　　　　电　话：64924853（总编室）　64924716（发行部）
　　　　　网　址：www.zgyscbs.cn
　　　　　E-mail：zgyscbs@263.net
经　　销　新华书店
印　　刷　阳谷毕升印务有限公司
版　　次　2016 年 6 月第 1 版　　2022 年 1 月第 2 次印刷
规　　格　710 毫米 ×1000 毫米　1/16　14.25 印张
字　　数　216 千字
定　　价　40.00 元　　ISBN 978-7-5171-1857-2

鲁迅当年的中国梦

（代序）

一

20世纪20年代前期至中期，随着"五四"新文化运动的退潮和《新青年》团体的分化，鲁迅的内心又一次被无量的寂寞、悲哀、迷惘、犹疑等负面情绪所袭扰、所纠缠。对此，鲁迅并不讳言，而是将其真实而坦诚地披露于笔端。在完成于1924年9月24日的《野草·影的告别》里，作家就让自己的深层意念化作"影"子，留下了痛苦的告白："我将向黑暗里彷徨于无地。你还想我的赠品。我能献你甚么呢？无已，则仍是黑暗和虚空而已。"而在这一天夜间，鲁迅给自己的学生李秉中写去一信，其中同样表达了深切的自忧：

> 我自己总觉得我的灵魂里有毒气和鬼气，我极憎恶他，想除去他，而不能。我虽然竭力遮蔽着，总还恐怕传染给别人，我之所以对于和我往来较多的人有时不免觉得悲哀者以此。

诸如此类的思绪和言说，在鲁迅这一时期的著作，如《彷徨》《野草》和《两地书》中不时出现。可以这样说，"黑暗和虚空"、"毒气和鬼气"一度构成鲁迅极为重要的心灵色调。

然而，鲁迅同时又意识到，无论"黑暗、虚无"，还是"毒气、鬼气"，毕竟只是个人内心的一种感受和体验，它终究无法获得生活客体的验证，即所谓："我终于不能证实：惟黑暗与虚无乃是实有。"（《两地书·四》）正因为如此，这黑暗和虚无也就可以被质疑、被诘问、被反拨。也正是沿着这样的思路，一向关注生命奥义和精神质量的鲁迅，毅然选择了向黑暗和虚无"作绝望的抗战"——他正视黑暗的存在，却执意"与黑暗捣乱"；他承认绝望的深重，却硬是要"反抗绝望"。这时，一度"彷徨于无地"的鲁迅，便重新置身于现实的大地和苦难的人间，他依旧是以笔为旗，同时又"抉心自食"的精神界之战士。

应当看到，鲁迅进行的"绝望的抗战"，承载着异常丰富的精神密码和情感内涵。一方面，鲁迅的反抗绝望是以自身为战场、为武器，即所谓："我只得由我来肉薄这空虚中的暗夜了，纵使寻不到身外的青春，也总得自己来一掷我身中的迟暮。"（《野草·希望》）因此，鲁迅的抗战回荡着"我独自远行"，"只有我被黑暗沉没"的果决与悲壮，呈现出一种以血肉之躯，拼光虚无、耗尽暗夜，不惜与之同归于尽的献身气概；一种"自己背着因袭的重担，肩住了黑暗的闸门，放他们到宽阔光明的地方去"（《我们现在怎样做父亲》）的牺牲精神。另一方面，面对黑暗与绝望，鲁迅之所以能够实施"予及汝偕亡"式的反抗，是因为在他的内心深处，还有一种比黑暗和绝望更为强大的精神力量，这就是至迟在1906年再度赴日时便已形成，继而在"五四"运动中强力喷发，后来虽然被黑暗和绝望所压抑，但依旧不曾泯灭的对中国的希望。正所谓："绝望之为虚妄，正与希望相同。"（《野草·希望》）而这种对中国的希望，也就是属于鲁迅的中国梦。正因为如此，我们可以说：是作为鲁迅精神底色的对中国的梦想，支撑了他与黑暗和绝望的殊死搏战。

二

既然对未来中国的梦想是鲁迅的精神柱石，那么，鲁迅的这种梦想又包括哪些内容？或者说在鲁迅的心目中，未来的、理想的中国应该是什么样子？关于这点，鲁迅虽然没有进行专门的、集中的阐述，但在一些作品中，还是留下了若干重要的、精辟的，且不乏内在联系的观点或意见，值得我们作细致梳理和深入考察。

首先，在鲁迅看来，中华民族虽有过昔日的雄大与辉煌，但近代以降却陷入了落后和怯弱的窘境。在这种情况下，"中国人"要想不被从"世界人"中挤出，就必须绝地奋发，实施变革与图强。在写于1917年的《文化偏至论》中，鲁迅明言：

> 此所为明哲之士，必洞达世界之大势，权衡校量，去其偏颇，得其神明，施之国中，翕合无间。外之既不后于世界之思潮，内之仍弗失固有之血脉，取今复古，别立新宗，人生意义，致之深邃，则国人之自觉至，个性张，沙聚之邦，由是转为人国。

这里，鲁迅不仅强调了国人自当直面时代潮流，努力变革重生的重要性和紧迫感；而且指出了在此过程中，"明哲之士"所应当遵循的基本原则和达到的最终目的：兼顾"思潮"之世界性与"血脉"之民族性，在双向鉴别、扬弃与整合的基础上，在"取今"之创造性和"复古"之根基性的动态过程中，建设具有崭新质地与沛然活力的国家文化与民族风貌，进而屹立于世界东方。这种立足现代、超越中西的文化主张，贯穿了鲁迅一生。1927年，他曾将这一主张化作对美术家陶元庆的评价："他并非'之乎者也'，因为用的是新的形和新的色；而又不是'Yes''No'，因为他究竟是中国人。所以，用密达尺来量，是不对的，但也不能用什么汉朝的虑傂尺或清朝的营造尺，因为他又已经是现今的人。"（《当陶元庆君的绘画展览时》）五年后，鲁迅为一位青年作家的论著撰写题记，又将这一主张概括表述为："纵观古今，横览欧亚，撷华夏之古言，取英美之新说。"（《题记一篇》）应当承认，鲁迅对国家变革的疾声呼唤，以及就此提出的中西合璧，复合鼎新的设想与主张，不仅超越了那个时代所流行的体用之学，构成了一种真正的精英意识，即使在全球化愈演愈烈的当下，仍然不乏显见的启示意义和借鉴价值。

在描绘国家和民族变革之路与未来前景的同时，鲁迅启动中国传统文化一向阙如的"个"与"己"的观念，就个体生命该怎样活着的问题，也发表了重要看法。在写于1918年的《我之节烈观》中，鲁迅先是无情鞭挞了那些"古人模模糊糊传下来的道理"和"无主名无意识的杀人团"，然后一再发愿：

要自己和别人，都纯洁聪明勇猛向上。要除去虚伪的脸谱。要除去世上害己害人的昏迷和强暴。

要除去于人生毫无意义的苦痛。要除去制造并赏玩别人苦痛的昏迷和强暴。

要人类都受正当的幸福。

而在稍后的《我们现在怎样做父亲》中，鲁迅更是将自己发愿的内容，概括为具有精神本原意味的生命箴言。这就是："幸福的度日，合理的做人。"

那么，"做人"怎样才算"合理"？对此，鲁迅同样以作家特有的话语方式，留下了一系列不是诠释的诠释。即所谓：中国人"在现今的世界上，协同生长，挣一地位，即须有相当的进步的智识，道德，品格，思想，才能够站得住脚"（《随感录三十六》）。亦所谓："今之所贵所望，在有不和众嚣，独具我见之士，洞瞩幽隐，评骘文明，弗与妄惑者同其是非，惟向所信是诣。"（《破恶声论》）又所谓："盖惟声发自心，朕归于我，而人始自有己；人各有己，而群之大觉近矣。"（《破恶声论》）又所谓：人生在世应有从容玩味的"余裕心"和"格外的兴趣"，因为"人们到了失去余裕心，或不自觉地满抱了不留余地心时，这民族的将来恐怕就可虑"（《忽然想到·二》）。云云。若将所有这些换一种要而言之或笼而统之的说法，庶几就是鲁迅所倡言的：人要有"天马行空似的大精神"（《苦闷的象征·引言》）。要"致人性于全，不使之偏倚"（《科学史教篇》）。显然，鲁迅对个体生命的理解、设计与期盼，包含了鲜明而充分的现代元素，具有很强的前瞻性与穿越性，因而足以成为国人常读常新的精神资源。

三

1926年，鲁迅出版小说集《彷徨》。在该书的扉页，鲁迅引录了屈原的诗句"路漫漫其修远兮，吾将上下而求索"，以此表达自己不避险远，寻路前行的心志。对于这一举动，天性幽默放达的鲁迅，后来虽曾以"这大口竟夸得无影无踪"（《自选集·自序》）加以自嘲，然而事实上，编织着心中的梦想，呼唤着"你来你来！明白的梦"（《梦》），朝着于"蒙眬中"看见的"好的故事"，即自己认定的理想境界，执着迈进，顽强跋涉，确实构成了鲁迅最重要和最持久的生命线索。这当中不是没有"梦醒了无路可以走"的痛苦与焦虑，但在摆脱这些之后，他的选择仍然是"梦着将来，而致力于达到这一种将来的现在"（《听说梦》）。这就是说，立足当下，走向未来，是鲁迅最基本的人生姿态。

既然是朝着未来和梦想前行，那么必须解决路径或方略问题。正是在这一维度上，鲁迅提出了影响深远的由"立人"而"立国"的主张。还是在《文化偏至论》里，鲁迅一再申明：

> 诚若为今立计，所当稽求既往，相度方来，掊物质而张灵明，任个人而排众数。人既发扬踔厉矣，则邦国亦以兴起。
>
> 是故将生存两间，角逐列国是务，其首在立人，人立而后凡事举；若其道术，乃必尊个性而张精神。

从鲁迅提出"立人"迄今，一个多世纪过去了。这期间，中国的历史条件和社会性质不断发生着巨大而深刻的变化，只是所有这些，都不曾消解或减弱"立人"的声音；相反，它凭借自身特有的丰腴而旷远的思想内涵，通过与不同历史语境的对话或潜对话，实现着意义的深化与增值，进而成为一个历久弥新的"说不尽的"话题，值得我们深入思考和深切体悟。

第一，鲁迅所说的"立人"，强调人格的独立自主和全面发展，反对人性的萎靡、扭曲与异化，体现了对理想人性和强健人格的文化关怀。中国传统的儒家文化一向注重"学以成人"，一部《论语》就是一部"成人"之书。然而，儒家的"成人"贯穿的是"仁学"思路。即所谓"克己复礼为仁"。这种以"希贤希圣"，培养君子为目标的"成人"思路，当然具有修身养气，见贤思齐，净化人心的道德力量；然而，一种根本上的"吾从周"、向后看的姿态，以及由此衍生的"三纲"等，又决定了它必然包含观念上的封闭性、保守性、等级性和强制性，以致难免酿出抹杀个性、扭曲人性的苦果。鲁迅的"立人"与之迥然不同。它立足全新的历史条件，直面剧变的时代潮流，倡导国人在珍视个体生命价值的基础上，破除一切陈旧落后的观念束缚，以坚毅和热情的态度，谋求生存权利，注重生命质量，"能做事的做事，能发声的发声。有一分热，发一分光"，在"只是向上走"的过程中，实现健康人性的自由发展。正所谓"一要生存，二要温饱，三要发展。有敢来阻碍这三事者，无论是谁，我们都反抗他，扑灭他！"（《北京通信》）而在生命前进的过程中，国人又要保持清醒头脑，把握适度原则，警惕生命异化。即："所谓生存，并不是苟活；所谓温饱，并不是奢侈；所谓发展，也不是放纵。"这样的立人主张对于正在经历着多重挑战的现代人来说，无疑仍有显见的精神鉴照意义。

第二，鲁迅所说的"立人"，包含了改造与重构国民性的意愿，这一意愿迄今尚不能说完全实现，因此"立人"的主张仍有现实意义。1925年3月31日，鲁迅在致许广平的信中写道："说起民元的事来，那时确是光明得多……一到二年二次革命失败之后，即渐渐坏下去，坏而又坏，遂成了现在的情形……使奴才主持家政，那里会有好样子。最初的革命是排满，容易做到的，其次的改革是要国民革自己的坏根性，于是就不肯了。所以此后最要紧的是改革国民性，否则，无论是专制，是共和，是什么什么，招牌虽换，货色照旧，全不行的。"（《两地书·八》）这段话告诉我们，当年鲁迅之所以主张"首在立人"，是因为他发现，国民身上存在的一些陈腐恶劣的根性，已成为社会变革与进步的严重障碍和深层阻力。如不加以改造，"立国"便没有希望。从那时到现在，时光走过一百多年。随着国家强大和国运昌盛，国人的精神面貌无疑发生了深刻变化，但改造国民性中负面因素的任务，却很难说已经完成。君不见，这些年来社会上每见的物质主义、享乐主义、官僚主义、犬儒主义以及精神涣散、道德滑坡等，大都与本民族由来已久的精神病灶相关联，而一些人在日常生活和公共领域表现出的行为举止的种种不堪，更是直接暴露出国人尚未彻底摆脱的思想与文化贫困。在这种情境下，鲁迅的"立人"主张，便呈现出跨越时空的针对性和生命力，进而成为当代人与时俱进的生命实践。

第三，鲁迅所说的"立人"，着眼于绝大多数人的精神质变与人格提升，着眼于民魂的淬炼与群声的大觉，实际上是抓住了社会发展的核心元素和历史前行的根本动力。尽管鲁迅不满于当时的国民精神现状，忧患于"庸众"的昏聩与落后，但他并没有因此而陷入思想上的悲观主义和虚无主义，相反，在同无边黑暗的持久搏战中，他越来越意识到民众的力量以及其推动历史前进的重要作用。正所谓："多数的力量是伟大，要紧的，有志于改革者倘不深知民众的心，设法利导，改进，则无论怎样的高文宏议，浪漫古典，都和他们无干，仅止于几个人在书房中互相赞赏，得些自己满足。"（《习惯与改革》）而他所主张的"立人"恰恰是要关注"多数的力量"和"民众的心"。也就是说，要从整体上改变国人的精神，重铸民族的灵魂。这当中包含的积极意义，正如王富仁的精辟阐释："当时中国是四亿五千万人的大国，政府官僚和精英知识分子最多也只有几万、几十万，那么，剩下的那四亿四千多万的民众就与中国现当代历史的发展无关了吗？就只能消极地跟着这些政府官僚和少数精英知识分子跑了吗？这些政府官僚和少数精英知识分子就一定能够将他们带到光明的地方去吗？如果万一没有将他们带到那样的地方去，怎么办呢？……只要意识到这一点，我们就不难理解，为什么青年鲁迅并不满足于当时洋务派富国强兵的计划和改良派、革命派革新政治制度的主张，而另外强调'立人'的重要性了。"（《中国需要鲁迅》）由此可见，鲁迅倡导的"立人"，说到底是为了让"沉默的大多数"在实现了精神质变之后，自觉参与国家的建设和社会的改造，进而成为历史的主人。必须看到，鲁迅的构想和期待，实际上体现了人与历史共同发展的大目标和大向度。

四

有一种观点认为：鲁迅极度憎恶，也极度失望于自身所处的社会政治状况，这导致了他对社会政治体制和权力关系抱有很深的怀疑和成见，同时也决定了他在朝着自己认定的国家和民族梦想探索前行时，很自然地放弃了革新政治制度的路径，而选择了思想文化批判与改造的向度。这样的说法看似有些道理，但一旦对照鲁迅的整体人生，即可发现它的以偏概全。

　　诚然，作为作家和学人的鲁迅，在敞开自己的国家情怀时，确实把思想文化的批判与改造放在了首位，然而，这并不意味着他会因此而否定社会变革中的政治因素。事实上，鲁迅明确意识到，在当时的历史和国情条件下，要实现社会变革，政治的力量不可或缺；而作为极致性政治手段的革命战争，对于推动社会变革更是具有最直接和最有效的作用。唯其如此，他在题为《革命时代的文学》的演讲中明言："中国现在的社会情状，只有实地革命战争，一首诗吓不走孙传芳，一炮就把孙传芳轰走了。"与此同时，鲁迅还认为，即使做学问，搞研究，也不能说和政治无关。在 1926 年10 月 20 日致许广平的信里，鲁迅写道："现在我最恨什么'学者只讲学问，不问派别'这些话，假如研究造炮的学者，将不问是蒋介石，是吴佩孚，都为之造么？"显然，在鲁迅眼里，学者从事研究工作，同样无法摆脱政治立场的潜在制约，因此，也应当考虑社会的正义与进步。尽管这封信在《两地书》正式出版时，被鲁迅抽掉了，但它传递的鲁迅的思想观点却不会有错。

　　正因为鲁迅意识到政治因素对于社会变革的重要作用，所以，在大革命失败后，他就开始重新打量中国社会的政治格局与政治力量。这时，国民党集团的疯狂杀人，把鲁迅的同情推到了被屠杀的共产党人一边；而"革命文学家"极左性质的围攻，又促使鲁迅开始认真阅读马克思主义文艺理论著作，即"从别国里窃得火来……煮自己的肉"。接下来，在反抗黑暗，呼唤光明的文化斗争中，鲁迅被尊为左翼作家的领袖和旗帜；而同党的文化工作领导者如瞿秋白、冯雪峰的亲密交往，又使鲁迅收获了友谊的浸润与人格的激赏。还有来自十月革命后俄国的信息，如"煤油和麦子的输出，竟弄得资本主义文明国的人们那么骇怕"，"几万万的群众自己做了支配自己命运的人"，以及苏维埃领袖多次声明，愿意放弃沙俄时代的在华特权等，更是让鲁迅看到了人类社会的另一番风景，斯时的鲁迅，已自觉汇入了中国共产党领导下的人民民主革命的洪流。

　　毋庸讳言，对于鲁迅晚年的选择，近年来不时有批评和否定的声音出现。我尊重这些学人的见解，但又发现，这些产生于后革命时代的见解，在谈论鲁迅革命时代的政治态度时，常常因为语境的隔膜或观念的错位，而难免陷入或主观妄断，或郢书燕说的误区，以致扭曲和遮蔽了历史的本真。而要避免这种情况，切实做到正确理解和客观评价鲁迅晚年的选择，一条有效的路径应当是：以唯物史观为引领，重返八十多年前的民国现场，看看鲁迅究竟是依据什么而站到了中国共产党人一边。而在这一维度上，至少有三点显而易见：

第一，与"立人"的主张相联系，中年之后的鲁迅越发关注大多数普通民众的社会境遇和精神生态，正如他在生命最后时段所重申的："外面进行着的夜，无穷的远方，无数的人们，都和我有关。"（《"这也是生活"……》）为此，他一面倾听地火的奔突，一面呼唤那些埋头苦干、拼命硬干、为民请命的"民族的脊梁"。而这在当时的中国，更多集中于共产党人身上。于是，鲁迅将共产党人——"那切切实实，足踏在地上，为着现在中国人的生存而流血奋斗者……引为同志"（《答托洛斯基派的信》）。

第二，"风雨如磐暗故园"，"雾塞苍天百卉殚"（鲁迅诗句），对于中国社会存在的种种黑暗，鲁迅自有深刻的体认和强烈的忧患。从这种体认和忧患出发，鲁迅一生不但同黑暗展开了坚决而持久的斗争，而且把如何对待这黑暗，当成衡量一切政治力量进步与反动的重要尺度，进而决定自己是拥护或反对。据许寿裳回忆，鲁迅生前曾多次表达过这样的意见："我所抨击的是社会上的种种黑暗，不是专对国民党，这黑暗的根源，有远在一二千年前的，也有在几百年，几十年前的，不过国民党执政以来，还没有把它根绝罢了。现在他们不许我开口，好像他们决计要包庇上下几千年一切黑暗了。"（《亡友鲁迅印象记》）沿着这样的逻辑推理，鲁迅抨击大革命之后的国民党政权，而认同当时正在与黑暗肉搏的中国共产党人，实在是情理之中的事情。

第三，鲁迅所处的时代是黑暗的，然而，黑暗中的鲁迅却执着于光明的寻找。他由衷希望美好的人和事不断出现，热切期盼"一个簇新的、真正空前的社会制度从地狱里涌现而出"。而斯时，能够让鲁迅感到欣慰的，恐怕还是中国共产党人的浴血奋斗，以及由俄国十月革命所展现的未来社会的另一种可能。尽管鲁迅的欣慰中也掺杂着一些由负面信息和不快感受所带来的忧虑不解，但他最终还是庄严声明"惟新兴的无产者才有将来"（《答托洛斯基派的信》），从而站到了新兴的无产者一边。

显然，鲁迅晚年的选择，拥有他那个时代难能可贵的精神依据。我们今天加以评价，应当着重体味其中包含的正义和崇高，而不宜用历史的曲折和局限去苛求前人。

（原载《中国艺术报》2016 年 3 月 23 日）

目录

鲁迅的改革理念

一

作为精神界之战士，鲁迅一生"心事浩茫连广宇"，但其中最为念兹在兹，且全力付诸实践的一件事，当是以"立人"进而"立国"为目的的国民性审视与批判。

据许寿裳回忆，早在 20 世纪初，就读于日本弘文学院的鲁迅，就常同他谈到三个问题："一，怎样才是理想的人性？二，中国国民性中最缺乏的是什么？三，他的病根何在？"（《怀念亡友鲁迅》）这就是说，青年时期的鲁迅已经开始了对国民性的关注与叩问。用他后来在《呐喊·自序》中的话说便是："凡是愚弱的国民，即使体格如何健全，如何茁壮，也只能做毫无意义的示众的材料和看客，病死多少是不必以为不幸的。所以我们的第一要著，是在改变他们的精神。"

1925 年 4 月 8 日，鲁迅在致许广平的信中写道："大同的世界，怕一时未必到来，即使到来，象中国现在似的民族也一定在大同的门外，所以我想无论如何，总要改革才好……中国国民性的堕落，我觉得不是因为顾家，他们也未尝为'家'设想。最大的病根，是眼光不远，加以'卑怯'与'贪婪'，但这是历久养成的，一时不容易去掉。我对于攻打这些病根的工作，倘有可为，现在还不想放手，但即使有效，也恐很迟，我自己看不见了。"显然，人到中年的鲁迅，在对历史与现实的不断追询、考量、辨析与矫正中，越来越逼近国民性的要害症结和关键病灶，同时也越来越意识到这种国民性的根深蒂固，积重难返，以及试图改变它的任重道远和谈何容易。

1936年10月5日，《中流》半月刊披露了鲁迅不久前完稿的《"立此存照"（三）》。该文针对当时上海发生的"辱华影片"事件坦言："不看'辱华影片'，于自己是并无益处的，不过自己不看见，闭了眼睛浮肿着而已。但看了而不反省，却也并无益处。我至今还在希望有人翻出斯密斯的《支那人气质》来。看了这些，而自省，分析，明白那几点说的对，变革，挣扎，自做工夫，却不求别人的原谅和称赞，来证明究竟是怎样的中国人。"斯时，距离鲁迅逝世只有半月不到，而文中那有关国民性改造的见解与期待，依旧披肝沥胆，语重心长。它足以证明，即使在生命的最后阶段，鲁迅萦绕脑际、无法释怀的，还是国人精神的"变革、挣扎、自做工夫"。

由此可见，鲁迅一生对于中国的现状，特别是对于传统文化留给国人的精神根性和心理痼疾，始终怀有深深的警醒与忧患。为此，他将中国社会的变革与前行，将国民精神的批判、改造与重建，当成自己的头等大事和首要任务。围绕这件大事和此一任务，他不但发出了激愤的呐喊，而且注入了艰苦的探询，展开了深入的解剖，同时也提出了一些属于自己的结论性观点和建设性主张。从这一意义讲，鲁迅是现代中国精神和文化领域锲而不舍、卓有建树的改革家。他提出的许多改革理念，因植根于中国社会和民族心理的纵深地带，且站到了那个时代的前沿，并呼应着历史的脉动与大势，所以一直堪称渊赡超拔，深邃辟透，迄今仍不乏镜鉴价值和启示意义。

二

在社会改革和文化批判问题上，鲁迅一向持有自觉的认识和坚定的态度。这种认识的自觉和态度的坚定，无疑联系着鲁迅的个人经历和独特感受：作为日益败落的旧式官宦家庭的后人，在"从小康人家而坠入困顿"的"途路"中，他不仅看清了世态炎凉和人情冷暖，而且发现了宗法社会的荒谬、虚伪和封建礼教的残酷、"吃人"。为此，他在"铁屋子"里发出了改革的呐喊，主张国人"扫荡废物，以造成一个使新生命得能诞生的机运"（《出了象牙之塔·后记》）。希望国人"大呼猛进，将碍脚的旧轨道不论整条或碎片，一扫而空"（《再论雷峰塔的倒掉》）。

然而，鲁迅自觉而坚定的改革主张，又不仅仅是基于自己的生命感受和经验世界，它更是鲁迅"走异路，逃异地，去寻求别样的人生"的理性收获——因为在南京接受的新式教育，特别是因为留学东瀛，鲁迅不仅掌握了异域新知，而且洞悉了世界潮流，于是，他得以立足宏大的国际背景，放出比较的眼光，客观而睿智地打量和评述中外国情与状况。正如他在《摩罗诗力说》中所说："意者欲扬宗邦之真大，首在审己，亦必知人，比较既周，爰生自觉。"显然，这种既"审己"又"知人"的双向考量，使鲁迅异常清晰地省察了万马齐喑，"一切硬化"的中国现状，与世界大势之间日益加大的反差与距离，同时愈发深刻地认识到，在"无声的中国"，清除痼弊，变革现实的必要性和迫切性。

1918 年 8 月 20 日，鲁迅在致许寿裳的信中这样写道："盖国之观念，其愚亦与省界相类。若以人类为着眼点，则中国若改良，固足为人类进步之验（以如此国而尚能改良故）；若其灭亡，亦是人类向上之验，缘如此国人竟不能生存，正是人类进步之故也。大约将来人道主义终当胜利，中国虽不改进，欲为奴隶，而他人更不欲用奴隶；则虽渴想请安，亦是不得主顾，只能诧傺而死。"这段话虽是朋友间的纸上交流，但字里行间却紧扣中国国情，传递出鲁迅的重要识见：当世界历史进入现代社会，一个国家和民族以怎样的状态生存与绵延，已不单单取决于他们自身的惯性、意愿和喜好，而是必须以人类方向和世界潮流为参照、为坐标，并通过调整和改进自身而与之相对话、相合拍、相适应。否则，抱残守缺，依然故我，这个国家和民族终将没有栖身之地。不幸的是，在这方面，许多国人仍处在"欲为奴隶"，"渴想请安"的蒙昧之中。唯其如此，鲁迅在同年稍后完成的《随感录·三十六》里，以焦灼而不乏激情的笔触写道：

　　许多人所怕的，是"中国人"这名目要消灭；我所怕的，是中国人要从"世界人"中挤出。

　　……

　　但是想在现今的世界上，协同生长，挣一地位，即须有相当的进步的智识，道德，品格，思想，才能够站得住脚；这事极须劳力费心。而"国粹"多的国民，尤为劳力费心，因为他的"粹"太多。粹太多，便太特别。太特别，便难与种种人协同生长，挣得地位。

……

于是乎要从"世界人"中挤出。

于是乎中国人失去了世界，却暂时仍要在这世界上住！——这便是我的大恐惧。

显然，鲁迅所担忧的，"是中国人要从'世界人'中挤出"。而国人要想避免这样的命运，要想"在现今的世界上，协同生长，挣一地位"，就必须实施改革，就必须在"智识，道德，品格，思想"诸方面，"劳力费心"，更新和提升自己，从而"思想为作，日趋于新"，"能与世界大势相接"（《摩罗诗力说》）。由此可见，鲁迅的改革理念从一开始就带有国际视野烛照下的明确的问题意识，就深深植根于中国的现实境遇和未来途程之中，它不仅饱含着论者的济世情怀和家国观念，而且拥有一种难能可贵的科学内涵与实践品格。

三

中国社会和国人精神亟待改革。然而，在中国进行改革却又一向困难多多，阻力重重，殊为不易。正如鲁迅所说："可惜中国太难改变了，即使搬动一张桌子，改装一个火炉，几乎也要血；而且即使有了血，也未必一定能搬动，能改装。不是很大的鞭子打在背上，中国自己是不肯动弹的。"（《娜拉走后怎样》）

在鲁迅看来，中国的改革之难，主要表现在两个方面：一是就观念层面而言，许多人习惯于按部就班，墨守成规，不愿认同，更不愿参与改革。即所谓"旧染既深，辄以习惯之目光，观察一切，凡所然否，谬解为多，此所为呼维新既二十年，而新声迄不起于中国也"（《摩罗诗力说》）。二是从社会现象来看，许多领域的改革常常多曲折，每驳杂，易反复，爱走回头路。用《中国小说的历史变迁》中的话说就是："人类的历史是进化的，那么，中国当然不会在例外。但看中国进化的情形，却有两种特别的现象：一种是新的来了好久之后而旧的又恢复过来，即是反复；一种是新的来了好久而旧的并不废去，即是羼杂。然而就并不进化么？那也不然，只是比较的慢，使我们性急的人，有一日三秋之感罢了。"

中国的改革何以如此关隘重重，步履蹒跚？对此，鲁迅在一系列文章中进行过深入剖解与辟透揭示，其中除了严肃指出社会保守势力对改革的极力阻挠和多方破坏，即所谓："反改革者对于改革者的毒害，向来就并未放松过，手段的厉害也已经无以复加了。"（《论"费厄泼赖"应该缓行》）至少还有四个方面的内容独具只眼，很值得人们充分关注和仔细体味：

一是弱国子民的心态影响了"拿来"的自信和借鉴的勇气。中国的改革和中华民族的发展，当然离不开"拿来主义"，离不开"别求新声于异邦"，只是这"拿来"和"别求"的主体，却每因自身境况的不同而表现出不同的态度。对此，鲁迅的《看镜有感》有精彩描述："汉唐虽然也有边患，但魄力究竟雄大，人民具有不至于为异族奴隶的自信心，或者竟毫未想到，凡取用外来事物的时候，就如将彼俘来一样，自由驱使，绝不介怀。一到衰弊陵夷之际，神经可就衰弱过敏了，每遇外国东西，便觉得仿佛彼来俘我一样，推拒，惶恐，退缩，逃避，抖成一团，又必想一篇道理来掩饰，而国粹遂成为羼王和羼奴的宝贝。"接下来，鲁迅做了进一步引申和概括："无论从那里来的，只要是食物，壮健者大抵就无需思索，承认是吃的东西。惟有衰病的，却常想到害胃，伤身，特有许多禁条，许多避忌；还有一大套比较利害而终于不得要领的理由……但这一类人物总要日见其衰弱的，因为他终日战战兢兢，自己先已失了活气了。"不幸的是，当年中国的"拿来"和"别求"恰恰发生在自身"衰病陵夷之际"。值此背景之下，国人对于汲取和借鉴，瞻前顾后，疑虑重重，乃至寻找理由，固守残缺，自然符合心理和事物的一般规律。而中国的改革则因为怠于引进，畏于创新以致显得行程艰难，成效缓慢，亦乃势在必然。

二是儒家的中庸思想抑制了改革的观念与行为。儒家是中国传统思想和文化的主流，中庸是儒家思想体系重要的观念范畴与思维方式。从全部的历史发展与社会实践来看，中庸思想与思维或许不无合理的、积极的意义，但具体到改革的情境和维度，它的消极因素显而易见。对此，鲁迅有着敏锐的省察和清醒的认识。他在《无声的中国》里指出："中国人的性情是总喜欢调和，折中的。譬如你说，这屋子太暗，须在这里开一个窗，大家一定不允许的。但如果你主张拆掉屋顶，他们就会来调和，愿意开窗了。没有更激烈的主张，他们总连平和的改革也不肯行。"鲁迅的这一观点一直保持到晚年。1935 年 4 月 10 日，他在致曹聚仁的信中又一次明言："老先生们保存现状，连在黑屋子开一个窗也不肯，还有种种不可开的理由，但倘有人要来连屋顶也掀掉它，他这才魂飞魄散，设法调解，折中之后，许开一个窗，但总是在觑机想把它塞起来。"执此对照中国由来已久的国民性和国人相沿至今的心理结构，特别是用它来检视中国历朝历代变革的事实，我们不能不承认，鲁迅观点的精辟和正确，它确实道出了中国改革之所以艰难沉滞的深层原因——中庸让改革锐气尽失，大打折扣。这时，我们庶几真正读懂了鲁迅笔下那句意味深长的以问代答："我独不解中国人何以于旧状况那么心平气和，于较新的机运就这么疾首蹙额；于已成之局那么委曲求全，于初兴之事就这么求全责备。"（《这个与那个》）

三是缺乏坚定的、真正的改革者。近代中国的改革是在"西风东渐"而又列强临门的严重情势下，被动乃至被迫展开的。这意味着当年的改革，不仅思想和理论准备不足，即使参与其事的队伍也是五花八门，鱼龙混杂。用鲁迅的话说，他们的"终极目的是极为歧异的。或者为社会，或者为小集团，或者为一个爱人，或者为自己，或者简直为了自杀"（《非革命的急进革命论者》）。有的人打出改革的旗号，仅仅是凭着一种热情、一种想象、一种感觉，甚至是为了寻求一种畅快、一种刺激。亦如鲁迅所写，有的革命者其实是"颓废者，因为自己没有一定的理想和无力，便流落而求刹那的享乐；一定的享乐，又使他发生厌倦，则时时寻求新刺戟，而这刺戟又须利害，这才感到畅快。革命便也是那颓废者的新刺戟之一，正如饕餮者餍足了肥甘，味厌了，胃弱了，便要吃胡椒和辣椒之类，使额上出一点小汗。才能送下半碗饭去一般"。这时，鲁迅举例说："法国的波特莱尔，谁都知道是颓废的诗人，然而他欢迎革命，待到革命要妨害他的颓废生活的时候，他才憎恶革命了。"（《非革命的急进革命论者》）而这样的改革者在当时的中国亦比较普遍和常见。为此，鲁迅指出："有些改革者，是极爱谈改革的，但真的改革到了身边，却使他恐惧。"（《论新文字》）因为"改造自己，总比禁止别人来得难"（《论毛笔之类》）。鲁迅甚至提醒友人："大约满口激烈之谈者，其人便须留意。"（致姚克，1934 年 4 月 12 日）改革者既然不具备起码的真诚和相应的素质，那么，改革事业的屡屡受挫或停滞不前，也就不足为奇。

四是掌权者为了维护既得利益，最终反对改革。近代中国一如既往地延续着封建集权与专制政体。在这种历史条件下，实施任何社会变革，都离不开掌权者的认可和参与。只是掌权者同时又大都是既得利益者，而从某种意义讲，改革则意味着利益的调整与变更。这便决定了某些掌权者常常从个人利益得失出发，以实用主义态度对待改革。在鲁迅看来，"权力者"未必一定反对改革乃至革命。因为他们"好像有一种错误的思想"，"以为中国只管共产，但他们自己的权力却可以更大，财产和姨太太也更多；至少，也总不会比不共产还要坏。"假使共产主义国里可以毫不改动那些权力者的老样，或者还要阔，他们一定是赞成的。"（《中国文坛上的鬼魅》）然而，一旦发现改革需要自己做出让步乃至牺牲，即革命使得"遗产被革去了"，甚至"连性命都革去"（《通信》）时，他们便开始千方百计，不遗余力地加以阻挠和反对。于是，原先主张改革的权力者，"有人退伍，有人落荒，有人颓唐，有人叛变"（《非革命的急进革命论者》），改革偃旗息鼓，一切恢复原状——"曾经阔气的人要复古，正在阔气的要保持现状，未曾阔气的要革新——大抵如是。大抵！"（《小杂感》）这显然是改革的又一种悲剧。

四

中国的改革是艰难的。然而，"即使艰难，也还要做；愈艰难，就愈要做。改革，是向来没有一帆风顺的，冷笑家的赞成，是在见了成效之后"（《中国语文的新生》）。鲁迅这段话虽然针对的是文字改革，但我们把它视为论者基本的改革主张和一贯的改革态度并无不妥。正是从这样的基本主张和一贯态度出发，鲁迅一方面呼吁和鼓励人们，要勇敢顽强地从事改革事业，"即使目下还有点逆水行舟，也只好拉纤"，"无论怎么看风看水，目的只是一个：向前"(《门外文谈》)；一方面立足中国国情，围绕社会如何改革，民族怎样进步，提出了自己的一些具体意见和想法：

第一，必须牢固树立国家"独立于天下"和民族在"革新"中前行的基本观念。

面对世界潮流的猛烈冲击，未来中国应当选择怎样的发展方向和自立原则？在这方面，鲁迅很早就有自己的观察、思考和主张。他的《文化偏至论》一文有这样的表述："明哲之士，必洞达世界之大势，权衡校量，去其偏颇，得其神明，施之国中，翕合无间。外之既不后于世界之思潮，内之仍弗失固有之血脉，取今复古，别立新宗，人生意义，致之深邃，则国人之自觉至，个性张，沙聚之邦，由是转为人国。人国既建，乃始雄厉无前，屹然独见于天下。"这段议论在中外古今四度空间展开，以"立人"和"立国"为终极目标，其"去其偏颇，得其神明"的辩证思维和"取今复古，别立新宗"的扬弃态度，无疑体现了哲学的智慧与高度，它符合近代中国的国情，并尊重事物发展的基本规律；同时也在客观上提示人们，作为思想家的鲁迅，并不是某些学者笔下所谓"偏激"二字可以概括的。至于"外之不后……""内之弗失……"然后"独见于天下"的国家想象，更是植根于科学的社会与历史发展观，是鲁迅对"华夏中心论"和"全盘西化论"实施双向质疑与否定之后，提出的民族发展的新向往、新尺度与新思路。其核心内涵显然是告诫人们，在世界潮流的冲击与裹挟面前，既不可一味排拒，亦不可顾此失彼，更不可盲目趋随。在比较权衡的基础上，走适合自己的路，才是关键和根本。

在确立国家想象的基础上，鲁迅又从近代中国由于闭关自守而导致落后于世界潮流的事实出发，认为中华民族再也不能停留于"古已有之"的自欺与自足了，而必须奋起革新，斗争前行。即如他在《忽然想到》中所说："先该敢说，敢笑，敢哭，敢怒，敢骂，敢打，在这可诅咒的地方击退了可诅咒的时代！"而在同一组文章里，鲁迅针对当时社会上不绝于耳的"保古"论调，义正词严地指出：

> 不能革新的人种，也不能保古的。……
>
> 但是，无论如何，不革新，是生存也为难的，而况保古。现状

就是铁证，比保古家的万言书有力得多。

　　我们目下的当务之急，是：一要生存，二要温饱，三要发展。苟有阻碍这前途者，无论是古是今，是人是鬼，是《三坟》《五典》，百宋千元，天球河图，金人玉佛，祖传丸散，秘制膏丹，全都踏倒他。

　　显然，在鲁迅看来，生存、温饱、发展，是民族自救和自立的三个必要条件或曰三个基本步骤。而国人要具备这三个条件或完成这三个步骤，就必须首先通过强力改革，清除一切障碍，打通行进道路。在这一意义上，改革是生存和温饱的前提，更是发展和"雄厉"的动力。没有改革，不但生存、温饱和发展无从谈起，就是保持传统和现状，恐怕也是一句空话。如果说生存、温饱和发展是"当务之急"，那么，改革就是急中之急。必须承认，鲁迅这样看待改革之于生存和发展的关系，无论过去抑或今天，都可谓目光如炬，切中肯綮。

　　第二，在改革过程中，要敢于"拿来"，但更要树立"拿来"时的自觉和自信。

　　由于清楚地看到了世界潮流之下中国现状的落后，所以鲁迅认为，中国的改革与转型，必须打破闭关自守的小农心态，积极借鉴外来事物，大力引进异域的先进文化。在这方面，鲁迅的态度是鲜明而果决的。你看，一篇《看镜有感》，是那样憧憬"汉人"的"闳放"，由衷赞美他们对"新来的动植物，即毫不拘忌，来充装饰的花纹"，进而告诉人们："要进步或不退步，总须时时自出新裁，至少也必取材异域，倘若各种顾忌，各种小心，各种唠叨，这么做即违了祖宗，那么做又像了夷狄，终生惴惴如在薄冰上，发抖尚且来不及，怎么会做出好东西来。"《论"旧形式的采用"》一文原是解析新文艺何以需要改造旧形式，但同时仍强调撷取、"溶化"之于创新的好处："恰如吃牛羊，弃去蹄毛，留其精粹，以滋养及发达新的生体，决不因此就会'类乎'牛羊的。"而经典名篇《拿来主义》更是通过"穷青年"与"大宅子"的奇妙比喻，发出了以"拿来"促变革的殷切呼唤："我们要拿来……或使用，或存放，或毁灭……然而首先要这人沉着，勇猛，有辨别，不自私。没有拿来的，人不能自成为新人，没有拿来的，文艺不能自成为新文艺。"

鲁迅高度看重并大力倡导改革过程中的"拿来"和引进，但同时又认为这样的"拿来"和引进，不应当是盲目的照搬和被动的效仿，而必须以民族为本位，以鉴别和选择为前提，以有利于人生和社会为目的，进而有所取舍，有所扬弃。即所谓："运用脑髓，放出眼光，自己来拿！"（《拿来主义》）而鲁迅之所以特别强调这一点，自有其深层的观念认识上的原因。在鲁迅看来，相对于近代中国，西方虽有整体上的优越与优势，但却不是尽善尽美，一切都好，它的某些方面并不值得我们无条件移植，相反倒需要我们予以警惕。譬如，它因为过度崇奉科学和物质所导致的"灵明日以亏蚀，旨趣流于平庸，人唯客观之物质世界是趋"，便是国人的前车之鉴。即使是赢得广泛赞誉的民主、平等这类"现代化范式"，一旦被推向极端和绝对，也同样存在"社会之内，荡无高卑"，"全体以沦于凡庸"的危险（《文化偏至论》）。显然，相对于当时许多人把西方文明视为包治百病的灵丹妙药，鲁迅的见解更为敏锐，更为辩证，也更具前瞻性——他早在一百多年前，就看到了当今学者所说的西方社会的"现代病"，看到了工业文明之中包含的异化与隐患，从而表现出一种真正的东西对话精神。可惜的是，对于这点，我们一向缺乏足够的重视和认真的研究。

第三，知识分子要克服自身的弱点与局限，做改革的先锋和中坚。

鲁迅的《门外文谈》一文指出："凡有改革，最初，总是觉悟的智识者的任务。但这些智识者，却必须有研究，能思索，有决断，而且有毅力。他也用权，但不是骗人，他利导，却并非迎合。他不看轻自己，以为是大家的戏子，也不看轻别人，当作自己的喽罗。他只是大众中的一个人，我想，这才可以做大众的事业。"在这段话里，鲁迅清醒地意识到，中国的社会变革，离不开知识者的率先觉悟和积极发动，但接下来笔锋一转，随即以剀切的口吻，对知识者如何担负起这一责任和使命，提出了一系列明确具体的要求。而之所以如此，则是因为鲁迅深知，知识者固然敏感、多识、前卫，容易领风气之先，但同时也有自身每见的弱点与局限。譬如：他们当中"多无信仰之士人"，"惟肤薄之功利是尚，躯壳虽存，灵觉且失"，但却又喜欢充当信仰的捍卫者，以自己的无操持去压制乃至扼杀别人的信仰，即所谓"执己律人，以他人有信仰为大怪"（《破恶声论》）；他们当中的一些人"一向住在高大的洋房里，不明白平民的生活"，随着社会地位的提高，他们"不但不同情于平民或许还要压迫平民，以致变成了平民的敌人"（《关于知识阶级》）；作为知识者，他们或许有思想，有学问，只是这种思想和学问又常常会派生出顾虑与踟蹰，以致使他们最终缺乏行动的力量……唯其如此，鲁迅一生极为看重知识阶级的改造与提升。在早期论文《破恶声论》里，他就发出了"伪士当去，迷信可存"的疾声呼唤。后来更是一再重申真正的知识阶级所应有的精神与做派，如不尚空谈，不顾利害，永不满足，等等。显然，鲁迅由衷希望中国知识分子在社会变革过程中，率先端正或改变自己的观念与形象，进而承担起推动时代前行和历史进步的重要责任。应当看到，这确实是中国改革和中国知识分子都必须面对，而且必须解决的一个问题。

第四，改革者要勇于革除自身的"坏根性"，立足"现在"，"韧"性战斗。

对于中国的历史和国情，以及由此所决定的社会改革的种种复杂性和艰巨性，鲁迅一向有着透彻的洞察和深刻的体认，这使得他在谈论社会改革的相关话题时，总能够由表及里，抓住关键，要言不烦而又切中肯綮。譬如，1925 年 3 月 31 日，鲁迅在写给许广平的信里有言："最初的革命是排满，容易做到的，其次的改革是要国民革命自己的坏根性，于是就不肯了。所以此后最要紧的是改革国民性，否则，无论是专制、是共和，是什么什么，招牌虽换，货色依旧，全不行的。"这里，鲁迅告诉许广平，同时也告诉大家：随着改革的深入，改革者面临的最重要和最艰巨的任务，是革除自己身上的"坏根性"，实现精神的强健与提升。如果做不到这一点，任何改革都难有最终成效。联系鲁迅一贯的思想倡导，我们不难发现其中蕴含的观念逻辑：人是社会的主体，所有的社会改革都只能由人来设计，来实施，并最终体现人的尺度、诉求与理想，在这一意义上，社会改革说到底是人的改革。人的素质提高了，社会的变革才会规避歧路，跨越陷阱，进入活力常在的良性轨道。实践证明，鲁迅的观点自有真理的辉光。

在与许广平的《两地书》里，鲁迅还指出：

我看一切理想家，不是怀念"过去"，就是希望"将来"，对于"现在"这一个题目，都交了白卷，因为谁也开不出药方。其中最

好的药方，即所谓"希望将来"的就是。（1925 年 3 月 18 日）

我记得先前在学校演说时候也曾说过，要治这麻木状态的国度，只有一法，就是"韧"，也就是"锲而不舍"。逐渐的做一点，总不肯休，不至于比"轻于一掷"无效的。（1925 年 4 月 14 日）

这里，鲁迅提出了关于改革的又一主张：立足"现在"，"韧"性战斗。之所以需要立足"现在"，是因为鲁迅发现，面对黑暗残酷的现实，一些"理想家"常常是无计加无奈，为此，他们情愿向人们预支美好的"将来"。而人们如果仅仅满足和陶醉于这未免有些虚幻的"将来"，那么，"到了那时，就成了那时的'现在'"。因此，改革者要决心改变中国，就必须立足当下，直面"现在"，勇敢地向前走，向上走，"能做事的做事，能发声的发声。有一分热，发一分光……不必等候炬火"（《热风·四十一》）。而之所以需要"韧"性，则是由于鲁迅早就意识到："旧社会的根柢原是非常坚固的，新运动非有更大的力不能动摇它什么。并且旧社会还有它使新势力妥协的好办法，但它自己是决不妥协的。"（《对于左翼作家联盟的意见》）既然如此，改革者要完成自己的使命，就不可能速战速决，毕其功于一役，而只有认定目标，打壕堑战和持久战，以前所未有的"韧"性精神，向不合理的现实做不间断的进攻，同时迎头痛击每每卷土重来的旧势力。这时，我们眼前不禁浮现出鲁迅笔下"过客"和"枣树"的形象。而这样的形象即使在今天，仍然不无让人警醒和神往的魅力。

晚年的鲁迅留下过这样的表述："文化的改革如长江大河的流行，无法遏止，假使能够遏止，那就成为死水，纵不干涸，也必腐败的。当然，在流行时，倘无弊害，岂不更是非常之好？然而在实际上，却断没有这样的事。回复故道的事是没有的，一定有迁移；维持现状的事也是没有的，一定有改变。有百利而无一弊的事也是没有的，只可权大小。"（《从"别字"说开去》）愿当下的改革者谨记先生的教诲，抓住全新的历史机遇，攻坚克难，百折不挠，执着前行，把中国的改革事业不断引向深入。

（原载《书屋》2013 年第 5 期）

鲁迅：独对民族的"生死场"

一

1935 年 11 月 14 日深夜，鲁迅在荧荧的灯光下，读完了《生死场》的校样，随即写下了《萧红作〈生死场〉序》——这篇序文很短，满打满算不足千言。然而，在我看来，它却是鲁迅著作中意义丰赡、不可或缺的一部分。之所以这样说，不仅因为该序言紧紧抓住日寇侵占我国东北这一重要历史情境，透过作品"力透纸背"的叙事与写景，充分肯定了其描绘的"北方人民的对于生的坚强，对于死的挣扎"这一严峻主题，以及作家作为女性特有的"细致的观察和越轨的笔致"，从而在中国现代文学的璀璨天幕上，凸显了《生死场》所承载的具有开创性的精神主题和艺术价值；更重要的是，在这篇序言里，鲁迅由萧红笔下已经沦陷的生死惨烈的北方乡野，联想到自己四年前亲历的"一·二八"抗战时的"闸北的火线"，和近日里因"谣言蜂起"重又"抱头鼠窜"的闸北居民；同时又由"像死一般寂静"的周围，推及"当不是这情形"的英法租界，以及遥远的哈尔滨。其绵长跃动的思绪，显然已进入一个更大的"生死场"——中华民族因外敌入侵所面临的空前的危急时刻与危难境地。斯时的鲁迅，有忧患，有愤懑，但更多的还是"我们还决不是奴才"的沉思，是留给人们"以坚强和挣扎的气力"的热望……在这一意义上，一篇《萧红作〈生死场〉序》，不单是鲁迅对萧红的扶持和奖掖；同时也是他自己直面民族生死存亡的另一种呐喊，是他"我以我血荐轩辕"的家国情怀的又一次敞开，是鲁迅之所以是鲁迅的强有力的精神自证。

需要稍加枝蔓的是，近年来，有海外女学者认为：鲁迅是戴着民族兴亡的眼镜解读《生死场》的，因此造成了他的阅读盲点。他"根本未曾考虑这样一种可能性，即《生死场》表现的也许还是女性的身体经验，特别是与农村妇女生活密切相关的两种体验——生育以及由疾病、虐待和自残导致的死亡"（刘禾《跨语际实践——文学、民族文化与被译介的现代性（中国 1900—1937 ）》）。这样的观点或许可以自圆其说乃至聊备一说，只是论者显然忽略了关键的一点：鲁迅倘若按照她的思路解读《生死场》，那么，《生死场》将不再是呼唤"坚强和挣扎"的《生死场》，鲁迅也将不再是作为民族魂的鲁迅。

二

在中国现代史上，鲁迅与日本的关系可谓既密切又复杂。之所以说密切，是因为鲁迅在不满 21 岁时，就怀着"别求新声于异邦"的想法，东渡日本留学，在那里留下了 7 年多最为美好的青春韶光。在此期间，鲁迅仙台学医，东京习文，通过刻苦研读、潜心考察和耳闻目睹，不仅熟悉了日本的风物地理、世情民俗，而且从较深的层面了解了日本民族的精神气质、文化性格，以及这个国家和民族的历史与现实。毋庸讳言，在走近日本这一"榜样"时，鲁迅是有发现、有省悟、有收获的。譬如，他后来曾多次以赞赏的口吻，谈到过日本民族的"认真"精神和"勤劳"品德，认为"这一点是无论如何非学不可的"（儿岛亨《未被了解的鲁迅》）。对于日本民族在强国道路上表现出的诸种优长，如破因袭，少禁忌，转益多师，择善而从等，鲁迅更是给予充分肯定，觉得这是该民族能在明治维新后迅速崛起的重要原因。正因为如此，鲁迅在终其一生的社会批判与精神搏战中，始终将日本文化当作重要资源，用之于传播和借鉴。据陈漱渝的不完全统计：鲁迅作品涉及外国作家 370 多名，其中日本作家有 90 名，约占总数的 1/4；鲁迅翻译的外国作品有 150 多种，其中日本作品有 65 种，超过总数的 40%。由此可见，鲁迅与日本文化的关系，委实非同一般。

然而，对于日本，鲁迅的态度又绝非只有赞赏和肯定，而是同时包含了多方面的认知与褒贬，呈现出较为复杂的状况——作为亲历了甲午惨败且接触了启蒙新知的青年国人，鲁迅对日本帝国主义日甚一日的侵华行径，自然怀有无法排解的悲愤和忧虑。这使他的东瀛求学原本就有一种夹杂缠绕的爱恨情仇深藏在心底。而在留日期间，鲁迅更是备尝了身为弱国子民几乎无法躲避的屈辱与歧视——大街上时常听到无端的訾骂；报章里总是出现轻蔑的议论；他的学习成绩仅仅是中等，就被视中国人为"低能儿"的学生会干事所怀疑，以致前来硬性检查讲义；而在课堂上，他更是不得不面对表现日俄战争中国人被砍头示众的幻灯片，以及由此引发的一次次的"万岁"嚣叫。所有这些，都严重地压迫和伤害了鲁迅作为中国人的心灵自尊，进而"于无声处听惊雷"，催生了他深切的国家情怀与强烈的抗争意识。

正因为如此，1931 年秋，当日本军国主义者的铁蹄再次踏上中国大地时，鲁迅立即表示了极大的愤慨，并由此开始了旗帜鲜明的抗战言说。"九一八"事变后，鲁迅连续发表《答文艺新闻社问》《"民族主义文学"的任务和运命》等文，谴责日本帝国主义的侵略行径和罪恶阴谋，同时指出所谓"民族主义文学"在客观上起到的混淆视听的作用，其中尝试着运用阶级观点和国际视野，断言日本兵"东征"东三省，正是民族主义文学家理想中"西征"（指红色苏俄——引者）的"第一步"等，在今天看来，或许不无简单、生硬和片面之嫌，但放到当年那个由"中东路事件"引发的复杂而混乱的语境里，却分明具有提示国人认清真正的和最危险的敌人的重要作用。稍后，报端有消息称，政府外长与日外长私交甚好，东北问题可以藉此得到较好的解决。然而同日的"要电"却是"锦州三日失守，连山绥中续告陷落"，于是，鲁迅感叹道："'友谊'和'私人感情'，好象也如'国联'以及'公理''正义'之类一样的无效，'暴日'似乎不象中国，专讲这些的"（《"非所计也"》）。真可谓刺刀见红，一矢中的。接下来，"一·二八"抗战爆发，"血刃塞途，飞丸入室"的险境，更砥砺了鲁迅的危机意识。他联名茅盾、胡愈之、郁达夫等 40 余人，发表《上海文化界告世界书》，表示"坚决反对帝国主义瓜分中国的战争，反对加于中国民众反日反帝斗争的任何压迫，反对中国政府的对日妥协"，呼吁"转变帝国主义战争为世界革命战争"。此后，这种抗战情结一直伴随着鲁迅的生命旅程：他呼吁保护学生的爱国热情和生命安全；他推荐萧军的抗战小说《八月的乡村》，认为它显示着"中国的一份和全部，现在和未来，死路与活路"。直到临终之际，他依然庄严宣布："中国目前的革命的政党向全国人民所提出的抗日统一战线的政策，我是看见的，我是拥护的，我无条件地加入这战线，那理由就因为我不但是一个作家，而且是一个中国人。"（《答徐懋庸并关于抗日统一战线问题》）

三

鲁迅是一位心灵深邃、目光辟透的作家。在很多时候，很多情况下，他对问题的看法及其表达方式，都是一种异样的存在，都带有属于自己的体温与印记。这种独特的、高度个性化的精神风度，同样表现在鲁迅的抗战言说中，进而构成了他在民族生死关头所发出的别有新意与深意的声音。

第一，鲁迅的抗战言说表现了对国民政府不抵抗政策的强烈不满和严厉抨击。东北沦陷后，国民政府的对日态度一度是力避武力冲突，期待国联调停。这种消极软弱的不抵抗政策，引发了社会各界的强烈不满。而当各地爱国学生纷纷赴南京请愿时，当局不但编造莫须有的罪名对学生予以"紧急处置"，而且还为如此暴行找到了所谓"友邦人士，莫名惊诧"的特殊理由。鲁迅闻知此事，遂撰《"友邦惊诧"论》痛加驳斥：

> 好个"友邦人士"！日本帝国主义的兵队强占了辽吉，炮轰机关，他们不惊诧；阻断铁路，追炸铁路，捕禁官吏，枪毙人民，他们不惊诧；中国国民党治下的连年内战，空前水灾，卖儿救穷，砍头示众，秘密杀戮，电刑逼供，他们也不惊诧。在学生的请愿中有一点纷扰，他们就惊诧了！
>
> 好个国民党政府的"友邦人士"！是些什么东西！

真可谓义正词严，掷地有声。

至于对不抵抗政策本身，鲁迅的抨击更是不留情面，不遗余力。在他笔下，"文人不免无文，武人也一样不武。说是'枕戈待旦'的，到夜还没有动身，说是'誓死抵抗'的，看见一百多个敌兵就逃走了"(《文人无文》)。在他看来，当局"一切准备停当，行都陪都色色俱全"，所谓"战略关系"、"引敌深入"，云云，不过是不抵抗政策的另一种说法，它只能助长侵略者的"深入还要深入"(《战略关系》)。他还提醒人们："以为不抵抗将军下台，'不抵抗'就一定跟着下台了。这是不懂逻辑：将军是一个人，而不抵抗是一种主义，人可以下台，主义却可以仍旧留在台上的"(《"有名无实"的反驳》)。需要指出的是，鲁迅于1936年10月病逝。他未能经历为期八年的全面抗战，当然也无法见证国民政府和军队后来为抗击日寇所做出的重要贡献和巨大牺牲。因此，鲁迅的上述说法，并不能用来形容和评价国民政府在整个抗战中的行为与态度；然而，它出现于消极抗战和投降主义确实严重的抗战初期，却无疑是一种有的放矢，痛下针砭的正能量。

与不抵抗政策相联系，蒋介石政权还提出了"攘外必先安内"的口号。对此，鲁迅同样深恶痛绝，先后写了《观斗》《曲的解放》《内外》《天上地下》《航空救国三愿》等一系列文章，给予无情的鞭挞。其中《文章与题目》一文尤见酣畅淋漓："有说安内必先攘外的，有说安内同时攘外的，有说不攘外无以安内的，有说攘外即所以安内的，有说安内即所以攘外的，有说安内急于攘外的。"文章做到这里，题目似乎已经用完，"再要花样翻新，就使人会觉得不是人话……因为新花样的文章，只剩了'安内而不必攘外'，'不如迎外以安内'，'外就是内，本无可攘'这三种了"。这番话虽有些尖刻，但确实在嬉笑怒骂中把"安内必先攘外"的说法，批了个体无完肤。

第二，鲁迅的抗战言说每每联系着对民族文化顽疾的解剖，对国民劣根性的批判。在鲁迅看来，日本帝国主义是一个强大而凶残的敌人，这决定了中国抗战必然异常艰难，因此，国人必须以郑重严肃的态度，多做扎实有效的工作。然而，一种根深蒂固而又潜移默化的国民心理，却使严肃切实的抗战事业掺杂进了许多"做戏"的成分。一时间，"乞丐杀敌"，"屠夫成仁"，"奇女子救国"之类的说法不绝于耳；可以"养力强身"的电影，能够"灭此朝食"的药片，连同堂·吉诃德式的"援马（马占山）团"，一并招摇登场……目睹这些"沉滓的泛起"和"做戏的虚无党"，鲁迅禁不住口诛笔伐，一声棒喝："雄兵解甲而密斯托枪"固然富有戏剧性，但却阻止不了日寇的侵略！

鲁迅还认为，抗战中的国人固然需要勇敢奋进，不怕牺牲，但也要学会尽可能地保护自己，珍惜生命。在这方面，国人一些由来已久的习惯性做法，却起着相反的作用。鲁迅举了这样一个例子："九一八"事变后，上海兴起许多抗日团体，并设计了自己的徽章；一些学校成立了学生军，还发了军装。而无论徽章还是军装，大都是"招牌"的一种，未必与真抗日有关，过一阵子，连拥有者自己也忘了。但在"一·二八"沪战时，这些却成了日军格杀勿论的理由，不少人为此送掉了性命。为此，鲁迅指出了"日人太认真，而中国人却太不认真。中国人的事情往往是招牌一挂就算成功了。日本则不然。他们不像中国人这样只是做戏似的。日本人一看见有徽章，有操衣的，便以为他们一定是真在抗日的人，当然要认为是劲敌。这样不认真的同认真的碰在一起，倒霉是必然的。"（《今春的两种感想》）显然，这是一种知此知彼而又独具识见的提醒。遗憾的是，今天有学者竟将其当成了鲁迅为日寇开脱的例证，可见无知和偏见迄今仍未在文坛绝迹。

第三，鲁迅的抗战言说坚持把日本军国主义者和日本人民，尤其是其中的友好进步人士区别开来。鲁迅极为痛恨日本侵略者，但对于日本人民，却一向善意相待。他不仅拥有内山完造、鹿地亘夫妇这样一些进步或反战的好朋友，而且与许多日本民间友好人士保持着经常的往来与交流，就中向他们坦诚讲述自己所理解的中日关系。譬如，在与圆谷弘谈话时，鲁迅明言：

> 日本想用所谓"亚细亚主义"一词，来与中国取得一致。但是，日本用军队来维持中国的时候，中国就已经是日本的奴隶了。我想，日本打出"亚细亚主义"的幌子，也只是日本的一部分人的想法，这并不是日本人民说的话。
>
> 日本人也与中国人一样，不能自由地说话吧？

应当承认，鲁迅的观点准确揭示了中日之间存在的另一种关系和另一种真实。

与此同时，鲁迅对日本的无产阶级文学给予了高度关注、热情激赏和坚决支持。1933年2月，以长篇小说《蟹工船》引起广泛关注的著名作家小林多喜二被日本当局逮捕，当晚就因酷刑致死。鲁迅获知后立即用日文撰写《闻小林同志之死》，表示沉痛的哀悼和愤怒的声讨。其中文译文写道：

> 日本和中国的大众，本来就是兄弟。资产阶级欺骗大众，用他们的血划了界限，还继续在划着。
>
> 但是无产阶级和他们的先驱们正用血把它洗去。
>
> 小林同志之死，就是一个实证。

此后，鲁迅联合郁达夫、茅盾、丁玲等，在左联的刊物上刊登了《为横死之小林遗族募捐启》。鲁迅还留心小林多喜二全集的出版，先后购买了其全集三卷以及书简和日记等，作为研究和纪念。

第四，鲁迅的抗战言说涉及未来中日友好的可能性，以及将这种可能变为现实的根本前提。"一·二八"战后，日本医生西村真琴博士，在闸北三义里救起一只无家可归的鸽子。他将其带回日本，与家鸽共养，曾绘图赋诗，颂其和睦相处之状，并寄赠鲁迅。后来，鸽子不幸死去，当地农民建三义塔以藏其骨，西村再次致函鲁迅，请求题咏。为此，鲁迅写下了日后流传甚广的《题三义塔》："奔霆飞熛歼人子，败井颓垣剩饿鸠。偶值大心离火宅，终遗高塔念瀛洲。精禽梦觉仍衔石，斗士诚坚共抗流。度尽劫波兄弟在，相逢一笑泯恩仇。"这首诗不仅严厉谴责了日本侵略者在中国的暴行，真诚讴歌了中日两国人民在反法西斯斗争中的团结与坚韧；更重要的是，它对未来的中日关系做出了乐观的展望，并发出了由衷而美好的祝愿。

当然，鲁迅也深知，由于多方面的原因，日本军国主义者不会轻易放弃自己一贯奉行的侵略扩张政策，这决定了中日关系的改善，也不是一朝一夕的事情。关于这点，鲁迅在《内山完造〈活中国的姿态〉序》里说得很清楚："据我看来，日本和中国的人们之间，是一定会有互相了解的时候的。新近的报章上，虽然又在竭力的说着'亲善'呀，'提携'呀，到得明年，也不知道又将说些什么话，但总而言之，现在却不是这时候。"那么，什么时候才能有让战争停下来的可能？鲁迅认为："有强者和弱者同时存在，这就不容易和睦相处。是要打仗的。只要弱者不变为强者，打仗也是不会停止的。也就是说，中国的军备不能与日本匹敌，日中关系是不会协调的。"
(《与内山完造的谈话》)"没有力量的均衡就没有真的亲善。要想同日本结
成真正对等的亲善关系，中国没有对等的军事力量是不行的。国与国之间
的关系，如果没有力量的均衡，就只能或者是奴隶，或者是敌人。"(《与圆
谷弘的谈话》)读着这样的文字，联系近一个多世纪以来中日关系的消长变
化，我们不能不佩服鲁迅当年拥有的敏锐与深刻。

（原载《光明日报》2015 年 8 月 14 日）

鲁迅追寻的精神家园

已经记不清是第多少次阅读鲁迅的《过客》了。只是读着读着，先生笔下那步履跟跄，但精神坚韧的"过客"，便渐渐地幻化为先生自己——在风雨如磐的历史天幕上，他一袭长衫、一双胶履，有些执拗，也有些茫然地跋涉着、追寻着……这时，我不禁想起一个问题：鲁迅的追寻通向哪里？在他身上是否有一个清晰而完整的精神家园？

显然是不满于物质文明的挤压和技术理性的遮蔽，越来越多的现代人开始热议精神家园的话题。不过对于国人来说，所谓精神家园实际上是个舶来的概念，它在西方的原初意义是一种宗教化的存在，即直指《圣经》里的伊甸园，而所谓寻找精神家园，就是被逐出伊甸园的人类为重返理想乐土所做的心灵畅想。毫无疑问，这样的精神家园与鲁迅无缘。因为在先生看来，基督文化虽有值得肯定的因子，但作为一种信仰空间或理论体系，它并不合中国国情，正所谓"偌大的中国，即使一月出几本关于宗教学的书，那里算多呢。但这些理论，此刻不适用"。更何况在情感层面，鲁迅"是讨厌天国的"。当然，对于精神家园，我们也可以作现世或象喻意义的理解，即把它看成一种预约性的社会模态或理想化的心灵蓝图，如胡适倡导的"好人政府"，周作人热衷的"新村运动"之类。只是在此一维度上，鲁迅依旧不曾留下任何可以直观的设计与描绘，相反，倒是凭着精神战士特有的高度的敏锐和罕见的深刻，一再不留情面地戳穿着聪明人施舍的"心造的幻影"，不遗余力地棒喝着"闭了眼睛"才能看见的"一切圆满"，从而义正词严地拒绝着那些"用瞒和骗"虚构出来的"极境"、"至善"和"正路"。正如他在《野草·影的告别》中所写："有我所不乐意的在天堂里，我不愿去；有我所不乐意的在地狱里，我不愿去；有我所不乐意的在你们将来的黄金世界里，我不愿去。"显而易见，一向同"无声的中国"顽强作战的鲁迅先生，堪称是一位清醒而执着的现实主义者。眼见着无边的痛苦与黑暗，他无法想象也无从期许未来的命途与前景，更反对凭空编织廉价的、虚无缥缈的人间终极，他担心那些"高超完美"的"乌托邦"，会使人在陶醉和沉湎中安于现状。因此，他情愿以"怪鸱的真的恶声"，来唤醒国人的灵魂，进而打破其延续千年的"不撄"之弊。

然而，必须指出的是，在中国由传统走向现代的艰难进程中，鲁迅尽管无意于也不主张悬置一个实体性、永久性和凝固性的精神家园——当然，先生始终没有直接使用精神家园的概念——但是却不曾因此就否认人类于精神层面的家园渴望与回家冲动，更不曾从这里开始放弃自己面向未来的探索和追寻。事实上，我们细读鲁迅的著作，几乎随处可见先生对现状的不满、对将来的憧憬，以及对冲破现状，勇敢前行者的礼赞，他指出："不满是向上的车轮，能够载着不自满的人类，向人道前进。"他断言："希望是在于将来。""人类眼前，早已闪出曙光。"他强调："其实地上本没有路，走的人多了，也变成了路。"他认为："'不可与言而与之言'即是'知其不可为而为之'，一定要有这种人，世界才不寂寞。""天壤间也须有傻子交互发傻，社会才立得住。"毋庸讳言的是，先生有时也承认"惟'黑暗与虚无'乃是'实有'"，但接下来的态度却是"偏要向这些作绝望的抗战"。"因为我终于不能证实：惟黑暗与虚无乃是实有"。庶几可以这样说，韧性地批判现实和积极地创造未来，构成了鲁迅一生最基本的生命状态。而这种生命状态又何尝不能看作是先生在追寻自己的精神家园？正是呼应着这样的意义，先生才在《彷徨》的扉页题上了屈原的诗句："路漫漫其修远兮，吾将上下而求索。"也正是在这样的意义上，我们才能真正理解和体味先生那颇显悲壮的诗言志："寄意寒星荃不察，我以我血荐轩辕。"

或有人问：鲁迅这一番追寻和创造可有基本的方向意识与核心的价值观念？我的回答是肯定的。因为在这方面，先生确实从自己的目光和经验出发，有过相当精辟的论述，其中有两点伴随着历史的变迁，正越来越显示出其重要性和超前性。第一，鲁迅在早期名篇《文化偏至论》里写道："此所为明哲之士，必洞达世界之大势，权衡校量，去其偏颇，得其神明，施之国中，翕合无间。外之既不后于世界之思潮，内之仍弗失固有之血脉，取今复古，别立新宗……"这就明确告诉人们，一个国家和民族要发展，必须首先置身于整个世界的大潮流，必须在这个大潮流之下，展开审时度势、纠偏弃谬的自主选择。而这种选择的关键则在于把握好"不后"与"弗失"、"取今"与"复古"的连接点和平衡点，从而实现真正的与时和与世俱进。这是何等高远而深邃的识见啊！要知道，中华民族直到今天仍在先生的视线里多方尝试，孜孜以求。联系到近百年来我们目睹过的或闭关锁国，或崇洋媚外的两极摇摆，以及先生当年面对东西方文明所表现出的双重警惕与扬弃，我们不能不承认先生确实站在了历史与时代的制高点上。第二，还是在《文化偏至论》里，先生坦言："是故将生存两间，角逐列国是务，其首在立人，人立而后凡事举；若其道术，乃必尊个性而张精神。"把"立人"放在改造社会、振兴国家的首要地位，这原本体现着论者对近代中国历史和国民性的独特观察与评价。只是当它作为观念形态一旦进入现代中国的社会进程，便立即呈现出更为普适也更为深远的意义。其中包含的对人的个体自由与发展的肯定，不仅回应着马克思在《共产党宣言》里勾画的社会理想——"代替那存在着各种阶级以及阶级对立的资产阶级旧社会的，将是一个以个人自由发展为一切人自由发展的条件的联合体"，而且开启了真正的"以人为本"的先河，进而昭示着现代人在物质和科技文明的裹挟下所理应保持的自省与自尊。正因为如此，我们说，在中国大地上，"立人"始终是一项未完成的任务，它正带着鲁迅的洞见和体温与历史同行。

（原载《文艺报》2009年4月1日，收入《文艺报》2009年年选，散文随笔卷《捧出心里的阳光》，作家出版社出版。）

鲁迅与风光自然

一

　　"对于自然风光，山水世界，鲁迅一向没有什么兴趣，因此，他很少旅游，也几乎不写游记"——诸如此类的说法由来已久，且可以从了解鲁迅的那一代人的记忆中找到某些依据。譬如，与鲁迅情如手足的同乡挚友许寿裳就说过："鲁迅极少游览，在杭州一年之间，游湖只有一次，还是因为应我的邀请而去的。他对于西湖的风景，并没有多大兴趣。'保俶塔如美人，雷峰塔如醉汉'，虽为人们所艳称的，他却只说平平而已；烟波千顷的'平湖秋月'和'三潭印月'，为人们所流连忘返的，他也只说平平而已。"(《亡友鲁迅印象记·归国在杭州教书》)深深敬仰鲁迅且近距离观察过其日常生活的女弟子萧红亦有言："鲁迅先生不游公园，住在上海十年，兆丰公园没有进过，虹口公园这么近也没有进过。"(《回忆鲁迅先生》)夫人许广平在追述鲁迅居北京的情形时，虽提到"比较做得到的娱乐是到中央公园去"，但随即又做了补充："也许到公园里的图书馆罢，不过一定不会赶人多的热闹场所，那是可以肯定的。"(《鲁迅先生的娱乐》)与鲁迅多有过从的作家、学者曹聚仁，在所著的《鲁迅评传》里更是一再指出："鲁迅对于山水之胜，素来不感兴趣；他在杭州一年多，也只游过一回西湖。"鲁迅"是茶的知己，而不是西湖的知己"。"鲁迅艺术修养很深，却不喜游山玩水。"就连鲁迅自己也曾不无遗憾地表示："我对于自然美，自恨并无敏感，所以即使恭逢良辰美景，也不甚感动。"(《厦门通信》)

二

依上所述，面对山水自然，鲁迅果然是少兴趣，无敏感了！然而，在我看来，这样的结论还是不要下得过于简单和匆忙。试想：人类是在山川自然的怀抱里站立、健全和强大起来的，大自然那母亲般的孕育和滋养之情，决定了人类无论如何进化，怎样发展，最终都难以从根本上摆脱生命还乡的冲动和精神皈依的企求，他们在山水自然面前，永远怀有一种尽管或隐或显，但却总是源于本能的向往、亲和与眷恋。鲁迅作为人群中的精英与翘楚，又焉能例外？更何况统观鲁迅的毕生经历和全部著作，我们虽然几乎找不到他流连于湖光山色的身影，以及那种"我看青山多妩媚，料青山看我应如是"的浪漫与飘逸，但仍有一些材料、线索和细节，还是有意或无意地披露了这样一种事实：鲁迅与大自然毕竟是有缘的。在生命的旅途上，他始终将大自然当作朋友，装在心底。为此，他常常给大自然以敬畏和热爱，而大自然亦常常回赠他美感与启迪。

首先，透过鲁迅的生命独语和他人关于鲁迅的某些回忆，我们可以感受到，鲁迅的内心深处乃至潜意识里，自有一种与生俱来的对自然万物的亲近之感和爱恋之情。

据周建人在《鲁迅与自然科学》一文中的回忆，鲁迅对自然界的事物和道理，一向具有浓厚的兴趣。少年时，他不仅乐于栽花养草，亲手培植过石竹、佛拳、月季、平地木、万年青、映山红等，而且喜欢读《释草小记》《释虫小记》《南方草木状》《毛诗草木鸟兽虫鱼疏》《花镜》等介绍动物和植物的古书。他将实践经验和书本知识两相对照，曾经写下以前者矫正后者的书边批注。十八岁那年，他到南京就读水师和矿路学堂，接触到西方的现代自然科学，遂进一步留心客观世界，并有收集矿石和化石标本的举动。自日本回国后，他相继执教于杭州和绍兴，更是结合生物教学的需要，经常到山间野外采集植物标本，且以此为乐。他一生中唯一的游记作品，早期用文言写成的《辛亥游录》，便真实记录了当时的情景。

后来，鲁迅将越来越多的精力用之于以笔为旗的社会批评和文明批评，但是，那种天性里带来的对自然万物的喜爱与神往，并没有因此而消失，它们随物赋形，潜移默化，时常在作家表述心境的散文和书信里，自然地、不经意地流露出来。请看作为"夜记之一"的《怎么写》。这篇作品中的一段文字，描述了作家夜间独处厦门大学图书馆的心理感觉和生命体验：

> 我沉静下去了。寂静浓到如酒，令人微醺。望后窗外骨立的乱山中许多白点，是丛冢；一粒深黄色火，是南普陀寺的琉璃灯。前面则海天微茫，黑絮一般的夜色简直似乎要扑到心坎里。我靠了石栏远眺，听得自己的心音，四远还仿佛有无量悲哀，苦恼，零落，死灭，都杂入这寂静中，使它变成药酒，加色，加味，加香。这时，我曾经想要写，但是不能写，无从写。这也就是我所谓"当我沉默着的时候，我觉得充实，我将开口，同时感到空虚"。

毫无疑问，此时此刻的鲁迅，内心里充满了矛盾、犹疑、困惑、彷徨，然而，在这无边的"空虚"与茫然之中，让他感到可以对视、可以交流，以致收获"充实"与抚慰的，恰恰是披着"黑絮一般夜色"的自然万物。这时，我们突然明白了鲁迅为什么自称"爱夜人"；为什么要写激情荡漾的《夜颂》；为什么会说："夜是造化所织的幽玄的天衣，普覆一切人，使他们温暖、安心……"原来，支撑起夜色的是大自然；是大自然以"夜"的方式，给了鲁迅"光明"和"诚实"。鲁迅"爱夜"，最终是爱自然世界啊！

再看鲁迅羁旅于厦门时写给朋友李小峰的书信，即著名的《厦门通信（二）》。其中有这样的表述：

> 今天又接到漱园兄的信，说北京已经结冰了。这里却还只穿一件夹衣，怕冷就晚上加一件棉背心。宋玉先生的什么"皇天平分四时兮窃独悲此廪秋，白露既下百草兮奄离披此梧楸"等类妙文，拿到这里来就完全是"无病呻吟"。白露不知可曾"下"了百草，梧楸却并不离披，景象大概还同夏末相仿。我的住所的门前有一株不认识的植物，开着秋葵似的黄花。我到时就开着花的了，不知道他是什么时候开起的；现在还开着；还有未开的蓓蕾，正不知道他要

到什么时候才肯开完。"古已有之","于今为烈",我近来很有些怕敢看他了。还有鸡冠花,很细碎,和江浙的有些不同,也红红黄黄地永是这样一盆一盆站着。

……

然而荷叶却早枯了;小草也有点萎黄。这些现象,我先前总以为是所谓"严霜"之故,于是有时候对于那"凛秋"不免口出怨言,加以攻击。然而这里却没有霜,也没有雪,凡萎黄的都是"寿终正寝",怪不得别个。

熟悉鲁迅者都知道,这一纸书信暗含了写信人对当时厦大校园里单调、封闭、沉闷空气的严重不满,即所谓:"编了讲义来吃饭,吃了饭来编讲义,可也觉得未免近于无聊。"亦所谓:"现在是连无从发牢骚的牢骚,也都发完了。""呜呼,牢骚材料既被减少,则又有何话之可说哉!"只是如果我们换一个观察与思考的角度,岂不也可以发现,在这无边的庸俗和寂寞里,正是自然界的花卉——那"秋葵似的黄花",那"很细碎"的鸡冠花,包括那早枯的荷叶、萎黄的小草,给鲁迅带来了由衷的欣悦和饱满的兴味,以至让他禁不住要拿《诗经》的句子来开心:"即使那桃花有车轮般大,也只能在初上去的时候,暂时吃惊,决不会每天做一首'桃之夭夭'的。"于是,我们又一次领略了藏在鲁迅心底的与大自然的相通与相融。

其次,在鲁迅的观念世界里,自然环境与国家政治以及民族生存密切相关。为此,他对于当时日趋恶劣的自然环境和物种生态,一再表现出深切的忧患;而对于其中包含的政治和方略的失败,则感到极为愤慨。

1930年,周建人将自己翻译发表过的有关生物科学的文章,编为《进化与退化》一书出版。鲁迅为之写了一篇"小引",其中明确指出:我们生息于自然中,而于自然大法的研究,大抵未尝加意,故阅读书中的文章可"略弥缺憾"。又云:"但最要紧的是末两篇。沙漠之逐渐南徙,营养之已难支持,都是中国人极重要,极切身的问题,倘不解决,所得的将是一个灭亡的结局。"这里,鲁迅对自然与生态的认识,显然走在了时代和绝大多数国人的前面。

20世纪30年代,鲁迅还曾与多位日本友人谈起过中国的环境治理与保护问题。有一次，他用幽默的口吻对内山完造说："老板，你晓得'黄河之水天上来'吗？治理黄河的方法，并不是疏浚河床，而是把两岸的堤防渐渐地加高的。河床年年为泥沙堆高，因此两岸的堤防也渐渐地高了起来。大水一来，高筑的堤防在什么地方一溃决，水就会跟瀑布一般地流下来。"他认为："中国实有把这种治水方法加以革命之必要呢！"（内山完造《忆鲁迅先生》）

还有一次，他对曾经是近邻的浅野要说：

　　请看看中国广阔无垠的原野、山岭吧，哪里还有像样的树木。然而，就是这些为数不多、自然生长着的小树，现在也没有了吧。什么缘故呢？中国的老百姓生活得贫困不堪，面临着饿死的危险。他们为了生活下去，竞相剥去树皮食用，挖出草根充饥。民众处于这种状况，中国是长不出树来的，于是政府植树造林政策也就归于失败了。若要使政府的植树造林政策成功的话，恐怕种十棵树需要有两倍三倍的军队保护吧。然而，如此的军队装备，要占现有军费预算总额的八成至九成，这是政府办不到的，因而对于植树造林也就不热心了。这件事对中国来说，是一场多么大的悲剧啊！从这里，我们也可以对黄河长江所造成的灾害，为什么逐年增加的原因窥见一斑了。没有树木的堤坝是容易被冲走的，然而，正像这没有树木的堤坝一样，没有经济余力的百姓，尤其是农民，对于灾害没有任何抵抗能力，也很容易被水冲走，于是，在中国，根本不可能听到灾后再建设的呼声，能听到的只是逃荒农民惨淡的脚步声和背井离乡、四处流浪的难民的呻吟。

　　　　　　　　　　　　　　　　——浅野要《紧邻鲁迅先生》

显然，诸如此类的言谈，浸透着鲁迅直面天灾人祸和生态濒危时的那份郁闷和焦虑；而引发和强化了这份郁闷和焦虑的，则是他久蓄心底的对于大自然的那种珍爱与牵挂。

第三，鲁迅的文学世界里，自然元素和"景语"成分不是很多，但却极富个性，十分精彩，其出神入化之处，每每表现出作家拥有超卓的感受和把握大自然的能力。

大凡细读过鲁迅小说者，恐怕都忘不了其中那些关于自然景物的描写：

> 渐近故乡时，天气又阴晦了，冷气吹进船舱中，呜呜的响，从
> 蓬隙向外一望，苍黄的天底下，远近横着几个萧索的荒村，没有一
> 丝活气。
>
> ——《故乡》

> 几株老梅竟斗雪开着满树的繁花，仿佛毫不以深冬为意；倒塌
> 的亭子边还有一株山茶树，从暗绿的密叶里显出十几朵红花来，赫
> 赫的在雪中明的如火，愤怒而且傲慢，如蔑视游人的甘心于远行。
>
> ——《在酒楼上》

> 秋天的后半夜，月亮下去了，太阳还没有出，只剩下一片乌蓝
> 的天；除了夜游的东西，什么都睡着。
>
> ——《药》

这些文字虽然用笔简约，着墨寥寥，但由于准确地抓住了景物特征，所以在整体效果上可谓灵动传神，如临其境。而这样一种艺术效果，如果没有作家对自然万物的深入体察和细致揣摩做基础，是绝对不可能达到的。

在鲁迅笔下，小说的景物描写多以简笔勾勒、白描写意取胜，而散文的景物描写则常常是情景交融、物我双汇。在这方面，《从百草园到三味书屋》里那童心跳跃、生机盎然的百草园，《好的故事》里那心驰神往、风光无限的山阴道，早已是脍炙人口，誉满文林。而《雪》《腊叶》和《秋夜》这类整体和纯粹的写景之作，更是凭借或莹润高洁，或悲郁惨烈，或幽邃孤愤的审美境界，将主体客体化，将自然人格化，从而在隐喻和象征意味的沛然发散中，成为传世经典。庶几可以这样说，鲁迅散文中的景物描写，实际上是作家心灵的载体或投射，它传递出自然万物和作家内心的双重丰富与细腻，同时彰显了二者之间特有的那种相互依存而又相得益彰的关系：自然万物使鲁迅的内心世界获得了充分展现，而鲁迅的内心世界则给予自

然万物别一种情调与神采。

值得注意的是，在人与自然的维度上，鲁迅不仅写风物，而且写动物。据靳新来博士《"人"与"兽"的纠葛——鲁迅笔下的动物意象》一书统计，《鲁迅全集》中提到的飞禽走兽多达二百余种，这在中国现代作家中绝无仅有，独步一时。诚然，鲁迅绘制的动物天地是一个奇异而复杂的精神存在，其中那些虚实相生、摇曳变幻的动物形象，往往寄托了作家曲折的心路、立体的旨趣和多样的爱憎。但是，有一条意脉依旧清晰可见，这就是，在单纯的生态和生物的意义上，鲁迅对于动物永远是仁爱的和悲悯的。关于这点，我们不妨仔细品味作为"朝花夕拾"之一的《狗·猫·鼠》。在这篇采自记忆的散文里，鲁迅兴致勃勃地讲述着获知于外国童话的狗与猫"成仇"的故事，讲述着自己对猫的认识和态度的改变，同时，又从猫说到鼠——自己当年饲养的小小的"隐鼠"。其中"我"对小"隐鼠"的那种无法掩饰的欣赏，那种发自内心的喜爱，不禁让人联想起他多年之后写给母亲的家书："动物是不能给他（指小海婴——引者注）玩的，他有时优待，有时则要虐待，寓中养着一匹老鼠，前几天他就用蜡烛将后脚烧坏了。"透过这样的文字，我们不难领略鲁迅寄予动物的那份呵护与深情。

三

在肯定了鲁迅对山水风光、自然万物的深爱与真情之后，有一个问题接踵而来，这就是：鲁迅既然是山水风光、自然万物的爱者和知音，那么，他为什么又要在行动上远离自然，不喜旅游，以致贻人——甚至给自己——在风景自然面前少兴趣，无敏感的印象？显然，要准确和深入地回答这个问题，我们必须尽可能的重返鲁迅所处的历史现场，同时从这一现场出发，努力走进鲁迅的精神天地、生命历程和观念世界，做一番细致的钩沉与梳理。

第一，鲁迅的远离自然，不喜旅游，是他废寝忘食，全力以赴，投身精神探索与社会批判的必然结果。

对于"如磐"和"无声"的中国，鲁迅是怀着强烈忧患和深切焦虑的。

这种忧患和焦虑决定了他一旦进入从"立人"到"立国"的精神长旅，便总有一种时不我待，勇往直前的紧迫感，一种笔名里"迅"字所蕴含的珍惜光阴，"拼命硬干"的精神——"望崦嵫而勿迫；恐鹈鴂之先鸣"！这幅挂在北京西三条胡同寓所，即所谓"老虎尾巴"壁端的集骚句联，正是鲁迅这种心境的传神写照。在如此心境的催促下，"五四"之后的鲁迅几乎将全部的时间和精力，用之于读书、写作、办刊、演讲、授课乃至为文学新人"打杂"、"当梯子"，等等，其紧张和繁忙的程度，以及他身在其中的理念和心态，我们可以从他一些不经意的言谈和文字中窥见一二。譬如，当听到别人称赞自己是天才时，鲁迅信口说道："哪里有天才，我是把别人喝咖啡的工夫，都用在工作上。"在同别人交流有关时间的看法时，鲁迅的观点是："节省时间，也就是使一个人的有限生命更加有效，而即等于延长了一个人的生命。"从健康考虑，许广平总劝鲁迅注意休息，而鲁迅常对许广平说的一句话却是："要赶紧做起来。"有一次，青年作家章川岛在信中与鲁迅说到旅游，鲁迅复函写道："今年是无暇'游事'了，我所经手的事太多，又得帮看孩子，没有法。"诸如此类的话语，分明从不同的角度和层面，有效地皴染着鲁迅"工作狂人"的形象。

再来看看鲁迅具体的写作与生活情景。1935年1月29日，鲁迅在写给萧军和萧红的信里有这样的话：

> 自从弄笔以来，有一种坏习气，就是一样事情开手，不做就不舒服，也不能同时做两件事，所以每作一文，不写完就不放手，倘若一天弄不完，则必须做到没有力气了，才可以放下，但躺着也还要想到。生活就因此没有规则，而一有规则，即于译作有害，这是很难两全的。

而这一点，从许广平的回忆中，恰恰可以得到印证：

> 因为工作繁忙和来客的不限制，鲁迅生活是起居无时的。大概在北京时平均每天到夜里十至十二时始客散。之后，如果没有什么急待准备的工作，稍稍休息，看看书，二时左右就入睡了。他并不

以睡眠而以工作做主体，譬如倦了，倒在床上睡两三个小时，衣裳不脱，甚至盖被不用……

　　有时写兴正浓，放不下笔，直至东方发白，是常有的事。在《彷徨》中的《伤逝》，就是一口气写成功的。劝他休息，他就说："写小说是不能够休息的，过了一夜，那个创造的人脾气也许会两样，写出来就不像预料的一样，甚至会相反的了。"又说："写文章的人，生活是无法调整的，我真佩服外国作家的定出时间来，到时候了，立刻停笔做别的事，我却没有这本领。"

——《鲁迅先生的日常生活》

　　此乃何等艰苦的精神劳作！不难想象，在这种年复一年，周而复始的生命状态和生活惯性中，大自然难免会悄然告别鲁迅的感觉和兴趣世界，或者被鲁迅深埋于潜意识领域。因此，对于鲁迅来说，旅游也就无形中变成了一件遥远的、稀罕的、奢侈的，直至可以暂且放弃的事情。

　　第二，鲁迅的远离自然，不喜旅游，与他在较长一段时间里，身心缺乏爱情的滋养不无关系。

　　1925年12月20日，作为《京报》附刊的《妇女周刊》，发表了鲁迅的《寡妇主义》一文。在这篇文章中，鲁迅提出了这样一种见解：

　　至于因为不得已而过着独身生活者，则无论男女，精神上常不免发生变化，有着执拗猜疑阴险的性质者居多。欧洲中世的教士，日本维新前的御殿女中（女内侍），中国历代的宦官，那冷酷险狠，都超出常人许多倍。别的独身者也一样，生活既不合自然，心状也就大变，觉得世事都无味，人物都可憎，看见有些天真欢乐的人，便生恨恶……为社会所逼迫，表面上固不能不装作纯洁，但内心却终于逃不掉本能之力的牵掣，不自主地蠢动着缺憾之感的。

　　毫无疑问，鲁迅这段深刻而精辟的论述，揭示的是普遍的历史事实和人性现象，但是，如将其借来分析一下鲁迅自己的生命境遇和性情世界，似乎也无太大的不妥。因为，自从鲁迅接受了母亲送给他的妻子，开始了无爱的婚姻，在生理意义上，他也就成了"不得已而过着独身生活"的人，这种生活直到后来他与许广平恋爱成家才算结束，其间长达二十年。这二十年中，"生活既不合自然，心状也就大变"的现象，很自然地投影到鲁迅身上；换句话说，独身生活同样导致了鲁迅性情的某种变异。所不同的是，鲁迅经历过现代文明的淘洗，拥有极强的道德感和精神自我调整与约束的能力，这使得他"心状"的改变，没有在本能的"牵掣"下，滑向"猜疑阴险"和"冷酷险狠"一途，而是曲折地表现为对娱乐生活的不热衷，其中包括行动上的对自然的疏离和对旅游的冷漠——要知道，按照习惯的目光，所谓花前月下，湖光山色，与一个男人孤独的身影，总是不相协调，不相匹配的。

在这方面，足以构成直接反证的，是1928年夏天，鲁迅与许广平公开结合之后，随即就有补度蜜月式的杭州之行。据当时在杭州教书，因而可以陪同鲁迅和许广平游览的许钦文、章川岛回忆：鲁迅夫妇此次在杭州一共玩了四天，除了欣赏西湖风景，品尝西湖美食，还曾到虎跑喝茶，到城站、河坊街等热闹的地方买东西。整个过程中，鲁迅游兴甚浓，谈兴极高，常常妙语连珠，开怀大笑。这或许是他一生中难得的一次天性流露、真情回归吧？不过，在鲁迅的生活中，这样的情况显然未能延续下去。回到上海后，严酷的生存环境，强烈的匡时冲动，历久的工作惯性，以及儿子降生后的种种琐事，形成巨大的合力，很快就将鲁迅拉回了原有的轨道和心境，他与自然风光的缘分，仍然是可望而不可即。对此，萧红有过真切的追述：

> 春天一到了，我常告诉周先生，我说公园里的土松软了，公园里的风多么柔和，周先生答应选个晴好的天气，选个礼拜日，海婴休假日，好一道去，坐一乘小汽车一直开到兆丰公园，也算是短途旅行，但这只是想而未有做到，并且把公园给下了定义。鲁迅先生说"公园的样子我知道的……一进门分做两条路，一条通左边，一条通右边，沿着路种着点柳树什么树的，树下摆着几张长椅子，再远一点有个水池子。"
>
> ——《回忆鲁迅先生》

应当看到，萧红的追述里是满载着遗憾的，然而，在萧红所追述的鲁迅的言语里，又何尝没有遗憾？而这种遗憾对于鲁迅来说，仿佛又掺进了深层的感慨与无奈。

第三，鲁迅的远离自然，不喜旅游，是他讨厌旧式文人生活做派的曲折反映。

显然与个人的经历、见闻以及"五四"之后特定的社会氛围有关，鲁迅对旧式文人的一些喜好、做派，素来没有好感，以致常常选择不同的场合加以嘲讽和鞭挞。譬如，在著名的演讲《上海文艺之一瞥》中，鲁迅以幽默调侃的口吻展开话题，将三十年前的读书人，划分为"君子"和"才子"两大类。而对于其中不守规矩，"那里都去"的"才子"们，鲁迅表示了极度厌恶，不仅看不上他们那种"闻鸡生气，见月伤心"、"多愁多病"的样子；而且根据他们好占"婊子"便宜的特点，干脆称之为"才子+流氓"。在杂文《辩"文人无行"》里，鲁迅更是独具只眼，反话正说，明言："轻薄，浮躁，酗酒，嫖妓而至于闹事，偷香而至于害人，这是古来之所谓'文人无行'。"而现在的文人不仅"无行"，而且"无文"，"他们不过是在'文人'这一面旗子的掩护之下，建立着害人肥己的事业的一群'商人与贼'的混血儿而已。"必须承认，鲁迅的目光是独到的、锐利的，他的这些论述，一针见血地揭露了发源于旧文人也每见于新文人的种种丑陋与矫情，迄今不无警世意义。

不过，在这方面，鲁迅似乎也有鲁莽灭裂，矫枉过正之处。譬如，对于某些文人，尤其是文坛阔人的性喜山水，情系自然，鲁迅显然就缺乏客观、准确和通达的评价，而在潜意识里将其归结为旧文人传统陋习的延续，即一种有钱人古已有之，于今更甚的无聊、闲适与奢靡。1936年11月5日出版的《中流》半月刊，曾发表萧军介绍鲁迅与自己谈话内容的《十月十五日》一文，其中就记录了鲁迅这样的观点：

　　我只是在外边看看……我是瞧不起泰山的。
　　西湖是应该填掉的。不然，一到夏天，那些个穿长衫拿凉扇的
"名士"们，在湖滨摇来摆去……看起来怪难受！他们真不知道这

是什么世界，什么国家……

在鲁迅心目中，西湖乃至更多的风景胜地，大抵是有钱且有闲的骚人墨客的天堂，适宜过一种优哉游哉或百无聊赖的生活，而同事业、发奋和抗争无缘。正是基于这样的认识，1933 年底，当好友郁达夫决定由上海迁居杭州时，鲁迅遂写下《阻郁达夫移家杭州》一诗予以规劝："何似举家游旷远，风波浩荡足行吟。"也正是沿着这样的内在逻辑，鲁迅的《中国小说史略》，对《儒林外史》中游西湖"全无会心，颇杀风景"的马二先生并无讥刺，相反称其为"诚笃博通之士"，"至于性行，乃亦君子"。毋庸讳言，鲁迅的这种看法包含了对自然环境的某种误读，以及因阶级观念泛化所带来的对旅游行为的某种偏见，它与现代人普适性的自然观与旅游观，是存在着根本错位的。然而，对于鲁迅来说，正是这种误读、偏见和错位，在无形中起到了淡化旅游欲望和抑制旅游热情的作用，从而成为他远离风景自然的一种理由。当然，在这方面，我们应当为鲁迅感到惋惜。

除以上所述，影响到鲁迅观景和旅游兴致的，还有一个为人们所不易察觉的原因，这就是：理想与现实的脱节，主观与客观的龃龉。其中的情形与原委，我们不妨结合鲁迅的生命足迹稍作体察和回味。1924 年夏天，鲁迅曾有西安之行。此行的主要动因固然是应陕西省教育厅和西北大学之邀，前往讲学，但在鲁迅自己，实际上还有另外一个目的：对唐代的都城做一点实地考察，以便为酝酿已久的历史小说或历史剧《杨贵妃》，补充感性材料，增加现场体验。然而，在为期一月的西行结束后，鲁迅只是成功地进行了《中国小说的历史的变迁》的演讲，而实地考察的想法，却基本落空。关于这点，鲁迅自己说得很清楚："五六年前我为了写关于唐朝的小说，去过长安。到那里一看，想不到连天空都不像唐朝的天空，费尽心机用幻想描绘出的计划完全打破了，至今一个字也未能写出。原来还是凭书本摹想的好。"（《致山本初枝》）一切何以如此？当年与鲁迅同去西安的《晨报》记者孙伏园，在《杨贵妃》一文中做出了自己的解释：

　　鲁迅先生少与实际社会往还，也少与真正的自然接近，许多印象都从白纸黑字得来……

从白纸黑字中所得到的材料，构成了一个完美的第一印象；如果第二印象的材料也由白纸黑字中得来，这个第二印象一定有加强或修正第一印象的价值；但是如果第二印象的材料来自真正自然或实际社会，那么他加强或修正第一印象的价值或者要大大的减低，甚至会大大的破坏第一印象的完美也是可能的。

孙伏园这段分析，乍看仿佛不那么剀切、清爽，但细读之后即可发现，它自有心理学的依据和支撑，诸如美在想象，美在距离，即民间所谓"看景不如听景"——任何实有的自然与人文景观，在集中亦积淀了其所有美好和优长的口碑或文字的映照之下，都难免相形见绌，乃至暗然失色。其实，对于这种现象，我们还可以做进一步的推衍：一个人的文化储备越丰厚，形象思维越发达，他对自然和人文景观的审美要求与观赏期待就越高，而他一旦身临其境，目接实景的失望，也往往就越强烈，越难忘。窃以为，鲁迅对西安景物的不满意，最终可作如是观。唯其如此，我们说，是不那么圆满的旅游经验，在一定程度上影响了鲁迅的旅游愿望和热情，恐怕不是毫无根据吧？

（原载《文学界》2013 年第 1 期，另载《闲话》第 16 辑，青岛出版社出版）

面对商业文化的鲁迅先生

从 1927 年 10 月由粤抵沪，到 1936 年 10 月与世长辞，鲁迅生命的最后十年是在上海度过的。那时，开埠不过八十余年的上海，由于西方文明的强力浸透和猛烈扩张，已迅速发展成为远东第一大都市，以至有"东方巴黎"之称，其商业化程度以及商业文化氛围，均属中国之最。据资料显示，20 世纪 30 年代的上海，出版各类杂志二百多种，相当于全中国杂志的总和；拥有电影院近四十家，每年放映的中外影片数以百计。即使单就文学而言，发源于"鸳鸯蝴蝶派"的言情、黑幕、武侠、侦探等通俗小说，依然保持着可观的数量和广阔的市场。而汲取了异域文学灵感的"新感觉派小说"，亦在无形中点缀和强化着都市文明的风景线。在这种情况下，鲁迅定居上海，自然无法避免同商业文化的遭遇和碰撞；而鲁迅立足于实地考察和切身感受所发表的一些有关上海文坛的意见和看法，也就无形中折射出他对商业文化的理解、认识与评价，即一种属于鲁迅的商业文化观。

正如人们所熟知的，从"无声的中国"走来的鲁迅先生，是一位具有高度责任感和自觉使命感的作家。他认为："文艺是国民精神所发的火光，同时也是引导国民精神的前途的灯火。"文艺的"第一要著"在于改变人的精神。从这样的观念出发，他在弃医从文之后，始终呕心沥血，上下求索，不遗余力地从事着用文艺来"立人"进而"立国"的事业。显然，如此这般的价值取向同充斥着物质和享乐色彩的商业文化，自有天然的龃龉和本质的抵触。唯其如此，当鲁迅在上海同光怪陆离的商业文化不期而遇，便立即对其产生了极大的反感与深层的憎恶，进而给予了无情挪揄和深刻批判。

在鲁迅看来，商业文化表面上林林总总，五光十色，但"根子是在卖钱"，因而是一种被金钱所操纵、所主宰的文化。为了揭示此中奥妙，先生在《各种捐班》一文里，以辛辣而诙谐的笔调写道："到得民国，官总算说是没有了捐班，然而捐班之途，实际上倒是开展了起来，连'学士文人'也可以由此弄得到顶戴。开宗明义第一章，自然是要有钱。只要有钱，就什么都容易办了。""捐做'文学家'也用不着什么新花样。只要开一家书店，拉几个作家，雇一些帮闲，出一种小报，'今天天气好'是也须会说的，就写了出来，印了上去，交给报贩，不消一年半载，包管成功。"而在《"商定"文豪》中，先生亦复痛加针砭："商家印好一种稿子后，倘那时封建得势，广告上就说作者是封建文豪，革命行时，便是革命文豪，于是封定了一批文豪们。别家的书也印出来了，另一种广告说那些作者并非真封建或真革命文豪，这边的才是真货色，于是又封定了一批文豪们。别一家又集印了各种广告的论战，一位作者加上些批评，另出了一位新文豪。"真可谓翻云覆雨，名利双收。当然，"根子是在卖钱"的文豪亦常常被钱所卖，"所以后来的书价，就不免指出文豪们的真价值，照价二折，五角一堆，也说不定的"。这时，文豪已近乎垃圾，着实丢人现眼。正是基于以上现象，鲁迅对上海的商业文化，即通常所谓"海派文化"下了一个著名的论断："上海乃各国之租界。"而"租界多商"，因此"'海派'则是商的帮忙而已"。其中包含的贬抑和不满显而易见。

由于商业文化的"根子是在卖钱"，而在现实生活中，"卖钱"的多少又总是同名气的大小成正比，所以，海上文坛一些无行且无聊的文人，便常常为了攫取名利而不择手段，以致成就了桩桩丑闻，种种闹剧。对此，鲁迅深恶痛绝，遂驱笔予以鞭挞。于是我们看到：《登龙术拾遗》嘲讽了试图通过投机取巧、左道旁门以混迹文坛，进而求得"'作品'一出，头衔自来"，"声价十倍"的行径。《序的解放》戳穿了"自己替别人来给自己的东西作序"，"直说得好像锦上添花"的把戏。《文人无文》揭露出挂着"中国的金字招牌的'文人'"所惯用的弄虚作假、膨胀自我的手段。正所谓："拾些琐事，做本随笔的是有的；改首古诗，算是自作的是有的。讲一通昏话，称为评论；编几张期刊，暗捧自己的是有的。收罗猥谈，写成下作；聚集旧文，印作评传的是有的。甚至于翻些外国文坛消息，就成为世界文学史家；凑一本文学家辞典，连自己也塞在里面，就成为世界的文人的也有。"而一篇《大小骗》更是将文坛屡见不鲜的欺世盗名的伎俩，如"名人"的"校阅"、"主编"的"无为而无不为"以及"特约撰稿"等，刻画得穷形尽相，入木三分。此外，《名人和名言》警戒并破除着已趋荒诞、已成"流毒"的名人效应。而《文坛三户》则写活了那些"意在用墨水洗去铜臭"的"暴发户"，所难以掩饰的"做作的颓唐"和"沾沾自喜"。显然，诸如此类的文字不仅为善良而虔诚的文学青年敲起了警钟，而且映现出鲁迅先生一以贯之的是是非非，嫉恶如仇。

商业文化的混乱局面和扭曲形态固然已属不堪，而这种文化在漫延和强大之后，所产生的某些社会效果尤其令人忧虑。在这方面，一向关注并研究着"国民性"的鲁迅，自有清醒的观察与深刻的把握。譬如，他在《关于女人》一文中就敏锐地指出了商业文化对女性的污染和侵蚀。他写道："上海的时髦是从长三么二（指旧时妓院中有文化的高等妓女——引者注）传到姨太太之流，从姨太太之流再传到太太奶奶小姐。"而这种打上了商业文化印记的新奇时髦，使得许多上海少女变得虚荣、招摇和早熟。她们在商店里"挑选不完，决断不下"，宁愿"带着一点风骚"，"能受几句嘲笑"；她们"在马路边的电灯下，阁阁的走得很起劲，但鼻尖也闪烁着一点油汗，在证明她是初学的时髦"。至于商业文化给文学和文艺带来的伤害，鲁迅更是明察秋毫，一矢中的。他认为："因为多年买空卖空的结果。文学就荒凉了，文章的形式虽然比较的整齐起来，但战斗的精神却较前有退无进。文人虽因捐班或互捧，很快的成名，但为了出力的吹，壳子大了，里面反显得更加空洞。"因此，先生在其著名的《上海文艺之一瞥》里断言："现在上海虽然还出版着一大堆的所谓文艺杂志，其实却等于空虚。""以营业为目的的书店所出的东西……那特点是在令人从头看到末尾，终于等于不看。"

坦率地说，目睹被鲁迅所揶揄和批判的旧上海商业文化的种种情形，我们不能不联想到当下文坛的某些现象。它们仿佛以跨时空的轮回和对应，顽强暴露着人性的弱点，也充分证明着鲁迅的伟大与不死。

然而，这里有一个问题分明耐人寻味，这就是：对于旧上海的商业文化，鲁迅虽然进行了痛切的嘲讽和有力的批判，但是，却没有因此就表示出绝对的排斥和彻底的否定，而是在严厉抨击其若干弊端的同时，又于不经意间流露出某种程度的理解、称许和欣赏。为了搞清楚这一点，我们不妨先退回到鲁迅对上海这座城市的整体印象和全面评价上。

　　翻检鲁迅书信集，我们可以获知，1927年10月，先生刚刚抵达上海不久，就在写给学生廖立峨的信中明言："这里的情形，我觉得比广州有趣一点，因为各式的人物较多，刊物也有各种，不像广州那么单调。"1929年5月，由上海回北平省亲的鲁迅，又在写给许广平的信里谈道："为安闲计，住北平是不坏的，但因为和南方太不同了，所以几乎有'世外桃源'之感。我来此虽已十天，却毫不感到什么刺戟，略不小心，确有'落伍'之惧的。上海虽烦扰，但也别有生气。"在这两封信和两段话里，先生将上海分别与广州和北京作了很随意的比较，在委婉地表达了对广州之"单调"和北京之"安闲"的不满之后，明确肯定了上海的"有趣"和"有生气"。而按照先生的思维逻辑，上海之所以"有趣"，是因为它的人物和刊物异彩纷呈，不拘一格，体现着一种包容和竞争的态势；而上海之所以"有生气"，则是由于它的喧嚣、它的前卫、它的趋新、它的开放、它的好挑战和多刺激，以及它的不似"世外桃源"和不生"落伍之惧"。而事实上，竞争、包容也好，挑战、刺激也罢，包括前卫、趋新与开放等，恰恰都是商业文化发达的特有形态，是文艺消费旺盛的必然结果，或者说是商业文化、消费经济对大上海的别一种馈赠与补偿。这时，我们终于发现，商业文化之中也包含着为鲁迅所首肯、所喜爱和所向往的东西；在鲁迅与商业文化之间原本也存在着某些方面或某种程度的沟通、默契与共鸣。当然，这一切在先生那里，未必就处于完全自觉的状态。明白了这一点，我们也就明白了面对商业文化的鲁迅，为什么有时候会表现出一些看似"矛盾"的态度和行为。譬如，他一方面讨厌那些浅薄无聊的浮世话题，另一方面又情愿置身其中，寻找材料写文章，抒己见；一方面反对那种云山雾罩，夸大其词的广告，另一方面又亲自草拟广告，或推心置腹，或纠偏斥谬。要知道，这正是先生的博大、睿智与辩证之处。

　　从以上认识背景出发，我们再来考察鲁迅在上海的文学经历与创作实践，就不难领略到这样的事实：这十年中，鲁迅所取得的文学实绩是丰硕的、巨大的。而这些成就的取得，从根本来说，固然是先生以笔为旗，韧性战斗的结果；但在一定的意义上，却又与商业文化的繁荣与发展分不开。甚至可以说，正是商业文化的繁荣与发展，为鲁迅最后十年不间断的井喷式的文学进击，提供了必要的条件乃至有力的支持。这至少体现在以下三个方面：第一，商业文化以它特有的嚣闹、驳杂与混沌，消解和冲淡着专制政权的文化围剿与舆论钳制，拓展也活跃着黑暗时代的言论空间，这在客观上有利于鲁迅所进行的社会批判和文明批判，特别是有利于先生将一些怒向刀丛、忧愤深广的作品，如《为了忘却的记念》之类，顺利地输送到民众面前。第二，商业文化热衷于领异标新，逐奇求怪，这平添了鲁迅的精神困惑与烦扰，但也给他带来了全方位的心灵刺激与文学灵感，使他能够站在思想和文化的前沿阵地，不间断地同各式各样的新事物和新现象，展开碰撞与对话，从而爆发出旺盛而持久的精神创造力。第三，商业文化所催生的大量的报刊、书局，以及其所实行的版税和稿酬制度，为鲁迅提供了相对稳定和充裕的经济收入，这不仅从根本上保证了先生的人格独立，而且使他设想的告别体制，以文为生最终成为可能。基于这样的事实来观察和考虑问题，那么我们又应当承认，鲁迅当年对商业文化的一分为二，贬中有褒，实属植根现实，心有所悟，而非主观臆断，偶发玄想。

时至今日，鲁迅所抨击的旧上海的商业文化早已是岁月刻度上的过去时，只是商业文化作为人类社会一种基本的文化类型或范式，却并没有终结，相反，它正伴随着全新的社会历史条件，以不同于以往的高级形态，重新活跃在我们的社会和精神生活之中。它所包含的巨大的经济效能和驳杂的价值取向，正像一柄双刃剑，既推动着社会的发展，又拷问着人性的优劣。在这种情况下，重温鲁迅面对商业文化所表现出的辩证立场和客观态度，进而像他那样有所臧否，有所取舍，有所扬弃，显然并非多余。

（原载《文学自由谈》2009 年第 3 期）

鲁迅的金钱观及消费观

　　毫无疑问，经济的快速发展和物质的空前丰富，正在使当今中国社会越来越呈现出商业品质和消费特征，并因此而派生出欲望及享乐的必然性与合理性。在如此背景之下，作家文人应当如何看待金钱的性质与作用？面对金钱的诱惑和生存的挤压，他们又当怎样确立自己的处世原则与消费理念？这自然成了一个无法回避的重要问题。而要找到这一问题的正确答案，一味相信"书中自有黄金屋"、"书中车马多如簇"，固然有些天真，也有些庸俗；但依旧恪守"君子固穷"，"曲肱而枕"，又何尝不迂腐得可爱？在这种情况下，我们且将目光回溯历史的前尘旧影，看一看迄今仍不失现代作家文人之精神标高的鲁迅先生，当年拥有何等的金钱观念与消费意识，以及相应的生活态度与生命实践，庶几大有裨益。

一

　　与一些作家文人自恃风雅清高，称金钱为俗物有所不同，身为大作家、大文人的鲁迅，偏偏对金钱表现出了足够的理解与重视。如众所知，先生的日记多胪列生活琐事以备忘，而其中就每每写到某月某日因何人何事收入多少、支出多少，可见钱在先生心目中并非无关紧要。先生的杂文、演讲、书信等，更是常常涉及与钱相关的话题，有时甚至毫不隐讳地强调金钱对于人生的重要作用。请看先生在著名演讲《娜拉走后怎样》中的观点：

　　　　除了觉醒的心以外……她还须更富有，提包里有准备，直白地说，就是要有钱。

梦是好的；否则，钱是要紧的。

钱这个字很难听，或者要被高尚的君子们所非笑，但我总觉得人们的议论是不但昨天和今天，即使饭前和饭后，也往往有些差别。凡承认饭需要钱买，而以说钱为卑鄙者，倘能按一按他的胃，那里面怕总还有鱼肉没有消化完，须得饿他一天之后，再来听他发议论。

所以为娜拉计，钱，——高雅的说罢，就是经济，是最要紧的了。自由固不是钱所能买到的，但能够为钱而卖掉。人类有一个大缺点，就是常常要饥饿。为补救这缺点起见，为准备不做傀儡起见，在目下的社会里，经济权就见得最要紧了。

这话是针对娜拉说的，但却分明适合社会上的每个人，也就是说，它所揭示的是人生在世无法回避的普遍难题。正因为如此，先生后来在不同的场合、向不同的对象一再表示这样的意思："我想赠你一句话：专管自己吃饭，不要对人发感慨……并且积下几个钱来。""处在这个时代，人与人的相挤这么凶，每个月的收入应该储蓄一半，以备不虞。""说什么都是假的，积蓄点钱要紧。""我们有钱的时候，用几个钱不算什么；直到没有钱，一个钱都有它的意味。"应当承认，对于金钱，先生的观点和主张，毅然破除了两千多年来萦绕于知识者脑际的僵硬的"义""利"之说，不仅睿智通达，而且坦诚实在，它足以赢得一切正视生存者的由衷认同。

显然是因为有了观念上的对金钱的理解和重视，所以，现实生活中的鲁迅在做一些较大的人生选择时，也常常注意从生存和经济的角度考虑问题。譬如，先生非常憎恶官场，尤其不满北洋政府的种种劣迹，但为了"弄几文俸钱"，养家糊口，他在教育部的公务员生涯竟长达十四年。其中包含的理念庶几可用他写给李秉中信里的话作注脚："人不能不吃饭，因此即不能不做事。但居今之世，事与愿违者往往而有，所以也只能做一件事算是活命之手段，倘有余暇，可研究自己所愿意之东西耳。自然，强所不欲，亦一苦事。然而饭碗一失，其苦更大。我看中国谋生，将日难一日也。所以只得混混。"1926 年，先生应林语堂之邀离开北京至厦门，这固然是为了暂避军阀官僚、"正人君子"们的迫害，但厦门大学开出的每月四百元的高薪，也不能不是一个重要原因。因为对于斯时的先生而言，金钱不仅能够偿还因购置北京住所借下的债务，而且可以为他和许广平未来的生活打下一些经济基础，即实现他和许广平的约定：先分开两年，各自埋头苦干，既是做一点工作，也为积一点钱，然后再作见面的打算。从 1927 年秋天起，先生决定既不担任公职，也不做教员，而是专事独立写作。这时，他选择了上海为定居地。之所以如此，一方面是基于战斗的需要——殖民文化与商业文化固然不堪，但却足以造成文化专制的缝隙，进而便于以笔为旗，展开社会批判与文明批判；而另一方面则分明出于经济的筹划和生存的盘算——这里汇集了全国最多的报刊、书局以及其他经营性文化设施，只有这里才能为纸间的劳作提供丰足持续的版税与稿酬，从而去除生活上的后顾之忧。这些都表现出先生清醒务实的经济头脑。

在具体生活和写作过程中，鲁迅也从不回避金钱和报酬的环节，而是坚持在"君子爱财，取之有道"的前提下，切实维护自己应得的经济利益。在这方面，某教授所谓"鲁迅跑着去领工资"云云，固然带有很大的游戏成分，但先生为讨回北新书局长期拖欠的版税，不惜聘请律师打官司，却是白纸黑字，言之凿凿，且为众人所熟知。这里，我们不妨再举一例。孔另境在《忆鲁迅先生》中转述了鲁迅亲口告诉他的一件事："他说他曾替某书局翻译过一本书，这家书店对于作家一向是很苛刻的，计算文稿的字数完全以实字计算，标点和空格都不计算，先生探得了这个情况以后，他把自己的译稿从头到尾连接起来，不让稿纸上有一个空格，既不分章节，也不加标点符号。稿子送去以后，该书局仍把稿子退了回来，附信说，请先生分一分章节和段落，加一加新式标点符号，先生于是告诉该书局说：既要作者分段落加标点，可见标点和空格还是必需的，那就得把标点符号和空格也算字数，该书局无可奈何照办了。"这件事里虽然包含着鲁迅式的风趣和幽默，但先生注重稿酬、反对精神劳动被剥削的一面还是呼之欲出的。其实，对于这一点，先生一向直言不讳。请看他在《且介亭杂文·病后杂谈》里的夫子自道：

为了"雅"，本来不想说这些话的。后来一想，这于"雅"并无伤，不过是在证明我自己的"俗"。王夷甫口不言钱，还是一个不干不净人物，雅人打算盘，当然也无损其为雅人……

所以我恐怕只好承认"俗"，因为随手翻了一通《世说新语》，看过"娵隅跃清池"的时候，千不该万不该的竟从"养病"想到"养病费"上去了，于是一骨碌爬起来，写信讨版税，催稿费。写完之后，觉得和魏晋人有点隔膜，自己想，假使此刻有阮嗣宗或陶渊明在面前出现，我们也一定谈不来的。

应当承认，此时此刻的先生，因为天真率性而显得异常可爱。

二

在对待金钱的态度上，鲁迅为什么会与传统观念和习惯说法拉开距离，甚至背道而驰？这自然与先生一贯秉承的独立人格和怀疑精神相关联，但更直接也更重要的原因，恐怕还要透过先生特有的家庭境遇、生活状况以及文学与人生观念来寻找。

首先，从家庭境遇看。鲁迅出生于官宦之家，其幼年生活还算幸福，但在十三岁那年，因祖父遭刑狱家庭迅速败落下来，他自己也由公子哥沦为"乞食者"。对此，先生的《呐喊·自序》有深情诉说："我从一倍高的柜台外送上衣服或首饰去，在侮蔑里接了钱，再到一样高的柜台上给我久病的父亲去买药。""有谁从小康人家而坠入困顿的么，我以为在这途路中，大概可以看见世人的真面目"。直到晚年，先生还在致萧军的信里诚挚写道："契诃夫的想发财，是那时俄国的资本主义已发展了，而这时候，我正在封建社会里做少爷。看不起钱，也是那时的所谓'读书人家子弟'的通性。我的祖父是做官的，到父亲才穷下来，所以我其实是'破落户子弟'，不过我很感谢我父亲的穷下来（他不会赚钱），使我因此明白了许多事情。"这无异于明确告诉人们，是家庭境遇由小康而困顿的急剧变化，让先生看到了金钱的冷酷无情以及它对人生的制约，从而引起了对金钱的理解与看重。

其次，从生活状况看。近年来，常有学人言及鲁迅生前的收入，其中不乏如陈明远提出的鲁迅一生总收入合人民币四百〇八万元的具体数据。这些说法和数据妥当与否自可做进一步斟酌，但说鲁迅生前收入不菲却大抵可信。不过应当看到的是，对于鲁迅来说，这不菲的收入并没有带来多少生活的从容感和幸福感，事实上倒是总有一种不大不小的生存压力挥之不去。而这种压力之所以久久萦绕，则主要鉴于两方面的原因：一是经济收入的不可知与不稳定。鲁迅供职于教育部时，月薪是三百块。这在北京市民每月两三块钱即可维持生活的当时，不可谓不高。但这很高的薪水却总是不能足额发放，一般能拿到两三折已属幸运。关于这点，先生写于1926年7月21日的《记"发薪"》一文，有生动而详尽的记述，其中有这样一段："翻开我的简单日记一查，我今年已经收了四回俸禄钱了：第一次三元；第二次六元；第三次八十二元五角，即二成五，端午节的夜里收到的；第四次三成，九十九元，就是这一次。再算欠我的薪水，是大约还有九千二百四十元，七月份还不算。"固定的薪水尚且如此，弹性的稿酬又岂敢指望？不妨一读先生写于1925年底的《并非闲话（三）》："我所写出来的东西，当初虽然很碰过许多大钉子，现在的时价是每千字一至二三元，但是不很有这样的好主顾，常常只好尽些不知何自而来的义务。有些人以为我不但用了这些稿费或版税造屋，买米，而且还靠它吸烟卷，吃糖果。殊不知那些款子是另外骗来的……倘真要直直落落，借文字谋生，则据我的经验，卖来卖去，来回至少一个月，多则一年余，待款子寄到时，作者不但已经饿死，倘在夏天，连筋肉也都烂尽了，那里还有吃饭的肚子。"由此可见，先生的稿酬收入，至少他在北京时的稿酬收入，并不像有些人所说，是那般的轻而易举。而作者自云"另外骗来"的款子，则是指在八所学校兼课的报酬，倒是这项多劳多得、兑现迅速的收入，有效地解决了先生的不时之需。纵观鲁迅一生，真正稳定的收入，恐怕只有蔡元培执掌中央大学院时，以"特约著作员"的名义发给的每月三百元的补助费，可惜的是，这样的待遇只享受了四年，随后便因蒋介石亲掌教育部而被裁撤了资格。在这样一种收入缺乏保障的情况下，鲁迅注重金钱，实属情理之中的事情。二是家庭负担和必要开支较之常人大得多。鲁迅是孝子，也是有德之人。他对于母亲以及母亲为自己娶的媳妇，一向自觉而认真地履行着赡养的义务。先生在京时，家中一切用度自不待言，后来南下且有了新组建的家庭，仍然逐月寄回一百元作为生活费。这两个家庭的开销，自是一个不小的数目。同时，身为名作家和大文人的先生，必然还有一些无法避免的专业开支以及兴趣上的雅爱，如购置图书资料、淘选古董字画等。所有这些，都在客观上要求先生必须赚钱，从而无形中强化着先生的金钱意识。

第三，从文学和人生观念看。鲁迅生活于中外交汇的时代，他自己又站在这一时代思想与文化的前沿，于是，开放多元的精神资源孕育了先生有别于传统的文学观念。在先生看来，文学并非都是穷而后工或不平则鸣，相反在正常情况下，它是生命"余裕"、心灵舒展的结果，是精神自由、情趣饱满的外化。用先生《革命时代的文学》里的话说，即所谓："那时民生凋敝，一心寻面包吃尚且来不及，那里有心思谈文学呢？……有人说：'文学是穷苦的时候做的'，其实未必，穷苦的时候必定没有文学作品的，我在北京时，一穷，就到处借钱，不写一个字，到薪俸发放时，才坐下来做文章。忙的时候也必定没有文学作品，挑担的人必要放下担子，才能做文章；拉车的人也必要把车子放下，才能做文章。"正因为如此，先生从文学家的职业感受和文学生成的基本前提出发，看重和强调金钱的作用，实在属情理之中。更何况在先生那里，支撑着其独特文学观的是更为强大的人生观，诸如，他告诉青年的"一要生存，二要温饱，三要发展"的处世原则；他曾经和冯雪峰谈起过的"穷并不是好"的社会观念等。所有这些，都决定了先生无法忽视生活中金钱的存在。

三

鲁迅先生对金钱的重要性有着深刻体察和充分认识，但是却没有因此就倒向观念上的金钱至上，更没有从这里陷入实际人生的拜金主义。因为一个颇显吊诡因而引人瞩目的事实是，先生在自己的言行中，一方面开诚布公地肯定着金钱的力量，但另一方面却又不失时机地否定和颠覆着这种力量。换种更为准确直白的表述就是，鲁迅提示人们要重视金钱的作用，但却反对人们唯钱是取，金钱挂帅，直至做金钱的奴隶。可以这样断言：在金钱面前，鲁迅不屑于故作清高，但却又始终保持着人的高傲与尊严。

如前所述，鲁迅执教于厦门大学是享受着较高薪酬的，无奈这丰厚的薪酬却无法抵消校风的压抑、浑浊和单调，先生不愿为薪酬而牺牲个性和理想，为此，他在写给别人的书信里一再明言：

> 为求生活之费，仆仆奔波，在北京固无费，尚有生活，今乃有费而失去了生活，亦殊无聊。
>
> ——致许寿裳

> 现在只是编讲义。为什么呢？这是你一定了然的：为吃饭。吃了饭为什么呢？倘照这样下去，就是为了编讲义。吃饭是不高尚的事，我倒并不这样想。然而编了讲义来吃饭，吃了饭来编讲义，可也觉得未免近于无聊。
>
> ——致李小峰

> 我想：一个人要生活必须有生活费，人生劳劳，大抵为此。但是，有生活而无'费'，固然痛苦；在此地则似乎有'费'而没有了生活，更使人没有趣味了。
>
> ——致许广平

在无法忍受的情况下，先生决定离开厦门大学去广州中山大学。他在信里告诉许广平："我才知道在金钱下的人们是这样的，我决定走了。""中大的薪水是二百八十元，可以不搭库卷。据朱骝仙对伏园说，另觅兼差，照我现在的收入数也可以想法的，但我却并不计较这一层，实收百余元，大概也已够用，只要不在不死不活的空气里就够了。""在钱下呼吸，实在太苦，苦还不妨，受气却难耐……我想此后只要以工作赚得生活费，不受意外的气，又有点自己玩玩的余暇，就可以算是幸福了。"引述至此，一个超越金钱，呵护人性，珍爱生活的鲁迅已是跃然之间，呼之欲出。

在生命实践中，深谙金钱作用的鲁迅，不仅自觉反抗着金钱的束缚和压迫，勇敢实现着精神对物质的突围，而且还能够暂且推开经济的纠缠与实际的利害，放出理性的眼光，对经历过金钱拮据的人性做一番打量与分析。请看先生在《文艺与政治的歧途》中所谈："从生活窘迫过来的人，一到了有钱，容易变成两种情形：一种是理想世界，替处同一境遇的人着想，便成为人道主义；一种是什么都是自己挣来的，从前的遭遇，使他觉得什么都是冷酷，便流为个人主义。我们中国大概是变成个人主义者多。主张人道主义的，要想替穷人想想法子，改变改变现状，在政治家眼里，倒还不如个人主义的好；所以人道主义者和政治家就有冲突。"应当承认，先生立足于金钱、人性、政治三维空间得出的见解是深刻的，具有洞穿时空的力量。

然而，不管政治家的态度如何，靠笔耕与舌耕解决了衣食之虞的鲁迅，却无疑是自愿替他人着想的人道主义者。这突出表现为，先生时常不计利害，慷慨解囊，无私资助和扶持进步的青年作家与正义的文学事业。关于这点，前人史料性的回忆中例证颇多，其中先生筹款印行叶紫的《丰收》、萧军《八月的乡村》、曹靖华译的《铁流》以及纪念瞿秋白的《海上述林》等，早已是文坛佳话，他对左联刊物、对柔石家属的捐助亦皆有案可稽。这里再举两件不太为人提及的小事。据李霁野《忆鲁迅先生》披露，他当年为酬学费，曾托韦素园设法将自己的译作《黑假面人》卖出去。鲁迅获知后，觉得此书还是未名社自己印较好。为此，他拿自己的钱垫付了李霁野所需的费用，并推助了该书的印行。同样，许广平的《鲁迅回忆录》也告诉我们，当年在邮局工作的孙用，将自己的译稿《勇敢的约翰》寄给鲁迅，以求得帮助。鲁迅读后认为"译文极好，可以诵读"，于是，遂煞费苦心地代其联系出版，不仅不计奔走劳力，而且垫付了二百三十元的制版费，而当书店付还先生一部分制版费时，他又用这些钱预支了译者的版税。面对这样的历史记录，我们不能不为先生重道义而不重金钱的高尚品格感到由衷钦敬。

四

与通达而辩证的金钱观念相联系，鲁迅还有着属于自己的健康而合理的消费意识。这一点常常外化为生活中的两种做派、两种风度。

首先，在许多时候、很多方面，鲁迅的生活是节俭和朴素的。对此，了解先生的亲人和朋友，如许广平、周作人、许寿裳、萧红、夏丏尊等，都有过真实而详细的描述。譬如，先生的衣着就向来不讲究。早年如夏丏尊所写，是"一件廉价的羽纱——当年叫洋官纱——长衫，从端午前就着起，一直要着到重阳"。晚年则是萧红所记："不戴手套，不围围巾，冬天穿着黑石蓝的棉布袍子，头上戴着灰色毡帽，脚穿黑帆布胶皮底鞋"，浑然一个贫寒的教书匠，难怪他去大饭店会见外国朋友，要被守门人拦住盘问。先生嗜烟如命，而家中常备的纸烟则有两种，一种价钱贵的白听子的用来待客，他自己平日抽的却是廉价的绿听子的。先生爱吃糖果，但买来的大都是三四角钱一磅的便宜货。先生爱惜一切有用之物，捆扎邮件的麻绳总是解开卷好，以备再用，而使用过的较大的信封则反过来制成小信封重新付邮。难怪许广平有时戏称他为"老农民"。

不过，在有些时候、有些方面，鲁迅的生活似乎又是阔绰的、讲究的，甚至多少有些铺张。围绕这个问题，从那时到今天，颇有一些似是而非的说法，我们还是以许广平的讲述为依据。剪辑许先生的回忆，鲁迅生活上的"不愿意节省"主要表现在三个地方：一是饮食上有一些不易通融的偏好，爱吃火腿等精美肉食，素的菜蔬和隔夜的菜是不大吃的；二是住房子要求宽敞，他们初到上海不过两个人，租一层楼就够用，而先生却要独幢的三层楼；三是喜欢看电影，而且要买价高的好座位，往返要乘汽车。统观鲁迅以上三种"阔气"，其中前一种更多属于人的天性以及由天性派生出来的"嗜好"，我们无需作过多的纠缠，而后两种情况的出现，则实有多方面的原因。许广平在写于1939年的《鲁迅先生的娱乐》中告诉我们：

> 开初我们看电影，也是坐"正厅"的位置的。后来因为再三的避难，怕杂在人丛中时常遭到识与不识，善意或恶意的难堪的研究，索性每次看电影都跑到"花楼"上去了。同样的理由，我们一同出去的时候也很少是坐电车的，黄包车尤其绝对不肯坐，因为遇着意外逃躲不方便，要不是步行，比较远的就坐汽车。这是他尽可能的戒备了……

他不但看电影，而且每次的坐位都是最高价的呢……他的意思是：看电影是要高高兴兴，不是去寻不痛快的，如果坐到看不清的远角落里，倒不如不去了……另外一点小原因我想是，总和我一起去，我是多少有些近视的，为了方便我，更为了我的满足而引为满足，他一定这样做。

这些当事者的文字，已经把鲁迅看电影为什么坐汽车、选好座讲得清清楚楚。看电影是这样，租独幢楼房难道就不会有类似的原因？毫无疑问，鲁迅某些方面的"高消费"，是折射着他的生存环境、生命情趣和为人境界的，甚至可以让人联想到先生所倡导的"幸福的度日，合理的做人"的本原思想。它所包含的人生意味值得我们久久咀嚼，实在不是当下某些学者仅仅用"懂得休闲，懂得放松"可以诠释和概括的。

（原载《书屋》2010 年第 7 期,《各界》2010 年第 10 期转载，收入《2010 中国年度随笔》，漓江出版社出版）

鲁迅与八股文

　　八股文是明清之际朝廷规定的专用于科举考试的文章体式，这种体式的文章因多以八条论点来说明问题，故而以"八股"命名。

　　对于八股文，我们今天如果完全因袭前人的观点，继续使用"陈腐旧套"、"陈词滥调"之类的语汇，作为其整体评价乃至概括定性，无疑失之简单和片面。但是，有一种基本事实却又必须承认，这就是：在明初到清末的五百多年间，八股文的确充当过封建统治者束缚和禁锢士子思想的重要工具，它在客观上也委实起到了催生和强化读书人精神奴性，使其墨守成规，止于道统的作用。正因为如此，早在它尚且盛行于世的时候，就受到了一些不拘礼法、不甘蒙昧的进步知识分子的嘲讽与抨击。而随着20世纪初科举制度的最终废止，特别是随着"五四"新文化运动的勃然兴起，八股文便理所当然地成了过街的老鼠，被无数觉醒了的学者文人深恶痛绝且口诛笔伐。声讨和抨击八股文乃至其变种"洋八股"、"党八股"等，几乎成为几代新型知识分子共同的价值立场和文化向度。

　　终生都在同旧礼教和旧文化韧性搏战的鲁迅先生，自然不会例外。他视八股文为宿敌，为大恶，可谓由来已久，其痛恨之情和鞭挞之意，不仅惯于曲径通幽，随物赋形，一再置换为小说中那些"不幸"加"不争"、可怜复可悲的科举人物，如《怀旧》里的秃先生，《孔乙己》里的孔乙己，《白光》里的陈士成，等等；而且常常骨鲠在喉，不吐不快，直至熔铸成笔下散文和杂文的嬉笑怒骂、匕首投枪。譬如，在那篇著名的《在现代中国的孔夫子》中，先生就以绵里藏针的文字回忆道："我出世的时候……正是圣道支配了全国的时代。政府对于读书的人们，使读一定的书，即四书和五经；使遵守一定的注释；使写一定的文章，即所谓'八股文'；并且使发一定的议论。然而这些千篇一律的儒者们，倘是四方的大地，那是知道的，但一到圆形的地球，却什么也不知道，于是和四书上并无记载的法兰西和英吉利打仗而失败了。"真可谓皮里阳秋，切中要害。《透底》是先生与瞿秋白合作的结晶（该文以先生的笔名发表后，收入其杂文集《伪自由书》）。在这篇作品里，先生更是旗帜鲜明地指出"八股原是蠢笨的产物……甚么代圣贤立言，甚么起承转合，文章气韵，都没有一定的标准，难以捉摸"，"这样的八股，无论新旧，都应当扫荡"。而当现实的文坛上，有人搬出文学规范对新兴的杂文创作说三道四时，先生则信手拈来八股文的教条与僵化，一针见血地予以反诘："形式要有'定型'，要受'文学制作之体裁的束缚'；内容要有所不谈；范围要有限制。'这严肃的工作'是什么呢？就是'制艺'，普通叫'八股'。"（《做"杂文"也不易》）其发自心底的厌恶与否定不言而喻。至于对堪称是八股文之灵魂的孔孟学说、圣贤之道，先生更是从来就不以为然。他在《十四年的"读经"》中以反讽的口吻写道："欧战时候的参战。我们不是常常自负的么？但可曾用《论语》感化过德国兵，用《易经》咒翻了潜水艇呢？"而在《写在〈坟〉的后面》里，先生更是坦然宣告："孔孟的书我读得最早，最熟，然而倒似乎和我不相干。"

这里，有一种情况值得特别注意，这就是许多现代作家和学人，特别是20世纪四五十年代成长起来的"五四"之后的新一代作家和学人，虽然常常信手拈来地批判和痛斥八股文，但究其生命轨迹和文化历程而言，却并没有亲密接触八股文的机会和经验，因而也就不大清楚八股文究竟是怎样一种文体，它的弊端和危害到底在哪里。用著名作家刘绍棠的话说就是："在我的印象里，八股文是和缠足、辫子、鸦片烟枪归于一类的，想起来就令人恶心。但是，若问我八股文究竟何物，却不甚了然。"（转见王凯符《八股文概说》序）毋庸讳言，出自这些作家和学者之手的八股文批判，往往是"气壮"胜过"理直"，"猛打"替代"穷追"，因而也就很难做到切中肯綮，入木三分，从根本上置八股文于死地。

相比之下，亲历过晚清社会和旧式教育的鲁迅先生，却是十分熟悉八股文的。关于这一点，鲁迅自己的著作以及相关史料，给我们提供了确凿的证据。譬如，阅读先生的忆旧散文《五猖会》《从百草园到三味书屋》

等，即可获悉：先生的开蒙作品虽然是通俗历史读物《鉴略》，但至少从十二岁开始，就已经在塾师的督导下，上对课，读《论语》了。浏览鲁迅亲友谈鲁迅的文章，不难窥见：先生少年时就因博览群书而工于对仗，他以"比目鱼"对"独角兽"，以"陷兽于阱中"对"放牛归林野"，曾赢得塾师寿镜吾的赞赏。而借助周作人的日记，我们又知道，1898年（清光绪二十四）11月，由南京暂回老家绍兴的鲁迅，曾和周作人一起，参加过当时属于最初阶段的科举考试——县试。在这次考试中，鲁迅中三图三十七，周作人中十图三十四。从这样的考试成绩可以推测，鲁迅的八股文造诣大抵不可小觑，唯其如此，才引得本家人为他的不再参加府考而大感惋惜。如果说这样的介绍和分析，终究有些抽象与空泛，那么，我们不妨读读先生写于1932年，后收入《集外集》一书的《〈淑姿的信〉序》："爰有静女，长自山家，林泉陶其慧心，峰嶂隔兹尘俗，夜看朗月，觉天人之必圆，春撷繁花，谓芳馨之永住。虽生旧第，亦溅新流，既苗爱萌，遂通佳讯，排微波而径逝，矢坚石以偕行，向曼远之将来，构辉煌之好梦……"该文虽系应朋友之托的游戏笔墨，且远离"载道"和"制艺"之体制，但通篇文字却极见先生骈四俪六的高超功夫，而骈俪对偶正是八股文的基本特征。以此为间接的通道，我们庶几可以对先生当年的八股文章做些合理的想象。

应当承认，正是这样一种根植于青少年时期的八股文训练与已然登堂入室的八股文修养，使得鲁迅与八股文的关系变得复杂和微妙起来，即无形中具有了非同一般，甚至是二律背反的两重性：一方面，作为革新者和过来人，先生深知八股文的弊端与危害，以致常常抑制不住憎恶之情痛加讥刺与挞伐。而这种讥刺与挞伐又总能够一矢中的，一剑封喉。正所谓"菲薄古书者，惟读过古书者最有力，这是的确的。因为他洞知弊病，能'以子之矛攻子之盾'，正如要说明吸鸦片的弊害，大概惟吸过鸦片者最为深知，最为痛切一般。"（鲁迅《古书与白话》）另一方面，在接受八股文训练的过程中，先生又朦朦胧胧地感到，八股文之所以为八股文，并不全是陈腐和糟粕，其中竟也有一些值得回味乃至依恋的地方。为此，他在《做古文和做好人的秘诀》一文里颇有几分含情地写道：

从前教我们作文的先生，并不传授什么《马氏文通》，《文章作法》之流，一天到晚，只是读，做，读，做；做得不好，又读，又做。他却决不说坏处在那里，作文要怎样。一条暗胡同，一任你自己去摸索，走得通与否，大家听天由命。但偶然之间，也会不知怎么一来——真是"偶然之间"而且"不知怎么一来"，——卷子上的文章，居然被涂改的少下去，留下的，而且有密圈的处所多起来了。于是学生满心欢喜，就照这样——真是自己也莫名其妙，不过是"照这样"——做下去，年深日久之后，先生就不再删改你的文章了，只在篇末批些"有书有笔，不蔓不枝"之类，到这时候，即可以算作"通"。

对照鲁迅的私塾经历可知，这里所说的教"作文"实际上是教"时文"，即八股文。而先生说出这番话也就等于承认，八股训练作为一种日复一日，强制输入的写作程式和文化元素，尽管束缚人的思想和创造力，但从形式和行文的角度看，却也包含着某些合理的、可以让文章由"不通"到"通"、由不好到好的奥妙和规律。为文者只要善于选择、变通和扬弃，它同样能够成为一种有益的创作资源，从而为现实的写作服务。而鲁迅先生是自觉或不自觉地做到了这一点的。我们读他的文学作品，尤其是读他的散文和杂文，总会感到：峥嵘奇崛，目不暇接；天风海雨，纷至沓来。而这洒墨而成的万千气象，固然显示出先生在开阔的中外文化视野之下的转益多师和取精用宏，但其中的文心一脉也分明连接着来自八股文的积极影响。换种更具体的说法就是，八股文中某些具有生命力和表现力的元素，已经潜移默化地渗入了先生的笔下与血液，成为其有意识或无意识文化储备的一部分，进而在某种程度上影响和参与着先生的创作。这种影响和参与，有时并不是先生对八股文的理性批判所能够排拒和抵消的。

那么，八股文究竟给鲁迅的创作带来了怎样的影响？或者说鲁迅的创作到底在哪些方面使用了八股文的资源？对于这个问题，先生没有留下可资参考的夫子自道，以往的研究者似乎也回避了钩沉索隐的兴趣和努力，这使得我们要领略和把握其中的匠心与壶奥，只能透过对先生作品的细读，做小心翼翼、有理有据的揣摩、分析和归纳。而一旦进入这样的过程和情境，我们便不能不为先生所具有的那种海纳百川、万取一收的能力所惊讶，所折服。这时，我们终于懂得了：什么叫扬长弃短，推陈出新；什么叫变无用为有用，化腐朽为神奇。

借鉴和吸收八股文体注重声律、讲究排偶的特点，以此增强叙述语言的音乐性和旋律感，这是鲁迅在创作中化腐朽为神奇的突出表现之一。

如众所知，与出题不离四书、释义必尊程朱的基本内容相呼应，八股文拥有一整套严格得近乎苛刻的程式规范和文体要求。在这些程式规范和文体要求中，固然不乏御用考官们黔驴技穷时的故弄玄虚，自设门槛，如所谓"截搭题"以及相关的"钓、渡、挽"之类，其诸般刁钻古怪，只在于增加作文的难度和杜绝抄袭；但是，也有一些却属于虔诚的文章家，在漫长的写作实践和文体研究中，博采众家，兼收并蓄，不断整合完善八股体例的产物。金克木先生在《八股新论》里指出："八股文体兼骈散，继承了战国策士的言论，汉魏六朝的赋，唐宋的文，而以《四书》为模范。分析八股文体若追溯本源就差不多要涉及全部汉文文体传统。"强调的就是这个意思。正因为如此，我们可以认为，八股文中的一些程式规范和文体要求，在很大程度上是因汉字而生的修辞手段，反映着汉语写作的核心优势与本质特点。譬如，它对音律和排偶的高度重视，一丝不苟，就集中体现了汉语文章的声形之美，正如周作人在《论八股文》一文里所言："中国国民酷好音乐，八股文里含有重量的音乐分子。"八股文是"集合古今骈散的菁华"。

在八股文造诣上较周作人有过之而无不及的鲁迅，自然熟谙此中道理。为此，他将自己当年学习八股文时养成的对音律和排偶的重视态度及专门修养，自然而然地移植和贯穿到了新文学创作中，并经过扬弃与改造而成就了笔下作品极具汉语特色的音乐性和旋律感。在这方面，《灯下漫笔》《记念刘和珍君》《为了忘却的记念》《白莽作〈孩儿塔〉序》等名篇佳作，因为艺术叙事的抑扬顿挫，起伏跌宕，曲折回环，声情并茂，早已是不胫而走，誉满文苑。而一部《野草》所表现出的对双声、叠韵、排比、骈偶，还有"炼字"、"换字"的从容驾驭，以及由此产生的掷地有声而又流动不居的整体语言效果，亦让人心动神摇，叹为观止。《唐宋传奇集·序例》文末的一句"题记"，不过寥寥数语，即所谓"时大夜弥天，璧月澄照，饕蚊遥叹，余在广州"，然其语词之摇曳，音调之峭拔，足以升华为金声玉振而又余音袅袅的声像世界，顿生无限魅力。难怪当年即有人为之称赏叫绝。这里，我们不妨再引先生《新药》里的一段文字：

> 这种新药的性味，是要很激烈，而和平。譬之文章，则须先讲烈士的殉国，再叙美人的殉情；一面赞希特勒的组阁，一面颂苏联的成功；军歌唱后，来了恋歌；道德谈完，就讲妓院；因国耻日而悲杨柳，逢五一节而忆蔷薇；攻击主人的敌手，也似乎不满于它自己的主人……总而言之，先前所用的是单方，此后出卖的却是复药了。

此段文字大体上是一个对偶句群，但每一组对偶的句式、结构和长度并不相同，而是严整之中有变化，呼应之中有参差，它们相互连接，遂成语言的交响，令人沉吟留恋，回味不已。这时，我不禁想起郜元宝先生的观点："研读鲁迅，章句之儒不可哂。何哉？盖鲁迅文学之精髓，泰半在其炼字之用心，造句之奇崛，铁音节色泽变化之自然而丰饶也，以至写情状物之绝少滞碍也。"（《研读鲁迅一百句》）诚哉斯言！当然，我在此亦想稍加补充：鲁迅作品之所以成章句之美，恰恰与作家的八股文修养分不开。

借鉴和吸收八股文体严谨而辩证的思维图式，以此强化笔下观点与论述的雄辩性和说服力，这是鲁迅在创作中化腐朽为神奇的突出表现之二。

周作人曾经要言不烦地指出："时文的特色则无定见，说体面话二语足以尽之矣。"（《夜读抄·颜氏学记》）而此二者的实质又可以用一句话来概括，这就是：奉命说话，"你要我怎么说，就怎么说"（《知堂集外文〈四九年以后〉·10·谈康梁》）。毫无疑问，从言为心声，文出胸臆的角度看，八股文的如此"特色"从根本上违背了写作的精神和规律，属于鹦鹉学舌，为文而文之类。但是，如果我们姑且抛开其他，而只看八股文论述问题的方式和过程，即单独考察一下八股文作者是怎样做到只能如此说而又最终自圆其说的，则又不得不承认，这种为文而文仍然需要清晰的线索、灵活的思路、严格的推理和辩证的目光等。正因为如此，通晓八股文的当代学者启功、张中行、邓云乡等，在谈及八股文是非功过时，大都肯定其对人的思维方式的砥砺与提升。当年的鲁迅显然也看到了这一点。还是在那篇《做古文和做好人的秘诀》里，先生轻松而风趣地写道：

> 这一类文章，立意当然要清楚的，什么意见，倒在其次。譬如说，做《工欲善其事，必先利其器论》罢，从正面说，发挥"其器不利，则工事不善"固可，即从反面说，偏以为"工以技为先，技不纯，则器虽利，而事亦不善"也无不可。就是关于皇帝的事，说"天皇圣明，臣罪当诛"固可，即说皇帝不好，一刀杀掉也无不可的，因为我们的孟夫子有言在先，"闻诛独夫纣矣，未闻弑君也"，现在我们圣人之徒，也正是这一个意思儿。但总之，要从头到底，一层一层说下去，弄得明明白白，还是天皇圣明呢，还是一刀杀掉，或者如果都不赞成，那也可以临末声明："虽穷凶虐之威，而究有君臣之分，君子不为已甚，窃以为放诸四裔可矣"的。这样的做法，大概先生也未必不以为然，因为"中庸"也是我们古圣贤的教训。

显而易见，这段文字针对的还是八股文，其主旨虽在具体阐释先生自己所谓"做古文，做好人，必须做了一通，依旧等于一张白纸"的口诀，即揭示八股文是怎样的"无定见"，但至少在客观上，它同时告诉人们：八股文虽然是"做了""依旧等于一张白纸"的无用文章，但就是这样"一张白纸"，却依旧需要引经据典，振振有词，"一层一层说下去，弄得明明白白"，自成格局，体现一种思维的严整性与推理的逻辑性。可以肯定的是，鲁迅在同八股文的一番纠缠中，也是锻炼和强化了自己的思辨与论证能力的。反映到后来的创作中，便是无论话题怎样吊诡，形象如何奇崛，其字里行间总包含着一种磅礴雄辩的气势和令人折服的力量。

请看先生的议论名篇《论"费厄泼赖"应该缓行》。这篇作品的核心议题自然是讨论"费厄泼赖"精神。文章开篇先"解题"，即将所谓"费厄泼赖"中国化和具体化，落实为"'落水狗'未始不可打，或者简直应该打而已"。接下来，遂围绕"痛打落水狗"的立意，分六段展开议论，依次讲：落水狗的种类和大都该打；叭儿狗尤其该打并"从而打之"；不打落水狗是误人子弟；塌台人物不当与落水狗相提并论；现在还不能一味"费厄"；以其人之道还治其人之身。最后"结末"，提醒改革者面对现实，"是应该改换些态度和方法的"。果然是既正着讲，又反着讲；既纵着讲，又横着讲；既分着讲，又合着讲，其观点文字自是恣肆不羁而又力透纸背，但内在的思维图式和论证过程，却颇见八股方家之三昧。或者干脆说是先生得益于八股训练的非凡的思辨能力，促成了这篇作品的魅力所在。曾记得《儒林外史》里的鲁编修有一段得意之言："八股文章若做的好，随你做什么东西，要诗就诗，要赋就赋，都是一鞭一条痕、一掴一掌血；若是八股文章欠讲究，任你做出甚么来，都是野狐禅。"看来小说家言也不全是信口开河，其中的某些说法倒也值得我们回味。

借鉴和活用八股文特有的"入口气"的规定，巧妙营造角色意识和戏剧效果，以此丰富作品的表现力和感染力，这是鲁迅在创作中化腐朽为神奇的突出表现之三。

八股体制有一个最不近情理，也最遭人诟病的硬性规定，这就是写作者不能以自己的口吻我思我在，实话实说，而必须"代圣贤立言"。具体来说就是，作者写文章时不仅要选择圣贤说过的话题，阐述经过朱注的"义理"，而且必须站在自己所选定的圣贤的立场上，模仿他的语气述旨达意，现身说法，即所谓的"入口气"。对于八股体制而言，做这样的规定自然是为了强化其宗经载道的功用，但却也在无意中给自身引入了艺术元素，因为这样的"入口气"实际上很接近戏剧的角色语言和舞台效果，而作者要真正做到并做好这一点，没有一定的想象能力和艺术修养恐怕是不行的。正因为如此，明代戏剧大家汤显祖的八股文，才会在"入口气"上技高一筹，以至备受称赏；清初的浮浪文人尤侗也才会以《怎当他临去秋波那一转》为题，借助"张生若曰"，留下历史上最著名的游戏八股文。

鲁迅很小就对戏剧感兴趣，十岁上下时不但喜欢到外边看社戏，扮鬼卒，而且还与周作人一起，在家中做模仿戏剧的游戏。这样一种兴趣爱好使得我们可以猜想，先生当年演习八股文时，对"入口气"恐怕别有会心和关注，同时也埋下了在文学表达中喜欢引入戏剧手段的种子。后来的情况也果然如此，鲁迅作品里的戏剧元素常常让人眼前一亮，别生美感。关于这点，我们只要读读先生笔下《补救世道文件四种》《牺牲谟》《曲的解放》《过客》《我的失恋》等，即可发现种种进入角色的惟妙惟肖和借用角色的匠心独运，以及这一切对于丰富作品艺术表现力和感染力所起到的重要作用。为节省篇幅起见，这里就不多做枝蔓了。

晚年周作人曾谈到八股文对自己的消极影响："往往写好一篇文章，第二个人还未过目，便被自己打上一个不及格的分数，所以这在写的方面是极为不利的。封建思想大抵总是不大会有的了，所难免的是有些八股气，在读者不见得看得出，并不是估计他们的眼力差，实在是原来很细微的，表面上几乎不可见，但在知道八股较深的自己写下去时就自觉着，有如切过生葱的厨刀，这味道总觉得有点不好。"（《知堂集外文〈亦报随笔〉·479·眼高手低》）不能否认这当中包含了论者的切身体验；也不能否认八股文确实存在着的空洞、呆板、僵硬、繁琐、苛刻的致命弊端，长期浸淫其中，很容易形成或虚浮，或教条，或卖弄，或矫情的挥之不去的"八股气"。不过，话还应当说回来，八股文作为一种千锤百炼的文章体式，它并非全然是不堪入目的糟粕，它对人文的影响也远不是必然导致僵化与陈腐，这里，关键还要看作家本人是否具有消化、扬弃和改造、超越的能力。而在这方面，鲁迅先生无疑给我们做出了榜样，他以自己的态度和实践，使我们懂得了到底应当怎样面对民族的文化遗产，特别是怎样面对那遗产中瑕瑜互见的那一部分。

（原载《文学界》2010 年第 11 期）

遥想鲁迅的教师生涯

　　对于置身于农业社会的旧中国知识分子来说，做教师是最常见的生活出路，几近于职业宿命。他们当中的许多人都曾在或大或小的讲台上，度过了或长或短的时光年华，留下了一段与莘莘学子朝夕与共的经历和记忆。鲁迅亦复如此，他一生中曾两度出任专职教师。第一次是 1909 年 9 月至 1912 年 2 月，相继在浙江两级师范学堂、绍兴府中学堂及浙江山会初级师范学堂做教师、监学或监督；第二次是 1926 年 9 月至 1927 年 6 月，先后出任厦门大学教授和广州中山大学教授及文学系主任兼教务主任。除此之外，鲁迅还长期担任兼职教师。1920 年 8 月至 1926 年上半年，他在北洋政府教育部供职时，便陆续受聘于北京大学、北京师范大学、北京女子师范大学、世界语专门学校、集成国际语言学校等多个教育单位，以客座讲师或教授的身份，为学生讲授中国小说史和文艺理论。1927 年 10 月定居上海至 1936 年 10 月在沪逝世的九年里，他虽然决意作自由撰稿人，但仍然不时应邀到若干大中学校去演讲。这期间，他曾两次回京探母，每次的时间尽管只有半月左右，但去燕京大学、北京大学、辅仁大学等学校所做的演讲，竟有十多次。由此可见，教书育人确实是鲁迅付出了时间和心血的一项事业，是他生命实践的重要内容。

　　　　　　　　　　　　　一

　　有一种情况毋庸讳言，这就是：在鲁迅心目中，做教师并不是最理想和最迫切的职业追求。之所以如此，倒不是因为鲁迅对教师这一行当存有什么成见，而是同他由来已久的人生志向多有关联。如众所知，早在留学日本时，鲁迅就确立了这样的认识：要救国人，"我们的第一要著，是在改变他们的精神，而善于改变精神的是，我那时以为当然要推文艺，于是想提倡文艺运动了"（《呐喊·自序》）。这就是说，依当时的鲁迅看来，要改变国民精神，文艺最便捷，也最有效，因而它比教育更值得重视。正因为如此，当鲁迅在日本尝试进行最初的启蒙活动时，所选择的行为方式或者说所流露的职业兴趣，便是筹办杂志，以及在此举失败之后的搞翻译、写文章。至于他回国后立即出任浙江两级师范学堂的教职，则主要是考虑要尽家中长子的义务。用他对乡党朋友许寿裳的话说："因为起孟（即弟弟周作人——引者注）将结婚，从此费用增多，我不能不去谋事，庶几有所资助。"

在文艺与教育两者之间，如果说早年的鲁迅是从改造国民精神的功能和效果的意义上更看重文艺，那么，当他做了多年教师，有了丰富的教学经验之后，又发现了一个新的问题，这就是：教书和创作实难兼顾。关于这点，在《两地书》里，鲁迅曾向同样熟悉学校生活的许广平，做过不止一次的表露："中大的薪水比厦大少，这我倒并不在意。所虑的是功课多，听说每周最多可至十二小时，而做文章一定也万不能免……倘再加别的事情，我就又须吃药做文章了。""我明年的事，自然是教一点书；但我觉得教书和创作，是不能并立的，郭沫若郁达夫之不大有文章发表，其故盖亦由于此。所以我此后的路还当选择，研究而教书呢，还是仍作游民而创作？倘须兼顾，即两皆没有好成绩。""看外国，兼做教授的文学家，是从来很少的。我自己想，我如写点东西，也许于中国不无小好处，不写也可惜；但如果使我研究一种关于中国文学的事，大概也可以说出一点别人没有见到的话来，所以放下也似乎可惜。但我想，或者还不如做些有益的文章，至于研究，则于余暇时做，不过倘使应酬一多，可又不行了。"与此同时，在旧政权统治之下，校园里政治空气的压抑，人际关系的浑浊，以及某些当权者的庸俗和荒谬，也让鲁迅伤透了脑筋，以致不得不发出愤懑之声："教界这东西，我实在有点怕了，并不比政界干净。"（《致章廷谦信》）。因为有了这样的体认，鲁迅在定居上海后，"教书的趣味，全没有了，所以对于一切学校的聘请，全部推却。"（《致翟永坤信》）当然，这并不包括热情相邀和盛情难却的校园演讲。

　　从个人理想和志趣的角度看，教书或许不是鲁迅的最爱，只是他一旦在事实上进入教师的角色，承担起为人师表的责任，却又总能够保持着兢兢业业，满腔热忱的态度，既尽心尽力，又一丝不苟。一切之所以如此，有一个重要的因素在起作用，这就是鲁迅特有的青年观，以及由此派生出的对青年的由衷期待和格外看重。鲁迅明言："我一向是相信进化论的，总以为将来必胜于过去，青年必胜于老人。"（《三闲集·序言》）"青年们先可以将中国变成一个有声的中国。大胆地说话，勇敢地进行，忘掉了一切利害，推开了古人，将自己的真心的话发表出来。"（《无声的中国》）而学校正是青年最为集中且关系着他们精神成长的地方，教书则不啻为他们的未来输血和搭桥。于是，鲁迅将对青年的希望和关爱，化为教书的热情与动力，认认真真，极为负责地做起了教师。关于这点，李霁野在《鲁迅先生与未名社》一文里，留下过真实而生动的记叙："初成立的未名社，是设在北京大学第一院对面一个公寓里的……先生在北大下课后常常到那里去谈天，偶尔也就遇便吃饭……问到上课觉得有兴趣吗？先生总是谦虚地说，哪配教什么呢，不过很喜欢年轻人，他们也还没有讨厌自己，所以一点钟是还乐于去教的。讨厌？听过先生讲台上谈吐的，谁会忘记那样的喜悦！"这段文字自然可以帮助我们理解鲁迅从事教学的心态，以及他与教育职业的关系。

二

　　在课堂或演讲台上，鲁迅到底有着怎样的音容笑貌和风神气度？限于那时的社会条件与科技水平，除有极少量的照片可资参考外，几乎没留下任何音像资料。今天，我们要想了解鲁迅当年讲课和演讲的情景，只能通过相关的回忆性文字。然而，恰恰是这些回忆性文字，承载着极为丰富的信息和内容，它最终为我们还原了一个个生气充注的历史现场，使我们感受到了极大的精神享受。这里，我们不妨摘录几段：

　　鲁迅每周一次的讲课，与其他枯燥沉闷的课堂形成对照，这里沸腾着青春的热情和蓬勃的朝气。这本是国文系的课程，而坐在课堂里听讲的，不只是国文系的学生，别系的学生、校外的青年也不少，甚至还有从外地特地来的。那门课名义上是"中国小说史"，实际讲的是对历史的观察，对社会的批判，对文艺理论的探索。有人听了一年课以后，第二年仍继续去听，一点也不觉得重复。

——冯至《笑谈虎尾记犹新》

他的言语，虽然还有点浙江绍兴的语尾，但由于他似乎怕有人误解而缓慢清晰的字音，和在用字方面达到人人能懂程度的词句，使全教室在整个时间中都保持着一种严肃的穆静。如果不是许多铅笔在纸上记录时发出一种似乎千百甲虫在甘草上急急爬行的细响，就让站在门外静听的人也要疑心教室里边只有先生一人在讲演吧？这显然是全教室的学生，都被先生说理的线索吸引的忘了自己了。

——尚钺《怀念鲁迅先生》

他是严峻的，严峻到使人肃然起敬。但瞬间即融化了，如同冰见了太阳一样，是他讲到可笑的时候大家都笑了。有时他并不发笑，这样很快就又讲下去了。到真个令人压抑不住了，从心底内引起共鸣的时候，他也会破颜一笑，那是青年们的欢笑使他忘记了人世的许多哀愁。

——许广平《鲁迅回忆录》

讲演会场，还同前次一样，设在"风雨操棚"。不同的是，人太多，门窗都挤破，人流还在涌。不得已，临时搬到操场上来……整个操场挤得满满的，人头攒动，水泄不通，靠北面教室楼窗户里也塞满了。讲题是：《论第三种人》。讲了一段，大意讲完了，人们还不散，只是鼓掌要求再讲下去。

——公木《鲁总司令麾下的列兵》

显然，诸如此类的文字向我们昭示了一个重要事实：无论授课抑或演讲，鲁迅都极具吸引力和征服性，都赢得了热烈赞许和普遍认同。而这样一种效果的产生，分明得益于先生多方面的禀赋与优势。如：丰富的学养，敏锐的识见，幽默的性情，从容的表达，以及每每为学生和听众着想的态度等。

　　除上述之外，鲁迅能够保证课堂效果和授课质量，还有一个十分重要的原因，这就是，鲁迅围绕讲课和教学做了大量的、艰苦的案头准备工作。譬如，为了讲好中国小说史，鲁迅拿出数月时间，专门编写了十多万言的讲义，其直接的工作量已属可观，工作态度亦复可敬；而构成该讲义材料来源与文本支撑的《古小说钩沉》《唐宋传奇集》《小说旧闻钞》三书，更是先生历时数年，锐意穷搜，所积渐多的结果，其中所下的辑佚、取舍、校勘、考订功夫，绝非后世的教材编写者可以类比乃至想象。唯其如此，该讲义修订为《中国小说史略》一书出版后，旋即成为中国小说史研究的不朽经典和重要基石。鲁迅讲授文艺理论，选用日本学者厨川白村的遗稿《苦闷的象征》作教材，这固然增添了课堂的新意，但先生却为此付出了通译全书的辛劳。鲁迅执教厦门大学时，开讲中国文学史。本来依靠学校旧存的讲义即可上课，但基于提高教学质量的考虑，先生自云："我还想认真一点，编成一本较好的文学史。"（《致许广平信》）于是，他在图书资料极为匮乏的条件下，克服困难，潜心著述，写成了独具识见，自成一家的《汉文学史纲要》。梳理至此，我们庶几已经领略了鲁迅讲课与演讲艺术的精彩和精华所在。

三

　　鲁迅全部的文学和社会实践，贯穿着一条中心线索，这就是"立人"，他的教师生涯自不例外。为此，鲁迅在担任教职、从事教学和引导青年时，不仅高度重视授课艺术和课堂效果，而且每每从眼前的校园情景和学子心态出发，联系自己的经验和记忆，展开形而上的思考，进而就整体的教书育人和青年成长，提出具有针对性和建设性的意见，甚至在有条件的情况下，实施力所能及的改革。这时的鲁迅，便呈现出属于自己的教育理念。

　　第一，鲁迅清醒而敏锐地意识到了当时教育体制所存在的种种弊端。1925 年 3 月 18 日，鲁迅在致许广平的信里明言："现在的所谓教育，世界上无论哪一国，其实都不过是制造许多适应环境的机器的方法罢了。要适如其分，发展各各的个性，这时候还未到来，也料不定将来究竟可有这样的时候。"显然，在鲁迅看来，理想的教育制度应该是"适如其分，发展各各的个性"，而现行教育制度的一个很大偏颇，就是反映在学生身上的对共性的过于强调和对个性的极大漠视，这无疑不利于青年一代的成长与发展。如果说鲁迅这段话还只是温和地揭示了世界范围内学校教育的普遍缺失，那么，他在《论"赴难"和"逃难"》一文里，则严厉抨击了当时中国教育特有的误区和隐患："施以狮虎式的教育，他们就能用爪牙，施以牛羊式的教育，他们到万分危急时还会用一对可怜的角。然而我们所施的是什么式的教育呢，连小小的角也不能有，则大难临头，惟有兔子似的逃跑而已。"这样的教育制度，必然会在学生中产生不良后果，而鲁迅笔下的某些校园见闻，恰恰有意或无意地触及到了这一点：

　　　　我有时也偶尔去看看学校的运动会……竞走的时候，大抵是最快的三四个人一到决胜点，其余的便松懈了，有几个还至于失了跑完豫定的圈数的勇气，中途挤入看客的群体中；或者佯为跌倒，使红十字队用担架将他抬走。假若偶有虽然落后，却尽跑，尽跑的人，大家就嗤笑他。大概是因为他太不聪明，"不耻落后"的缘故罢。

　　　　　　　　　　　　　　　　　　　　　——《这个与那个》

　　　　现在青年的精神未可知，在体质，却大半还是弓腰曲背，低眉顺眼，表示着老牌的老成的子弟，驯良的百姓……

　　　　　　　　　　　　　　　　　　　　　——《论睁了眼看》

　　诸如此类的文字里，浸透着鲁迅深深的忧患，而这样的忧患即使在今天，仍然不能说是杞人忧天，全无意义。

　　第二，鲁迅特别看重年青一代的精神成长与思想自由。在名篇《我们现在怎样做父亲》里，鲁迅倡言：长辈须全力为青年的成长提供指导和帮助，不但要使其养成"耐劳作的体力"，更要让他们具有"纯洁高尚的道德，广博自由能容纳新潮的精神，也就是能在世界新潮流中游泳，不被淹没的力量"。而这种力量正是青年一代于历史变局中安身立命的根本。鲁迅是许寿裳长子许世瑛的发蒙教师，为此，他在写给许寿裳的信里，很自然地谈起子女教育的话题："君教诗英，且以养成适应时代之思想为第一谊，文体似不必十分抉择，且此刻颂习，未必与将来大有效力，只须思想自由，则将来无论大潮如何，必能与为沉瀣矣。"显然，在鲁迅心目中，青年一代的思想教育是第一位的，其重要性远在文体抉择之上。

唯其如此，鲁迅教书并不单单满足于知识传播和学问讲授，而是尽量把教书和育人结合起来，或者说努力将做人的道理寓于专业教学之中。关于这点，一些当年中国小说史的聆听者，留下过真实的现场记述。据许广平回忆，鲁迅谈到《水浒》中的宋江故事时，曾特别提醒大家："小说乃是写的人生，非真的人生。故看小说第一不应把自己跑入小说里。又说看小说犹之看铁槛中的狮虎，有槛才可以细细的看，由细看以推知其在山中生活情况。故文艺者，乃借小说——槛——以理会人生也。"对此，许广平表达了自己的理解："这里鲁迅教导我们不但看小说，就是对一切世事也应如看槛中的狮虎一般，应从这里推知全部状貌，不要为片断现状所蒙蔽，亦犹之马列主义教人全面看问题一样道理。"（《鲁迅回忆录·鲁迅的演讲与讲课》）后来成为作家的鲁彦亦写道："他（即鲁迅——引者注）的每句极平常的话几乎都无须被迫地停顿下来，中断下来。每个听众眼前赤裸裸地显示出了美与丑，善与恶，真实与虚伪，光明与黑暗，过去、现在与未来，大家在听他的中国小说史的讲述，却仿佛听到了全人类的灵魂的历史，每一件事态的甚至是人心的重重叠叠的外套都给他连根撕掉了。于是教室里的人全笑了起来，笑声里混杂着欢乐与悲哀，爱恋与憎恨，羞愧与愤怒……"（《活在人类的心里》）这样的知识传授无疑潜移默化地作用于听众的精神世界。

第三，在教育和成长的维度上，鲁迅看到了单习文学的偏颇和局限，因而主张学生要强化通识，兼顾文理，开阔眼界。鲁迅坦言："先前的文学青年，往往厌恶数学、理化、史地、生物学，以为这些都无足轻重，后来变成连常识也没有，研究文学固然不明白，自己做起文章来也糊涂，所以我希望你们不要放开科学,一味钻进文学里。"(《致颜黎民》)先生还说:"爱看书的青年,大可以看看本分以外的书,即课外的书,不要只将课内的书抱住……应做的功课已完而有余暇,大可以看看各样的书,即使和本业毫不相干的,也要泛览。譬如学理科的,偏看看文学书,学文学的,偏看看科学书,看看别个在那里研究的,究竟是怎一回事。这样子,对于别人,别事,可以有更深的了解。"(《读书杂谈》)质之以中外人才的成长之路,应当承认,鲁迅的观点和建议有的放矢,切合实际,洵属留给莘莘学子的金玉良言。

在坚持文理兼顾,全面发展的问题上,鲁迅不仅是积极的倡导者和推助者,而且还以自己实际的横通与博学,为年青一代做出了榜样。作为文学家,鲁迅一向注重自然科学,对医学、化学、路矿、生物等学科,均有广泛的涉猎和充实的积累,写出了《人之历史》《科学史教篇》等著作。早在留日期间,他就接触了世界近代自然科学的最新成就,率先向国人介绍了镭的发现、进化理论和生命发展学说。到了晚年,他依然关心自然科学动态,指导翻译了《药用植物》一书,并为周建人的科普著作《进化和退化》作序。而在早年执教于浙江两级师范学堂时,他则以"吃螃蟹"的勇气,登台讲授起"化学"和"生理卫生"课,为此而准备的生理学讲义长达十一万言,现藏中国国家图书馆。毫无疑问,鲁迅的自然科学修养与造诣,直接促成了他文理兼顾,全面发展的育人主张和教育理念。

第四,鲁迅提倡田野考察和现场教学,重视培养学生的研究能力和动手能力。鲁迅尝有名言:"我以为……现在的青年,最要紧的是'行',不是'言'。只要是活人,不能作文算什么大不了的事。"这话诚然是先生在答复《京报副刊》关于"青年必读书"时的借题发挥,但实际上却也传递出他一贯的实践在先的人生观念,其中包括他强调知行合一,坚信"行"重于"言"的教育主张。正是基于这种主张,鲁迅在担任浙江两级师范学堂的教职时,便从自己所教课程的特点出发,毅然加大了研究和实验的力度。譬如,他编写的生理学讲义,附有"生理实验术要略",其中列举了若干项目,便于学生通过实际操作,了解生命的奥秘。他上化学课更看重现场试验的效果,其间被调皮学生的恶作剧烧伤,亦不改初衷。他在为日籍教师做翻译,协助其讲授植物课时,则常常利用课余时间,带领学生到野外做实地考察，采集植物标本。杭州一中（前身即浙江两级师范学堂）的鲁迅纪念室里，一直保存着鲁迅和他的学生们采集植物标本的记录，其中仅 1910 年 3 月 1 日至 29 日，他们的外出考察就多达十二次。由此可见，早在一百年前，鲁迅就开始了为今天教育界人士所称道的开放性、研究性教学，其筚路蓝缕之功，令人肃然起敬。

四

"创作总根于爱。"与文学创作结伴终生的鲁迅，是有大爱和深爱之人。而他的这种大爱与深爱，有相当一部分是倾注在青年学生身上的。对此，鲁迅在他的《随感录·四十一》里，曾有过深情的表达：

> ……愿中国青年都摆脱冷气，只是向上走，不必听自暴自弃者流的话。能做事的做事，能发声的发声。有一分热，发一分光，就令萤火一般，也可以在黑暗里发一点光，不必等候炬火。
>
> 此后如竟没有炬火：我便是唯一的光。倘若有了炬火，出了太阳，我们自然心悦诚服的消失，不但毫无不平，而且还要随喜赞美这炬火或太阳；因为他照了人类，连我都在内。

正是这份大爱与深爱，使得鲁迅在面对成长之中的学生时，始终保持了三种极其可贵的态度。

面对渴望知识，寻求解惑的学生，鲁迅是循循善诱，诲人不倦。鲁迅是著名作家，社会名流，因此，他执教北京大学时，赢得了众多学子的崇拜和拥趸，主动讨教者比比皆是，随处可见，而鲁迅予以回应的，是极大的热情和耐心。请看尚钺的回忆：

> 先生每次下课时，许多同学都跟着挤他到休息室去发问，甚至一连几个礼拜，我的一个问题还没有挤到他面前去求得解答的机会。因他虽然经常上课前半小时就坐在休息室中，但他一来，许多

早已在等候他的青年，便立刻把他包围起来。于是他便打开手巾包将许多请校阅、批评及指示的稿件拿出来，一面仔细地讲解着，散发着，一面又接收着新的。一直到上课钟响时，他才拿起手巾包（他没有皮包），夹在这些青年之间走上讲堂。在课程进行中，他似乎不愿意牺牲十分钟的休息时间似的，总是把两小时连堂上。的确就是他不连堂上，大学中的十分钟的休息时间也不是为他预备的，如果被学生包围起来，怕他还要比上课忙碌一点吧？

——《怀念鲁迅先生》

此刻的鲁迅，已经将全副身心交给了嗷嗷待哺的学生们。至于先生在创作上甘为文学青年"打杂"、"作梯子"，直至在物质上、生活上关心和接济青年学生，早已化为一段段佳话，至今在历史的长河里流传。

面对身处险境，面临屠戮的学生，鲁迅是晓之利害，呵护有加。在与黑暗和反动势力的搏战中，鲁迅因为深知对手的强大，所以从不主张青年铤而走险，赤膊上阵，而是一再教他们学会"壕堑战"——在保护好自己的前提下向敌人进攻。1926年，北京发生"3·18"惨案，鲁迅的学生、女师大的刘和珍和杨德群惨死于段祺瑞政府的屠刀之下。这时的鲁迅，一方面以《记念刘和珍君》这篇哀痛积愤之作，"直面惨淡的人生，正视淋漓的鲜血"，以此唤起真猛士的奋然前行；另一方面则及时总结血泊里的教训，指出当时群众领袖的两个错误："一是还以请愿为有用；二是将对手看得太好了。"（《空谈》）其中包含的对年轻生命的痛惜之情可掬可感。1933年，日军攻陷榆关，进逼华北，北平受到严重威胁。当时各大学纷纷要求停课，以应对战事，但国民党政府却以稳定秩序为由不予批准，而沪上一些文人亦在报端"帮忙"鼓噪，指责学生自动离校，要求他们，即使不能"赴难"，最低限度也不应"逃难"。对于这种从根本上无视学生生命的荒谬高调，鲁迅深深不以为然，为此，他连续写了《逃的辩护》《论"赴难"和"逃难"》《学生和玉佛》等多篇文章，予以驳斥。鲁迅认为："现在中国的兵警尚且不抵抗，大学生能抵抗么？我们虽然也看见过许多慷慨激昂的诗，什么用死尸堵住敌人的炮口呀，用热血胶住倭寇的刀枪呀，但是，先生，这是'诗'呵！事实并不这样的，死得比蚂蚁还不如，炮口也堵不住，刀枪也胶不住。孔子曰：'以不教民战，是谓弃之。'我并不全拜服孔老夫子，不过觉得这话是对的，我也正是反对大学生'赴难'的一个。"必须承认，鲁迅这种看重人的价值，珍惜大学生生命的观点，是难能可贵的，值得我们在历史的进程中"学而时习之"。

面对遭受压制，抗议无果的学生，鲁迅是挺身而出、仗义执言。在同黑暗势力的斗争中，鲁迅提倡"壕堑战"，但却并不因此就一概反对白刃战。事实上，每当青年学生遭受强权的高压和迫害，矛盾无法回避时，鲁迅总是"修我甲兵，与子偕行"，毅然投入与强权者"短兵相接"的战斗。1925年，北京女师大因无故开除学生而引发学潮，接下来，校方不但不承认错误，反而伙同当局继续倒行逆施，镇压学生。这时，鲁迅挺身而出，以一连串犀利的文章，揭露校方的劣迹，公开支持学生的正义行动。为此，他不仅同假装公允的"正人君子"刀笔相见，而且回敬了来自教育总长章士钊的免职的打击和恐吓。1927年4月15日，国民党在广州开始"清共"，中山大学有不少学生被捕。当时，主持校政的戴季陶、朱家骅有意回避或保持沉默，而鲁迅则以教务主任的身份召开会议，商讨担保和营救事宜。在不但得不到校方支持，反而被横加指责和阻挠的情况下，他决然辞职以示抗议。鲁迅到上海后，原本决计不再涉足教育，无奈劳动大学校长易培基在北京时同自己有过一起反对段祺瑞、章士钊的战友之谊，碍于情面，才答应在该校担任每周一点钟的文学讲座。但不久即获知易氏有支持军警抓学生之事，于是，他坚决辞掉教职，并退回了已付的薪金。鲁迅这种与进步学生同呼吸，共命运的精神和行动，即使隔着岁月的烟尘，依然会让我们感慨万端，怦然心动。而这自然也是鲁迅教师生涯中极富光彩的一页。

（原载《教师博览》2011年第10期，又载《闲话》第13辑，青岛出版社出版，收入《挺直脊梁当老师》一书，北京教育出版社出版。）

谈谈鲁迅的幽默观

如果把 1906 年国学大师王国维笔下出现"欧穆亚"的汉译（《屈子文学之精神》），确定为"幽默"一语进入中国的起点，那么，幽默作为一个源自拉丁语 humor，后经英语 humour 舶来的概念，已经在中国大地上行走了整整一百年。纵观这一百年的幽默发展史与传播史，鲁迅是个重要的、绕不过去的存在。笔者之所以做出这样的判断，固然是鉴于鲁迅的文学创作——包括小说、散文、杂文乃至诗歌，均在幽默特色与风格的营造上，达到了一个时代的高峰，显示出灵犀勃发，挥洒自如的巨匠风范；但同时还因为对于幽默，鲁迅始终保持着一种客观清醒的态度，并以此为基点，发表了一系列既敏锐又深刻、既高蹈又辩证的见解，留下了若干迄今读来仍然启人沉思和令人回味的论述，从而形成了属于自己的、独特的幽默观。关于鲁迅从创作的角度对幽默所做出的贡献，已有不少专家和学者捧出了真知灼见；这里，我着重就以往学术界涉及较少的鲁迅的幽默观问题，作一些梳理，谈一些看法。

第一，鲁迅喜欢和赞赏幽默的性情与气质，但却不主张把幽默的作用抬得太高，看得过重，更不认为在专制和动荡的年代里，幽默能够解决国家和民族的根本问题。

大约因为故乡绍兴的民间遗留了太多的徐文长式的智慧与滑稽，以及来自迎神会、目连戏的足够的活泼与诙谐，在此种环境和氛围里长大的鲁迅，自有一种高度个性化的生命元素。对于这种生命元素，同鲁迅有过深入交往的曹聚仁，借用日本作家介川龙之介对章太炎的感觉，称之为"鳄鱼的气味"（《鲁迅评传·性格》），即一种尖刻、机智而又老辣、幽默的性格；

代表了"他者"目光的斯诺，则看成是"持平于欢乐和悲哀之间"的"'笑'的天才"（《鲁迅——白话大师》）。而它到了站在二十一世纪背景之下进行文化远观和反思的陈丹青的笔端，则被很通俗、很家常地表述为"天性里、骨子里的大好玩"（《笑谈大先生》），也就是心理乃至人格层面的猛烈而又仁厚、犀利而又轻松、冷峻而又愉悦。

显然与这种生命元素相关联，在"西风东渐"的年代里，一向主张"拿来"的鲁迅，对17世纪以降在欧美等国迅速发展起来的作为一种人生态度和审美范畴的幽默，表现出了大体上的肯定与接受。譬如，他在《忽然想到》一文中指出："外国的平易地讲述学术文艺的书，往往夹杂些闲话或笑谈，使文章增添活气，读者感到格外的兴趣，不易于疲倦。但中国的有些译本，却将这些删去，单留下艰难的讲学语，使他复近于教科书。这正如折花者，除尽枝叶，单留花朵，折花固然是折花，然而花枝的活气却灭尽了。人们到了失去了余裕心，或不自觉地满抱了不留余地心时，这民族的将来恐怕就可虑。"从这段话里，我们不难体会到论者对外国幽默的欣赏和对国人缺乏幽默感的担心。而在《再论雷峰塔的倒掉》一文里，鲁迅更是直接肯定了包括幽默在内的喜剧的意义，认为它可以"将那无价值的撕破给人看"，因而和悲剧一样，都是封建传统文化心理——"十景病的仇敌"，"都有破坏性"。

正因为如此，跋涉于文坛的鲁迅，不仅高度评价萧伯纳和马克·吐温作品的幽默风格，热情支持日本友人增田涉编译《世界幽默大全》，而且还亲自动手译介日本作家、评论家鹤见祐辅的《说幽默》。值得注意的是，鹤见祐辅关于幽默的论述，常常让我们联想起鲁迅自己在这方面的一些见解。譬如，鹤见写道："睁开了心眼，正视起来，则我们所住的世界乃是不能住的悲惨的世界，倘若二六时中，都意识着这悲惨，我们便到底不能生活了。于是我们就寻出了一条活路，而以笑了之。这心中一点的余裕，变愤为笑，所以，从以这余裕为轻薄的人看来，如幽默者，是不认真，在人生是不应该有的。但是从真爱幽默的人们看来，则倘无幽默，这世间便是只好愤死的不合理的悲惨的世界。"而鲁迅亦明言："人们谁高兴做'文字狱'中的主角呢，但倘不死绝，肚子里总还有半口闷气，要借着笑的幌子，哈哈的吐他出来。笑笑既不至于得罪别人，现在的法律上也尚无国民必须哭丧着脸的规定，并非'非法'，盖可断言的。"(《从讽刺到幽默》)这"所见略同"的以笑解忧、化愤为笑之论，是否可以说明，鲁迅译介鹤见祐辅的《说幽默》，在相当的程度上，亦属"借他人的酒杯，浇自己的块垒"呢？应当承认，如此理解幽默，在今天看来或许有些简单乃至功利，但它出现在"风雨如磐暗故园"的当年，却无疑折映着鲁迅一贯的匡世、"立人"情怀，以及坚定的现实主义立场和精神。

对于人生和文学意义上的幽默，鲁迅是肯定的、看重的，他主张，一个民族以及这个民族的文学作品，应当有足够的幽默感，应当注意培养幽默的气质，表现幽默的风格。即使在这种幽默出现问题的时候，他也反对"一切罪恶，全归幽默"，反对"骂幽默竟好像是洗澡，只要来一下，自己就会干净似的"(《小品文的生机》)。然而，在此同时，鲁迅又清醒地意识到，幽默只是一种健康的、优秀的心理和人性元素。对于一个民族而言，它既难以说是核心的精神价值，更算不上是根本的人生出路。因此，任意的、无限制的夸大幽默的重要性和社会作用，是不正确和不可取的。特别是在专制政体之下和动荡年代之中，面对"风沙扑面，虎狼成群"的情景，真正的幽默感常常无处寻觅，正所谓："重重迫压，今人已不能喘气，除呻吟叫号而外，能有他乎？"(1933 年 6 月 20 日致林语堂信)在这种时候，一味倡导幽默，便近乎播撒自欺且欺人的麻醉剂。正是从这样的感受和认识出发，鲁迅对 20 世纪 30 年代林语堂及论语派大肆鼓吹"幽默"文学，宣扬"有时笑笑人家，有时给人家笑笑"的人生观，是颇不以为然的。他指出："幽默和小品的开初，人们何尝有贰话。然而轰的一声，天下无不幽默和小品，幽默那有这许多……"(《一思而行》)他认为：在一个"皇帝不肯笑，奴隶不准笑"的时代里，在一个"实在是难以幽默"的环境中，"坐着有版税可抽"者，尚且"只闻其骚音怨音以及刻薄刁毒之音"，"还能希望那些炸弹满空，河水漫野之处的人们来说'幽默'么?"(《"论语一年"》)唯其如此，论语派"开口幽默，闭口幽默，这人是幽默家，那人也是幽默家"，是不妥当和不足取的。也正是在这一意义上，鲁迅坦言："我不爱'幽默'，并且以为这是只有爱开圆桌会议的国民才闹得出来的玩意儿，在中国，却连意译也办不到。"(《"论语一年"》)

尽管流逝的岁月已经覆盖了历史的现场，然而，凭着还算丰富的资料，以及这些资料足以开启的体悟和想象，我还是认为，鲁迅当年对幽默的态度和说法，显示着一种过人的清醒与深刻。试想，在一个弥漫着血与火、充塞着旗与剑的环境里，把"解脱性灵"，"求得幽默"（林语堂《论文·下》）当作号召，除了让人感到幼稚、无聊和浅薄、逃避，岂有它哉？退一步说，即使在今天莺歌燕舞的和平年代，一味地、片面而绝对地倡导幽默，恐怕也支撑不起一个民族的精神大厦，相反，倒很可能产生一些消极的作用和负面的影响。就此点而言，现实的社会和文学意趣，分明已露出了某种端倪，值得我们加以警惕。

第二，鲁迅关于幽默的一些看法和论断，深深植根于中国历史与文化的土壤之中，表现出他对民族传统与性格的别一种审视、洞察和判断。

在坚持以客观、辩证的态度，对待和评价幽默的基础上，鲁迅对于幽默在中国的境遇以及它因传统文化的浸泡所形成的特殊的历史形态，也发表了一系列属于自己的、独特的观点和论述。其中最具有代表性的是以下几段：

> 幽默既非国产，中国人也不是长于"幽默"的人民，而现在又实在是难以幽默的时候。
>
> ——《从讽刺到幽默》

> 我们有唐伯虎，有徐文长；还有最有名的金圣叹，"杀头，至痛也，而圣叹无意得之，大奇！"虽然不知道这是真话，是笑话；是事实，还是谣言。但总之：一来，是声明了圣叹并非反动的叛徒；二来，是将屠户的凶残，使大家化为一笑，收场大吉。我们只有这样的东西，和"幽默"是并无什么瓜葛的。
>
> ……
>
> 这可见"幽默"在中国是不会有的。
>
> ——《"论语一年"》

> ……中国向来不大有幽默。只是滑稽是有的，但这和幽默还隔着一大段，日本人曾译"幽默"为"友情滑稽"，所以别于单单的

"滑稽"，即为此。那么，在中国，只能寻得滑稽文章了？却又不。中国之自以为滑稽文章者，也还是油滑，轻薄，猥亵之谈，和真的滑稽有别。

——《"滑稽"例解》

这些论述，自由洒脱而又意深旨远，但其中最关键也最醒目的，是鲁迅提出了三个重要观点：一、幽默不是国粹；二、国人不长于，甚至不会有幽默；三、中国历史上有滑稽，但滑稽并不就是幽默，何况那种滑稽也同"真的滑稽有别"。

毋庸讳言，对于鲁迅提出的这三个观点，迄今为止的文学界和学术界，是存在着一些误读和歧议的。这些误读和歧议既关系到国人对幽默的理解，也涉及学界对鲁迅的评价，因而有必要加以认真辨析。

首先，我们来看中国究竟有没有国粹意义上的幽默。如众所知，在中国现代文学史上，最先使用幽默概念的是林语堂。按照他在《幽默杂话》中的说法："幽默二字原为纯粹译音，行文间一时所想到，并非有十分计较考量然后选定，或是藏何奥义。"这似乎意味着在汉语系统之内，并无幽默这一词汇。然而事实上，幽默一语却偏偏是汉语古已有之的，它最早见于《楚辞·九章·怀沙》，所谓"眴兮杳杳，孔静幽默"。意指天地之间，幽远静默，万籁俱寂。腹笥充盈如鲁迅，应当明了个中情况。大约正是有鉴于此，他才明言：幽默"那两字似乎含有意义，容易被误解为'静默''幽静'等，所以我不大赞成，一向没有沿用。但想了几回，终于也想不出别的什么适当的字来，便还是用现成的完事"（《说幽默·译者附记》）。当然，楚辞中的幽默并非指一种人生态度或美学范畴，因此，它不能等同于后来林语堂译自英语的幽默。从这一意义讲，鲁迅认为幽默不是国产和国粹，并没有什么根本的不妥。

其次，怎样理解所谓国人不善于，甚至不会有幽默的观点。在幽默行情大涨，几成时尚的当下，我们直面鲁迅关于国人不善于，甚至不会有幽默的论断，自然是件很不愉快乃至很难接受的事情。但是，作为历史唯物主义的持守者，一旦置身于世界文学和文化发展的大背景、大格局之下，我们又必须承认如下事实：一、从世界文学的产生及纵向历程来看，西方文学早在作为其"胚芽"的古希腊神话中，就以嘻嘻哈哈、妙趣横生的诸神形象，传递出浓郁的幽默气息；对比于中国，不仅与之同时且同类的《山海经》《穆天子传》等，全无幽默的影子，就是后来日臻成熟的史传文学，分明依旧缺乏完整而充分的幽默形态。这虽然尚不能得出国人不善于直至不会有幽默的结论，但它至少告诉人们，由于特殊的历史和地理条件，在人类幽默天性的开发上，中国确实滞后于西方。二、就文学的风格与基调而言，西方文学大体是喜剧与悲剧共生，酒神与日神同在，是一种复合融会的形态。相比之下，中国古典文学虽然亦被后人划分出了悲剧与喜剧，其中某些喜剧因素甚至被研究者说成是一派"乐天知命"，是典型的东方文学特征；但倘若就其整体与深层着眼，则不难发现，真正构成了主旋律和强声部的，是一种无法排解的忧患和沉郁。这一点，不仅回荡在作为源头的诗与骚里，而且贯穿于从《孔雀东南飞》到《登幽州台歌》到《窦娥冤》再到《红楼梦》等一系列优秀作品的字里行间；不仅见诸《文心雕龙》《诗品》等理论著作，而且积淀在诸多作家的观念中，所谓"欢愉之辞难工，而穷苦之言易好"，所谓"盖世所传诗者，多出于古穷人之辞也"，以及所谓"长歌当哭""蚌病成珠""发愤著书""不平则鸣"，殆皆可作如是观。这样的精神底色自然同幽默相去较远，自然不利于幽默文学的生成与发展。换一种角度看问题，鲁迅说国人不善于幽默，倒也不是全无依据。三、倘若从更深一层的孕育文学精神的文化土壤看，与西方基督文化在仁慈博爱中呈显的肃穆沉静有所不同，儒释道互补的中国文化，无疑有更多痛苦的因子和悲怨的成分：儒家的社会责任感催生着强烈的忧患意识；释家的三生悲乐说勾兑出浓浓的现世苦酒；道家的"清静无为"貌似"逍遥"、超脱，但从另一视角看，又何尝不是在营造孤寂寞落的人生窘境？毋庸讳言，所有这些都从不同的向度和不同的层面，强化着国人精神上的抑郁沉重之感；加之长期以来，中华大地，灾难深重，战乱频仍，更使国人陷入了整体上的苦难和不幸，在这种情况下，幽默即使存在，恐怕也只能在夹缝中偷生，而无法成为民族普遍的心理气质和精神风尚。如果以上分析并无悖谬，那么，鲁迅认为国人不善于乃至不会有幽默的说法，虽然措辞有些极端，但确系有感而发，有的放矢，表现出论者对中外文化差异的深切把握和独特识见。

　　复此，我们来看中国滑稽与西方幽默的区别。鲁迅指出国人不善于和不会有幽默，但却并不否认中国的文化长河里，也有近乎于西方幽默的喜剧性的东西，这就是滑稽。那么，在鲁迅心目中，滑稽和幽默的区别在哪里？这是一个不太容易回答的问题，因为它直接涉及我们对幽默和滑稽各自的理解与定义，而这两种理解和定义偏偏一向见仁见智，众说纷纭，当年即使博学如鲁迅，似乎也不曾做过直接的、具体的阐释，以致使我们今天要想搞清楚鲁迅笔下幽默和滑稽的界限，便只能在其相关论述中加以分析和揣摩。鲁迅的《一思而行》一文明言："只要并不是靠这来解决国政，布置战争，在朋友之间，说几句幽默，彼此莞尔而笑，我看是无关大体的。就是革命专家，有时也要负手散步；理学先生总不免有儿女，在证明着他并非日日夜夜，道貌永远的俨然。"由此可见，鲁迅是把幽默和笑联系在一起的，即认为幽默最基本的特征是可以让人发笑。然而，鲁迅的《从讽刺到幽默》一文，在指出"去年以来，文字上流行了'幽默'的原因"之后，又写道："其中单是'为笑笑而笑笑'的自然也不少。"言外之意，分明是说，可以让人发笑的事情，不一定全是幽默，至少"为笑笑而笑笑"，就算不上真正的幽默。那么，"为笑笑而笑笑"是什么呢？鲁迅有一段解释"打诨"话，或许可作为某种程度的脚注："譬如罢，有一件事，是要紧的，大家原也觉得要紧，他就以丑角身份而出现了，把这件事变为滑稽，或者特别张扬了不管紧要之点，将人们的注意拉开去。"（《帮闲法发隐》）这便让我们禁不住想起了鲁迅说过的"将屠户的凶残，使大家化为一笑"的金圣叹，还有和金圣叹差不多的唐伯虎、徐文长。按照鲁迅的说法，他们"和'幽默'是并无什么瓜葛的"，而只能算作和"真的滑稽有别"的，落入了"油滑、轻薄、猥亵之谈"的末流滑稽。庶几可以说，在鲁迅的心目中，幽默和滑稽的本质区别在于，前者在笑里承载了丰富的精神内涵，是一种善意的、有趣味的否定或者救赎。而后者只是一味地"为笑笑而笑笑"，即单纯的"说笑话"、"讨便宜"、"寻开心"，甚至用玩笑来冲淡和掩盖罪恶。而这一切，不仅在中国传统文化里屡屡可见，而且还是"开开中国许多古怪现象的锁的钥匙"（鲁迅《"寻开心"》）。平心而论，鲁迅指出的幽默与滑稽的区别不是没有道理，他所揭示的中国古典文学存在的一味插科打诨，只顾博人一笑，直至化血腥为笑谈的现象，更非无的放矢，但是，他用"油滑、轻薄、猥亵"的"滑稽"来泛指中国传统文化里所有的喜剧因素，却难免具有相当程度的片面性。因为熟悉中国文学史上喜剧因素的论者，自可凭借另一些作家与作品，如东方朔、苏东坡、袁中郎、纪晓岚；如《毛颖传》《救风尘》《西游记》《谐铎》，来提出商榷和质疑，事实上，20世纪30年代，曹聚仁的《谈"幽默"》一文，就有意或无意地表示过这种观点，且具有较强的说服力。那么，我们应当如何看待和理解鲁迅在评价中国传统幽默时的以偏概全呢？窃以为，这恐怕涉及"五四"时期，鲁迅出于整个民族反封建、求新生的迫切需要，所表现出的对中国传统文化，以及由这种文化浸泡出的国民根性的极度厌恶和深切忧患。而他的中国没有幽默，只有末流滑稽的说法，是与此相联系的。换句更直接明了的话说，鲁迅是把泯灭了是非的"说笑话"、"讨便宜"、"寻开心"，把庸俗玩世的"为笑笑而笑笑"，当成了传统文化的一种症结和民族根性的一种病灶，因此，他不惜以果决、极端的语言，对其做无情的嘲讽和坚决的否定。这时，一种本质概括的片面深刻，一种总体评价的矫枉过正，几乎在所难免。明白了这一点，我们今天再读鲁迅的相关论述，自然也就多了一份辩证的目光，有了一种客观的把握。

第三，鲁迅关于幽默的观点和主张，立足于那个时代恶劣的社会环境，浸透着历史所需要的强烈的现实性、批判性和斗争性，但是却不曾因此就忽略其应有的艺术品质和审美要求。

如前所述，在中国现代文学史上，鲁迅是一位创造了鲜明而独特的幽默风格，显示了精湛而高超的喜剧造诣的大作家。这决定了他的幽默观不仅熠耀着观念认识上的理论价值，而且包含了方法实践上的典型意义。在这后一向度上，鲁迅至少有以下见解，迄今值得我们加以领会和借鉴。

在鲁迅看来，文学中的幽默并非仅仅是性灵的解脱、趣味的挥洒或风格的调配，同时，也是更重要的，它应当融入对社会和人生的洞悉与评价。因此，作家的创作不能为幽默而幽默，而必须在幽默中寄予更为深远的社会思考和更为积极的现实精神，甚至要赋予幽默以锐利的冲刺作用。用鲁迅自己的话说就是："用玩笑来应付敌人，自然也是一种好战法……但触着处，须是对手的致命伤，否则，玩笑不过是一种单单的玩笑而已。"而当时文坛的状况是，真正的有内涵有深度的幽默并不多见，而见到的幽默，"又不免常常掉到'开玩笑'的阴沟里"(《玩笑只当它玩笑(上)》)。应当看到，鲁迅的上述观点是针对着专制体制和动荡年代的特定情境的。今天，社会历史条件已经发生了根本变化，如果我们不加分析地把鲁迅当年的观点拿过来，视为不容变通的艺术圭臬，自然难免胶柱鼓瑟，刻舟求剑之嫌；但是，我们又必须承认，鲁迅观点当中包含的幽默应当植根于现实生活，应当注重否定意识的精神内核，具有普世的、恒久的积极意义，甚至是幽默最终的生命力所在。因为文学的幽默一旦失去了这些，便只能甘居生活和艺术中的"小摆设"，从而变得无足轻重。

那么，文学的幽默怎样才能强化现实精神与否定意识呢？在这方面，鲁迅有一个旗帜鲜明且一以贯之的主张，这就是：幽默必须同讽刺结合起来。幽默和讽刺是一种什么关系？这在20个世纪30年代的文坛上，是有不同意见的。譬如，林语堂就认为幽默和讽刺全然不同，并因此把二者对立了起来。他指出：讽刺"热烈甚至酸腐"，是幽默的魔敌；"幽默而强其讽刺，必流于寒酸，而失温柔敦厚之旨"(《今文八弊》)。他还把讽刺作品比喻为"无花有刺之花"，断言它"在生物学上实属谬种"(《无花蔷薇》)。鲁迅恰恰相反，他觉得幽默与讽刺无法断然分开，特别是在一个民族"实在是难以幽默的时候"，"幽默也就免不了改变样子"，而这种"改变"的走向之一，便是"倾向于对社会的批判"(《从讽刺到幽默》)。因此，他多次谈到讽刺之于幽默的意义，明示：在当时的中国，幽默"非倾于对社会的讽刺，即堕入传统的'说笑话'和'讨便宜'"。"然而讽刺社会的讽刺，却往往仍然会'悠久的惊人'的"(《从讽刺到幽默》)。事实上，鲁迅自己作品的幽默风格也主要是通过讽刺一途，充分展露出来的。正因为如此，在幽默研究上颇有成就的孙绍振先生，将鲁迅的幽默归入现代文学史上的"硬幽默"，并以此而将其与梁实秋、林语堂的"软幽默"区别开来。(参见《当代散文中的"硬幽默"与"软幽默"》，收入《美女危险论——孙绍振幽默作品选》)应当说，这是有见地且有意义的。

鲁迅非常看重讽刺给幽默带来的深度和痛感，但同时又坚决反对讽刺因过于直露和过分夸张而陷入"溢恶"的境地，即所谓"辞气浮露，笔无藏锋，甚且过甚其辞，以合时人嗜好"(《中国小说史略·清末之谴责小说》)。因为如果那样，文学中的喜剧、幽默，连同讽刺本身便一概失去了真髓，也失去了效果。为此，鲁迅在谈论讽刺问题和探索讽刺艺术时，提出并坚持了一系列重要的审美原则。譬如，他强调：讽刺要建立在"逼真"的基础之上，遵循真实的规律，以"老老实实的写出来"为生命，因为"非写实决不能成为所谓'讽刺'；非写实的讽刺，即使能有这样的东西，也不过是造谣和诬蔑而已"（《论讽刺》）。他指出：讽刺当然可以针对最常见的人或事，"在或一时代的社会里，事情越平常，就越普遍，也就越合于作讽刺"。但是，这样的讽刺应当是善意的、热情的。"如果貌似讽刺的作品，而毫无善意，也毫无热情，只使读者觉得一切世事，一无足取，也一无可为，那就并非讽刺了，这便是所谓'冷嘲'。"（《什么是"讽刺"》）他还倡导：讽刺要注重不同情感因素的相互渗透，追求喜中有悲，悲喜交织，即像果戈里笔下所具有的"含泪的微笑"那样的艺术效果。显然，所有这些，不仅有效地保证了讽刺最终不丧失幽默的基本属性，而且为文学作品真正形成中国式的幽默，做出了积极的探索和贡献。

（原载《芒种》2008年第6期，曾作为幽默散文选本《幽默是水》一书的代后记，京华出版社出版。）

文学的"真"与鲁迅的"隐"

那天，我正在浏览人民文学出版社出版的《新散文百人百篇》一书。当翻到其中署名老酷的《穿着内衣行走》一文时，一段活蹦乱跳的文字抢入眼帘：

> 文学的极致，皆可用"裸奔"二字概括，静态的"裸"是其真实的内容，动态的"奔"是其自由的形式。而我们所尊敬的鲁迅，跟裸奔还相去甚远，他只是一个穿着内衣行走的人，这是一种可悲。更可悲的是，在鲁迅辞世大半个世纪后的今天，我们仍然没能叫醒自己的灵魂，进行一次荡气回肠，我行我素的裸奔，甚至没能让自己的灵魂哪怕穿上内衣行走一次——像鲁迅在七十年前做的那样。

我们无法否认这段文字包含的极大的信息量和冲击力。其坦诚而又有些率性的字里行间，不仅承载了作家独特的文学理想与文学观念；而且还从这样的理想和观念出发，完成了作家对我们所尊重的，作为中国新文学高峰与旗帜的鲁迅先生的别一种理解、描述与评价。而所有这些，都仿佛自出机杼，无所依傍……然而，令人遗憾的是，无论从文学理想看，抑或就文学观念讲，作家这段文字都存在着明显的简单化、绝对化和想当然的成分，以致使其斩钉截铁的判断失去了从经验到理论的支撑，暴露出了严重的可疑或破绽。试想：近半个多世纪以来，海明威的"冰山"理论——好的文学作品像大海里移动的冰山，而"冰山在海里移动很是庄严宏伟，这是因为它只有八分之一露在水面上"——已经获得了越来越多的文本实证与观念认同,在这种情况下,把文学的"极致"说成是"裸奔",会有多大比重的真理含量?又会在多大程度上反映创作的真实?还有,自"五四"迄今,尤其是新时期以来,中华民族虽然还难以说最终走完了"启蒙"的路程,但这个民族在变革中呈现的精神崛起与观念进步显而易见,又岂是一句"没能叫醒自己的灵魂"可以描述和概括的?相比之下,作家指出鲁迅的创作"跟裸奔还相去甚远",并因此而将先生称之为"穿着内衣行走的人",虽然使用了惋惜的口吻和"可悲"的评价,但仅就结论而言,倒颇有几分歪打正着。因为细读先生的著作,我们不仅能够体会和感受到作家围绕"说,还是不说"所流露出的犹豫、彷徨和困惑,以及相应的隐晦曲折,欲说还休;而且还可以直接发现作家在这方面的"夫子自道":

> 我所说的话,常常和所想的不同。
>
> ——《两地书》

> 偏爱我的作品的读者,有时批评说,我的文字是说真话的。这其实是过誉,那原因就因为他偏爱。我自然不想太欺人骗人,但也未尝将心里的话照样说尽,大约只要看得可以交卷就算完。
>
> ——《写在〈坟〉后面》

> 有人以为我信笔写来,直抒胸臆,其实是不尽然的,我的顾忌并不少。
>
> ——《写在〈坟〉后面》

正如人们所熟知的,徇为现代中国"精神界之战士"的鲁迅,一向主张"直面惨淡的人生,正视淋漓的鲜血",即勇敢真诚地看取历史与现实。为此,他欣赏曹操"做文章时又没有顾忌,想写的便写出来"的态度,强调文学要表现人生的血和肉,反对任何形式的"瞒和骗"。而他的许多文学作品亦确实是"乐则大笑,悲则大叫,愤则大骂",在酣畅淋漓的搏战中,将屠刀的寒光和躯体的血腥一起呈现于人前。既然如此,作为同一作者的鲁迅，为什么要在另外一些作品中流露出某种"开口"时的犹疑、遮掩、隐藏、闪烁其词，从而造成自己创作取向的抵牾和观念世界的矛盾？这时，我们便接触到了更为深层，也更具个性的鲁迅先生。

在现代文学史上，鲁迅是一位有着高度自觉的读者意识的作家。几乎是自弃医从文那天起，鲁迅就把"立人"当作自己全部思想和文学活动的逻辑起点与最终目的。这样的起点与目的，决定了先生格外看重文学作品的传播效应，特别关注文学作品给读者带来和留下了什么。而这样的看重和关注又通常体现在相辅相成的两个方面：一方面，他由衷希望文学作品犹如"东方的微光"、"林中的响箭"、"冬末的萌芽"，给人以鼓舞，使其成为"国民精神所发的火光，同时也是引导国民精神的前途的灯火"；另一方面，他又总是担心文学作品因为自身内容的不健康或有问题而给读者造成误导乃至伤害，甚至变为民众的精神鸦片。如果说在先生那里，前一方面更多是一种正面的、"共语式"的倡导与呼唤；那么后一方面，则常常化为对自己写作的"私语式"的提醒、约束和检视。譬如，还是在那篇《写在〈坟〉后面》里，先生无限深情地写道："还记得三四年前，有一个学生来买我的书，从衣袋里掏出钱来放在我手里，那钱上还带着体温。这体温便烙印了我的心，至今要写文字时，还常使我怕毒害了这类的青年，迟疑不敢下笔。"在《北京通信》里，先生又说："我自己，是什么也不怕的，生命是我自己的东西，所以我不妨大步走去，向着我自以为可以走去的路；即使前面是深渊，荆棘，峡谷，火坑，都由我自己负责。然而向青年说话可就难了，如果盲人瞎马，引入危途，我就该得谋杀许多人命的罪孽。"正是沿着这样的思路，先生坚持在自己的创作中"删削些黑暗，装点些欢容，使作品比较的显出若干亮色"。如"在《药》的瑜儿的坟上平空添上一个花环，在《明天》里也不叙单四嫂子竟没有做到看见儿子的梦"，等等。同样是沿着这样的思路，先生后来编《自选集》时，硬是抽掉了有可能给读者以"重压之感"的作品，理由是："不愿将自以为苦的寂寞，再来传染给也如我那年青时候似的正做着好梦的青年。"

鲁迅拥有清醒而自觉的读者意识，但同时更具备了独立而超前的精神天地，他对世界与民族、历史与现实、人生与人性、自然与社会的若干理解和认识，不仅在当年独陟峰端，罕见其匹，即使在今天，依旧不失高蹈与前卫。然而,如此敏锐与渊博的鲁迅却偏偏不那么自持与自信,相反,他每每充满了怀疑精神。这种怀疑固然直指他身处的外在环境和社会秩序,但同时也没有放过自己的灵魂。即所谓"我的确时时解剖着别人,然而,更多的是更无情地解剖我自己"。按照先生的说法,他既非是为"别人引路"的"前辈"、"导师",更不是"登高一呼,应者云集"的英雄,他只是一个"从旧垒中来"又"反戈一击"的历史与文学的"中间物"。既然是中间物,他就难免带有革故的疑虑和鼎新的困惑;就难免产生告别者的痛苦和先行者的孤独;就难免因为"彷徨于明暗之间"或陷入了"无物之阵",而感到"悲哀,苦恼,零落,死灭",正如他在《野草·影的告别》中的扪心自问:"我能献你甚么呢?无已,则仍是黑暗和虚无而已。"也正如他在写给许广平的信中所言:"我的作品,太黑暗了,因为我常觉得惟'黑暗与虚无'乃是'实有'。"显然,这样的自我观照包含了先生特有的对自己的挑剔与苛刻。而这种挑剔与苛刻一旦同清醒自觉的读者意识相碰撞、相对接,便自然而然地形成了鲁迅式的欲罢不能,欲言又止。即所谓"说话常不免含糊,中止";亦所谓"当我沉默着的时候,我觉得充实,我将开口,同时感到空虚"。因为先生实在害怕将自己身上的"苦闷"传染给读者,特别是青年,使他们误入"危途"。要知道,先生早已下定了决心:要自己"背着因袭的重担,肩住了黑暗的闸门,放他们到宽阔光明的地方去"。这是何等良苦的用心,又是何等博大的胸怀啊!懂得了这一点,我们就懂得了鲁迅为什么在强调文学创作时要求其"真",而在自己的作品中又不得不有所"隐";同时也就明白了那种仅仅因为鲁迅有所"隐"——没有"裸奔"而是"穿着内衣行走"就感到"可悲"的说法,又是多么的肤浅和皮相。

对于鲁迅文学世界里的"真"与"隐",曹聚仁曾以"两个鲁迅"的说法加以诠释。即认为:"一个是中年的卸了外衣的真的鲁迅,另一个是当他着笔时,为着读者着想,在他的议论中加一点积极成分,思想者的鲁迅。"这或许不无道理,但也存在明显的缺憾——它割裂乃至对立了原本完整统一的鲁迅。其实,如果我们仔细分析鲁迅笔下的"真"与"隐",以及与此相联系的"黑暗"与"欢容"的增删与取舍,那么即可发现,这一切中实际还存在另一种更为本质的联系。这就是:在先生那里,"真"是现实的掘进和存在的逼视,而"隐"则是理想的探索与期待的憧憬;"真"摄取和剖析着客观生活，而"隐"则咀嚼和反思着灵魂世界，它们最终植根于先生"我以我血荐轩辕"的伟大人格与崇高情怀。从这一意义讲，"隐"是另一种形态的"真"，而且是包含了善的更高层次的"真"。它们是先生留给我们的珍贵遗产，也是我们走进先生心灵的重要通道。

（原载《文学报》2008年9月26日，《黄河文学》2008年第12期，该篇获中国鲁讯研究会和《文学报》联会举办的"我读鲁讯"全国征文奖）

鲁迅怎样为读者负责

《坟》是鲁迅早期论文和杂文的结集。在该文集的后记——《写在〈坟〉后面》里，先生满怀深情地讲道："还记得三四年前，有一个学生来买我的书，从衣袋里掏出钱来放在我手里，那钱上还带着体温。这体温便烙印了我的心，至今要写文字时，还常使我怕毒害了这类的青年，迟疑不敢下笔。我毫无顾忌地说话的日子，恐怕要未必有了罢。但也偶尔想，其实倒还是毫无顾忌地说话，对得起这样的青年。但至今也还没有决心这样做。"毫无疑问，这段文字的内涵相当丰富。透过它，我们不仅感受到鲁迅那时常斟酌再三，"迟疑不敢下笔"、难以"毫无顾忌地说话"的严肃慎重的创作态度；而且还获知了促使这种态度形成的直接原因与心理逻辑：读者是省出宝贵的生活费用来购买文学书籍的，他们买书的举动里既浸透了生存的艰辛，又饱含着对作家的热爱和期待，因此，作家的创作必须尊重读者，爱护读者；必须充分考虑作品的社会效益与接受效果，从而对得起读者，并为读者负责。显然，这是一种悲悯、清醒而自觉的读者意识。

在文学创作和传播过程中，鲁迅何以如此看重读者的存在？其中的原因恐怕最终联系着他于人生探索中确立的独特的文学观念。鲁迅曾有名言："文学与社会之关系，先是它敏感的描写社会，倘有力，便又一转而影响社会，使有变革。这正如芝麻油原从芝麻打出，取出浸芝麻，就使它更油一样。"（《致徐懋庸》）而事实证明，文学要真正担负起"有力"地"描写"、"影响"和"变革"社会的使命，则只能通过读者这一社会主体发挥作用，即凭借文学对人的精神世界的唤醒、提升和引领，进而干预社会生活，推动历史前行。正是在这一意义上，鲁迅又认为："文艺是国民精神所发的火光，同时也是引导国民精神的前途的灯火。"（《论睁了眼看》）又强调：文学的"第一要著"是改变人的精神，是由"立人"进而"立国"。有这样的理念为前提，鲁迅真诚讲述读者对自己创作的制约，亦即强调作家对读者的关心与推重，实在是顺理成章和水到渠成。在这一点上，鲁迅与提出读者是文学四要素之一的艾布拉姆斯，与极力阐扬文学之链上的读者参与，进而创立了接受美学的汉斯·罗伯特·姚斯，庶几堪称某种程度的殊途同归，只是较之他们，鲁迅尽管散碎但却成熟的读者意识，却分明早出了三四十年。

当然，鲁迅之所以拥有清醒自觉的读者意识，还得益于他在实践中形成的对文学传播与接受的深切洞察和全面理解。在鲁迅看来，读者的文学阅读虽然常常表现出很大的自主性、随意性和不可预期性，即所谓：一部《红楼梦》，"单是命意，就因读者的眼光而有种种"（《〈绛洞花主〉小引》）。但是，这并不能构成作家在创作中忽视和放弃读者的理由，因为就根本而言，文学作品不仅是作家在公共空间的精神表达，而且是流通于市场的用货币来交换的文化产品，这就决定了作家泚笔为文，必须顾及在读者中产生的效果，必须讲究让读者物有所值。关于这点，先生的《看书琐记（三）》留下了精彩的揭示："记得有一位诗人说过这样的话：诗人要做诗，就如植物要开花，因为他非开不可的缘故。如果你摘去吃了，即使中了毒，也是你自己错。这比喻很美，也仿佛很有道理的。但再一想，却也有错误。错的是诗人究竟不是一株草，还是社会里的一个人；况且诗集是卖钱的，何尝可以白摘。一卖钱，这就是商品，买主也有了说好说歹的权利了。即使真是花罢，倘不是开在深山幽谷，人迹不到之处，如果有毒，那是园丁之流就要想法的。花的事实，也并不如诗人的空想。"这是何等巧妙的喻比，又是多么有力的驳议——既然文学创作无法回避传播效果问题，那么，它就应当勇敢负起对读者的责任。

显然是从既定的读者意识出发，鲁迅在文学创作"写什么"和"怎么写"的问题上，十分注重客观的艺术效果，并因此而呈现出既谨慎又积极的主体选择与价值取向。所谓"谨慎"，是说鲁迅在秉笔发言的过程中，总是坚持为读者——特别是青年读者的得失利害而颇费斟酌，总是喜欢从他们的角度反复考虑、小心取舍"说还是不说"的问题。请读读《写在〈坟〉的后面》《北京通信》和《两地书》吧！在这些篇章里，先生一再坦言:"我就怕我未熟的果实偏偏毒死了偏爱我的果实的人……所以我说话常不免含胡,中止,心里想:对于偏爱我的读者的赠献,或者最好倒不如是一个'无所有'";"我的译著的印本……每一增加,我自然是愿意的,因为能赚钱,但也伴着哀愁,怕于读者有害,因此作文就时常更谨慎,更踌躇";"我自己,是什么也不怕的……然而向青年说话可就难了,如果盲人瞎马,引入危途,我就该得谋杀许多人命的罪孽";"我所说的话,常常和所想的不同……我为自己和为别人的设想,是两样的"。这种充盈着自省和自律的殚精竭虑与惨淡经营,自然是作家提高言说质量与效果的重要保证。而所谓"积极",则是指鲁迅作为"精神界之战士",有时为了给自己预设的读者——如寂寞的先驱、热血的青年,提供一种心灵的慰藉和精神的助力,"给予一种不退走,不悲观,不绝望的诱导",以至情愿暂且放弃或超越当下生命中实有的种种苦闷、忧患、疑虑、困惑,而以"绝望之为虚妄,正与希望相同"的心理,毅然在自己的著作中"删削些黑暗,装点些欢容,使作品比较的显出若干亮色"(《自选集·自序》)。于是,我们看到:"在《药》的瑜儿的坟上平空添上一个花环,在《明天》里也不叙单四嫂子竟没有做到看见儿子的梦。"(《呐喊·自序》)应当指出:这种被鲁迅称之为"曲笔"的抒写,并不违背先生一贯倡导的"有真意,去粉饰,少做作,勿卖弄"的现实主义原则,更与先生所抨击的文学的"瞒和骗"无涉。其实,它只是表达了先生对生活真实与艺术真谛的别一种理解:文学所反映的"不必是曾有的实事,但必须是会有的实情"(《什么是讽刺——答文学社问》);眼前所见尽管只是"雾塞苍天百卉殚",但它并不妨碍文艺家"只研朱墨作春山"(《赠画师》)。此种洋溢着理想主义情怀的读者观念,庶几更显示出鲁迅的博大与超卓。

在作家与读者的维度上,鲁迅强调思想的启蒙和精神的引领,但是却并不因此就忽视文学自身所应有的艺术魅力,而是竭力主张作家的创作要把善与美、把倾向性与感染力融为一体,通过美的、富有感染力的语言和形象,实现对读者的善的、具有倾向性的陶冶与感召。先生指出:"生存的小品文,必须是匕首,是投枪,能和读者一同杀出一条生存的血路的东西,但自然,它也能给人愉快和休息……它给人的愉快和休息是休养,是劳作和战斗之前的准备。"(《小品文的危机》)先生认为:"单为在校的青年计，可看的书报实在太缺乏了"，而这种书报的特点则应当是"浅显而且有趣"（《通讯》）。对于那种单靠题材和口号为作品贴标签的做法，鲁迅是坚决反对的。在《"硬译"与"文学的阶级性"》一文里，先生写道："前年以来，中国确曾有许多诗歌小说，填进口号和标语去，自以为就是无产文学。但那是因为内容和形式，都没有无产气，不用口号和标语，便无从表示其'新兴'的缘故，实际上并非无产文学。"这样的作品无疑会败坏读者的胃口，其中的教训迄今值得汲取。

面对广大读者，鲁迅一向抱着拳拳之心和殷殷之情，但是却又反对作家无前提、无原则、无分析的盲目迁就乃至迎合读者。在文学大众化的潮流中，鲁迅意识到，当"大众"也成为一种时髦时，一些庸俗、低俗的东西也会打着"大众"的旗号招摇过市，甚至风行一时；一些作家也会因为媚俗和趋利而忘记文学的责任。正因为如此，鲁迅坚决反对单纯依据读者多少、流行与否来判断文学作品的优劣高下。在《文学和出汗》一文里，先生敏锐而俏皮地问道："只要流传的便是好文学，只要消灭的便是坏文学；抢得天下的便是王，抢不得天下的便是贼。莫非中国式的历史论，也将沟通了中国人的文学论欤？"也正是在这一意义上，鲁迅一再坦言：文艺家不是"大众的戏子"，而是"引路的先觉"。他谆谆告诫作家："若文艺设法俯就，就很容易流为迎合大众，媚悦大众。迎合和媚悦，是不会于大众有益的。"（《文艺的大众化》）鲁迅讲述这些话的时代已经过去了七八十年，然而，中国社会却在历史的螺旋式发展中，进入了一个新的大众狂欢的语境。此时此刻，我们重温先生的相关论述，不仅依然意味深长，而且照旧振聋发聩，其种种观念和主张既发人深省，又启人深思。于是，我们又一次懂得了鲁迅何以伟大和不朽。

（原载《文艺报》2011 年 1 月 5 日，《中外书摘》2011 年 5 期转载）

鲁迅正说纪晓岚

　　近年来，常从电视荧屏上看到一个博雅、幽默、妙语连珠的纪晓岚，因为知道其中包含了太多的"戏说"，所以每当这时，便禁不住想起鲁迅当年有关纪晓岚的那一番"正说"。在我看来，时至诸神狂欢，娱乐走俏的今天，对于纪晓岚其人，做点好玩的"戏说"固然无可非议；而重温一下鲁迅严肃的"正说"也不算多余。因为后者不仅把一个更为丰富、深邃，也更接近历史真实的纪晓岚展现给了世人，而且还在有关纪晓岚的解读中折射出属于鲁迅的社会洞察、学术评价和审美眼光，即一种足以启迪现代人的独特的精神元素。

　　纪晓岚（1724～1805）名昀，字晓岚，直隶献县（今属河北）人。乾隆进士，以庶吉士身份入翰林院，由编修官至侍读学士。曾因受泄密事牵连谪乌鲁木齐，后复召还，再授编修、擢侍读，至礼部尚书、协办大学士。谥文达。在清代学术史和文学史上，纪晓岚之所以名重一时，盖因为两件事：第一，纪晓岚领乾隆之命，总纂《四库全书》，并亲自主持写定《四库全书总目提要》二百卷，以及《四库全书简要目录》。该书卷帙浩瀚，规模空前，于乾隆五十八年（公元 1793 年）完工后，成为中国典籍史上的重要存在。第二，在编纂《四库全书》之余，纪晓岚历经十多年的时间，陆续写成《阅微草堂笔记》（以下简称《阅微》）5 卷 24 种，其内容多涉官场内幕，俗世百态，人情物理，间杂鬼神怪异，评骘考辨。该书一经问世，竟不胫而走，终成中国文言小说之奇观。唯其如此，我们梳理和分析鲁迅对于纪晓岚的"正说"，不妨就从此二事入手。

一

　　与一些文人的高度赞美截然相反，鲁迅对于由皇帝下令编纂的《四库全书》，很是不以为然，甚至表示了由衷愤慨和严厉抨击。在《病后杂谈之余》中，他这样写道："乾隆朝的纂修《四库全书》，是许多人颂之为一代之盛业的，但他们却不但捣乱了古书的格式，还修改了古人的文章；不但藏之内廷，还颁之文风较盛之处，使天下士子阅读，永不会觉得我们中国的作者里面，也曾经有过很有些骨气的人。"接下来，鲁迅概而言之："清人纂修《四库全书》而古书亡，因为他们变乱旧式，删改原文。"于是，清人的行为和"明人好刻古书"、"今人标点古书"一起，成为鲁迅笔下古书命运的"三大厄"。对照《四库全书》的编纂过程，应当承认，鲁迅的说法并非危言耸听，而是确实道出了某种历史真实。据安平秋、章培恒主编的《中国禁书大观》介绍：乾隆敕命编纂《四库全书》的根本目的，在于剿灭一切不利于清王朝统治的思想和言论。为此，他多次诏谕督抚学政和四库馆臣，层层细查自各地征集而来的图书，一旦发现其中有"毁誉任意，传闻异辞"的现象或"抵触本朝之语"，立即予以"抽毁"或"全毁"。据不完全统计，从乾隆三十七年（公元 1772 年）下诏征书，到乾隆五十三年（公元 1788 年）复查完毕，为编纂《四库全书》而被全毁的书籍达 2453 种，被抽毁的书籍达 402 种，分别占全书收入书籍 3470 种的四分之三和八分之一弱。这是何等惊人的数字，对古书而言，果真无异于一场灾难与浩劫！唯其如此，窃以为，鲁迅对《四库全书》的评价，虽然不能说十分全面周到，但却无疑击中了其要害性的疮疤和软肋。而支撑着这种评价的，则是鲁迅一贯的精神风骨：对皇权专制和虚伪的无情揭露与严厉鞭挞，对世间一切"瞒和骗"行为与言论的深恶痛绝，穷追猛打。

　　鲁迅猛烈抨击《四库全书》编纂中的"毁书"现象，不过其锋芒所指，始终是作为最高统治者和决策者的乾隆皇帝；而对于担任总纂官的纪晓岚，并不曾加以訾议和追究。如他的《中国小说史略·清之拟晋唐小说及其支流》（以下引文出自该篇者不再一一注出），在谈到纪晓岚与《四库全书》

的关系时，就只是心平气和地客观介绍：纪昀"总纂《四库全书》。绾书局者十三年。一生精力，悉注于《四库提要》及《目录》中，故他撰著甚少"。而鲁迅之所以要将纪晓岚从"毁书"劫难的责任人中剥离出来，当然不是基于个人好恶的"为贤者讳"，而是因为他太了解清代的社会氛围、文化政策和朝廷的规则与潜规则了——在编纂《四库全书》的过程中，纪晓岚虽有总纂官之名，但实际上不过是一个高级打工仔，不仅取舍标准、生杀决断乃至行文立意，都必须无条件地遵循和体现乾隆的旨意，而且有些时候，还不得不假装愚钝，自留破绽，上呈御览，以甘受申斥乃至罚俸为代价，让乾隆找到"高人一筹"的感觉。用孙犁的话说就是"投其所好"，借助"这样的自屈自卑，以增强统治者的自尊自是感"（《关于纪昀的通信》）。在这种情况下，若将纪晓岚归入"毁书"党，不单单是冤枉了纪氏本人，而且还在无形中为皇帝减轻了罪责。鲁迅当然不会这样做。

二

鲁迅是中国小说史研究的拓荒者和奠基者。对于不少通俗的和文言的古典小说，早年的鲁迅都下过一番搜求、辑佚、校订和文本揣摩的功夫。纪晓岚的《阅微》在文言小说史上广有影响，屡见拟作，自然是鲁迅重点关注和悉心研究的对象，因此，鲁迅对纪晓岚更多更直接的"正说"，是透过品评《阅微》来完成的。

在鲁迅看来，一部《阅微》独具匠心，别有追求，用非常个性化的文体营造和语言表达，开辟了文言小说的新路径与新气象，是不乏小说史和文学史意义的。这突出体现在两个方面：

第一，对于《阅微》不宜用今天一般的小说标准来衡量，它行文的"偏于议论"，如果放在更为开阔的文学乃至文章空间里加以审视，自有其特殊的文本价值和社会意义。

《阅微》甫一面世，曾获得不少文人学士的拥趸和赞赏。然而，历史进入现代，西体小说逐渐占据文坛正宗地位，其相应的趣味、理念亦随之成为衡量小说作品优劣高下的新的圭臬与准绳。在这种情况下，针对《阅微》

的负面评价多了起来。这当中极重要的一条便是，作为小说，《阅微》说理和议论太多，以致降低了自身的文学特性。如出版于 1939 年的郭箴一的《中国小说史》就认为：《阅微》"过偏于议论，且其目的为求有益人心，已失去了文学的意义"。问世于 1993 年的吴礼权的《中国笔记小说史》亦断言："《阅微草堂笔记》中的许多议论，特别是那些明了因果、劝惩善恶的议论，以及鼓吹传统伦理纲常的说教，在很大程度上冲淡了小说的艺术性与文学性。"而张兵、聂付生在不久前推出的《中国小说史略疏识》中仍写道："《聊斋志异》以文胜，《阅微草堂笔记》以理胜，两者本各有所长。以审美衡之，说理见长的《阅微草堂笔记》终隔一层。"20 世纪 20 年代，鲁迅撰写中国小说史论著时，上述说法尚未出现，不过，由于他太熟悉文学和文体学，所以对《阅微》未来的接受命运以及它有可能遭遇诟病的地方，似乎已有所察觉和预料，为此，他选择了另一种思路和角度，来谈论该书的"偏于议论"。

鲁迅指出：一部《阅微》之所以"过偏于议论，盖不安于仅为小说，更欲有益人心"。这就是说，在鲁迅眼里，纪晓岚撰写《阅微》，尽管自谓"惟时拈纸墨，追录旧闻，姑以消遣岁月而已"（《姑妄听之·自序》），但实际上从一开始，就没有满足于猎奇狐鬼和游戏笔墨，而是自设了另一种严肃和高远的追求：文以载道，化育人心。即纪氏所谓"街谈巷议，或有意于劝惩"（《滦阳消夏录·自序》）；"不敢妄拟前修，然大旨期不乖于风教"（《姑妄听之·自序》）。可以设想，当这样的目标和追求成为结撰全书的出发点和归宿点，其行文的"偏于议论"便成了顺理成章，近乎必然的事情。

毋庸讳言，在现代小说注重人物和强调形象的语境里，作家热衷于发议论，讲道理，并非明智和恰当的选择；同时过于峻急和功利的耳提面命，也容易导致作品内容的肤浅和直露。但是，现代小说的这种经验乃至定律并不能通约古代文言小说。后者嫁接整合史传、寓言、考辨、笔谈、杂俎等诸多元素而成的林林总总、五花八门的文体形态，实际上更接近今天的散文、小品或杂文。这决定了其作品不可能以塑造人物、描绘形象为唯一和最高任务，而是呈现出缤纷、复杂和多元的取向。其中大的旨趣虽迥异于经史，但在笔墨挥洒之间辨善恶，明人伦，寓劝惩，化人心，仍是一种或隐或显、相对稳定的精神色调。正所谓："若其小说家，合丛残小语，近取譬类，以作短书，治身理家，有可观之辞。"（桓谭《新论》）应当承认，文言小说这种最终对应着儒家文化大背景的价值追求，迄今仍有积极合理的因子，我们不能一概否定。唯其如此，后人研究和评价《阅微》的"偏于议论"，与其依据现代小说的种种圭臬作方枘圆凿的褒贬，不如将其置于更为宽泛的古代散文和文章世界加以考察，看它究竟收获了怎样的传播效果。鲁迅正是这样做的。这时，他发现《阅微》的议论独具魅力，不同凡响："故凡测鬼神之情状，发人间之幽微，托狐鬼以抒己见者，隽思妙语，时足解颐，间杂考辨，亦有灼见。叙述复雍容淡雅，天趣盎然，故后来无人能夺其席，固非仅借位高望重以传者矣。"鲁迅的这段评价华美凝练，言简意赅。它不仅生动概括了《阅微》叙事的睿智风度和语言的理趣之美；而且在文学史研究的眼界和方法层面另辟蹊径，给后人留下了深深的启迪。

第二，一部《阅微》将作家既定的文体选择化作成功的艺术实践，其叙事笔墨平淡简约，质朴自然，远离雕琢、浮艳与铺排，故而风格独到，魅力沛然。

《阅微》达到了较高的艺术水准，这对于纪晓岚来说，固然是才情与灵智的显露，但更重要的，还是他从丰厚的学养和开阔的视野出发，抓住文学的脉络与现象，自觉扬弃和积极探索的结果。关于这点，纪氏曾结合对《聊斋志异》的分析评价，留下过坦率而详细的夫子自道："《聊斋志异》盛行一时，然才子之笔，非著书者之笔也，虞初以下干宝以上，古书多佚矣。其可见完帙者，刘敬叔《异苑》、陶潜《续搜神记》，小说类也；《飞燕外传》、《会真记》，传记类也。《太平广记》，事以类聚，故可并收。今一书而兼二体，所未解也。小说既述见闻，即属叙事，不比戏场关目，随意装点。……今燕昵之词、媟狎之态，细微曲折，摹绘如声。使出自言，似无此理；使出作者代言，则何从而闻见之？又所未解也。"（盛时彦《姑妄听之·跋》）在这段话里，纪晓岚指出了《聊斋志异》的两点失误：一是让重在纪实的六朝小说和重在虚构的唐代传奇并存一身，破坏了文体的纯粹性和统一性；二是既然不是自叙之文，却又将两性情态写得栩栩如生，有如作者身临其境，这不合事理。正因为如此，纪氏写《阅微》走的是远离"随意装点"，专记"如是我闻"，即避开"才子之笔"而恪守"著书者之笔"的路子。用其门人盛时彦的话说就是："迭矩重规，毫厘不失，灼然与才子

之笔，分路而扬镳。"（《姑妄听之·跋》）

面对纪晓岚的这一番苦心，深谙古代文言小说沿革流变和文体差异的鲁迅，自有敏锐而清晰的洞察。为此，他在《中国小说史略》和《中国小说的历史的变迁》的相关章节里，背倚文言小说史的大背景一再指出："《阅微草堂笔记》虽'聊以遣日'之书，而立法甚严。举其体要，则在尚质黜华，追踪晋、宋。"《阅微》"完全模仿六朝，尚质黜华，叙述简古，力避唐人的做法"。质之以《阅微》的文本实际，应当承认，鲁迅的观点高屋建瓴，要言不烦，不仅沿着文言小说的发展线索，道出了《阅微》规避唐人，远接六朝，返祖晋、宋而又自出机杼的定位与追求，而且从整体风格的层面肯定了《阅微》"尚质黜华"的艺术特点与成就，即为文平淡简约，不事铺排；质朴自然，祛除华艳，从而于《聊斋志异》的"用传奇法，而以志怪"之外，开辟了清代文言小说的另一流派，同时也有效地丰富了这类小说的艺术矿富。我想如果纪晓岚地下有知，他应该称鲁迅为知音。

当然，在阐发《阅微》的文脉和成就时，鲁迅也察觉到作家文学观念的拘谨和欠缺。鲁迅认为，纪晓岚对《聊斋志异》的诟病实属误读，而这种误读之所以产生，则是因为纪氏与文学创作终究隔膜。关于这点，鲁迅在《怎么写》中有着辟透的说明："纪晓岚攻击蒲留仙的《聊斋志异》，就在这一点（指叙述第三人称主人公的心理状态过于详细——引者注）。两人密语，决不肯泄，又不为第三人所闻，作者何从知之？所以他的《阅微草堂笔记》，竭力只写事状，而避去心思和密语。但有时又落了自设的陷阱，于是只得以《春秋左氏传》的'浑良夫梦中之噪'来解嘲。他的支绌的原因，是在要使读者信一切所写为事实，靠事实来取得真实性，所以一与事实相左，那真实性也随即灭亡。如果他先意识到这一切是创作，即是他个人的造作，便自然没有一切挂碍了。"这段话不仅道出了纪氏和《阅微》的局限，而且有助于人们了解古今多种文体的表述特点和形成过程。

三

在文学世界里，作家与作品是一种互文关系，二者之间既可以互为表里，也可以互为注释。因此，论者品评作品在很大程度上也是品评作家，鲁迅品评《阅微》亦可作如是观。他围绕《阅微》所进行的一些阐述和所提出的一些观点，很自然地切入了纪晓岚的精神层面与观念世界，实际上是针对作家的一种剖析与解读。这当中有两点因为语涉根本，所以很值得重视。

一是关于纪晓岚的思想倾向。

纪晓岚饱读诗书，科甲入仕，行走朝堂，位高望重。就存在决定意识的角度看，他的思想观念当然摆脱不了儒家文化的大藩篱与大坐标，也必然带有维护封建统治的一面。不过作为儒家文化的信奉者，纪晓岚并不像许多同类那样，一味迂腐僵化，死守教条，相反，他能够凭着孤直的天性，从人情物理和生活真实出发，每每揭露和抨击宋明理学禁锢之下道学家的种种不通与不堪。对此，很是欣赏纪晓岚和《阅微》的清人俞鸿渐，曾以"微嫌其中排击宋儒语过多"（《印雪轩随笔》）略表遗憾。而鲁迅则从正面加以肯定。他明言："昀又'天性孤直，不喜以心性空谈，标榜门户'（盛序语），其处事贵宽，论人欲恕。故于宋儒之苛察，特有违言，书中有触即发，与见于《四库全书总目提要》中者正等。且于不情之论，世间习而不察者，亦每设疑难，揭其拘迂。"他还说：纪晓岚"很有可以佩服的地方：他生在乾隆年间法纪最严的时代，竟敢借文章以攻击社会上不通的礼法、荒谬的习俗，以当时的眼光看去，真算得很有魄力的一个人"（《中国小说的历史的变迁·清小说之四派及其末流》）。显然，鲁迅由衷激赏纪晓岚身上所具有的"处事贵宽，论人欲恕"的品性，尤其是激赏纪氏在此基础上形成的对封建礼教的批判意识与攻击力量。由于这种激赏站到了历史嬗递之后的现代高度，且融入了一个精神界战士的目光与理念，所以是经得起岁月检验和时光淘洗的。

值得注意的是，对于纪晓岚抨击宋儒和道学，鲁迅后来还留下了另一种说法。1934 年 8 月 5 日，他在《新语林》半月刊第三期发表《买〈小学大全〉记》一文，旨在介绍和抨击清代的"文化统制"、文字狱和禁书。其中在谈到朝廷"虽然尊崇朱子，但止于'尊崇'，却不许'学样'"时，笔锋一转，引申写道："特别攻击道学先生，所以是那时的一种潮流，也就是'圣意'。我们所常见的，是纪昀总纂的《四库全书总目提要》和自著的《阅微草堂笔记》里的时时的排击。这就是迎合着这种潮流的，倘以为他秉性平易近人，所以憎恨了道学先生的黠刻，那是一种误解。"鲁迅这样解释纪晓岚的攻击道学，仿佛是在修正甚至否定自己以往对同一问题的看法，只是仔细分辨这段话的意思，又可发现，它与鲁迅以往的观点并无真正的矛盾和龃龉，而是从另一个角度重申和强化了鲁迅当年的结论——纪晓岚对道学先生的抨击可以是他心性通达的外化，也可以是他迎合"圣意"的举措，两种原因并置不是相互抵消，而是彼此补充，最终使得纪晓岚的訾议道学更具有主客观依据，也更带有某种必然性。至于鲁迅所谓"倘以为他秉性平易近人……那是一种误解"云云，我只当作他老人家为突出和强调杂文主题所采取的修辞手段与艺术措施，并不一味呆看。况且类似的现象和例证，在鲁迅的著作中并非绝无仅有。

二是关于纪晓岚对神怪狐鬼的态度。

一部《阅微》，每每搜神志怪、屡屡谈狐说鬼。面对这样一些内容，人们在称奇道妄之余，自会禁不住发问：纪晓岚是否真的相信神怪狐鬼之道？平心而论，由于中国传统文化包含了太多的东方神秘主义成分，也由于纪氏笔下的神怪狐鬼，总是或皮里阳秋或煞有介事，所以要准确回答这一问题并不容易，一些研究者在这方面也多采取避而不谈的态度。但鲁迅还是发表了自己的看法：《阅微》的"材料大抵自造，多借狐鬼的话，以攻击社会。据我看来，他自己是不信狐鬼的，不过他以为对于一般愚民，却不得不以神道设教"（《中国小说的历史的变迁·清小说之四派及其末流》）。鲁迅的看法无疑是一家之言，但也未必就是不刊之论，细细体味其文意和语气，我们能够下一断语的庶几是：对于纪晓岚用"神道设教"以教导"一般愚民"的做法，鲁迅并不反感，而是给予了很大程度的理解、宽容乃至肯定。之所以如此，则与鲁迅对中国传统文化，尤其是道教文化的态度，以及他对中国知识分子和底层民众的了解密切相关。

1918年8月20日，鲁迅在致许寿裳的信中写道："中国根柢全在道教。"如此结论从何而来？依我的认识应当是，鲁迅已经发现，较之充盈着庙堂色彩的儒家文化和浸透了宗教意味的佛家文化，道家文化更具备民间气息，也更贴近人间烟火，因此，它无形中适应了社会底层民众的心理需要，成了他们在高压和艰窘之中聊以自慰的精神甘露。正因为如此，接受了现代文明的鲁迅，没有简单绝对地否定道家文化以及它在社会中的传播和流布——那样做无异于摧毁底层民众最后一点精神乐趣，因而是残酷的。正是在这一意义上，他情愿体谅和认可纪晓岚的"以神道设教"。然而，鲁迅又清楚地知道，道家文化毕竟是虚幻和迷信的东西，有着麻醉和欺骗的巨大毒性。这当中的曲直利害，民众可以暂且不论，但知识者却必须洞悉在先，真相在握，最终引领民众的觉悟。这庶几是"伪士当去，迷信可存"（《破恶声论》）的终极意义。大约正是基于这样的认识，鲁迅不无推测和想象地判断：纪晓岚"是不信狐鬼的"。这时，鲁迅实际上是将自己对知识分子的某种期待，送给了作为古人的纪晓岚；或者干脆说，他所解读的既是纪晓岚，也是他自己。

（原载《深圳特区报》2013 年 4 月 24 日，另载《黄河文学》2013 年第 7 期，部分内容摘登《新华每日电讯》2013 年 6 月 14 日）

《中国小说史略》何以用文言？

1

20世纪20年代中期，因"五四"新文化运动迅速崛起的白话文，已渐成文坛主流，但是，一些从旧营垒里发出的夸饰文言同时贬低白话的论调，依旧不绝于耳。对此，一向为推动白话文进程而大声疾呼并身体力行的鲁迅，给予严厉回击。他指出："古文已经死掉了；白话文还是改革道上的桥梁，因为人类还在进化。"（《古书与白话》）又说："我们此后实在只有两条路：一是抱着古文而死掉，一是舍掉古文而生存。"（《无声的中国》）他断言竭力提倡古文的《甲寅周刊》，"不过以此当作讣闻，公布文言文的气绝罢了。"即使真将有文言白话之争，"我以为也该是争的终结，而非争的开头"（《答KS君》）。令人颇有些不可思议的是，就在鲁迅称文言已经"死掉"、已经"气绝"，因而坚决反对复古逆流的同时，他自己精心结撰的学术著作《中国小说史略》（以下简称《史略》），却偏偏使用了奄奄一息、气数殆尽的文言。于是，一个无法回避的问题悄然生成——是怎样的社会条件和心理因素促成鲁迅做出这样看似矛盾的选择？这当中又包含着何等的文化信息与学术意义？

围绕这一问题，从《史略》问世迄今，不少学者作家乃至莘莘学子，曾发表过若干看法，但多系从不同历史背景出发所进行的文言白话孰优孰劣的工具性论争，而未能涉及其中的深层蕴含与根本旨趣。近年来，陈平原、欧阳健两位文学史家，沿着不同的学术路径参与了《史略》何以用文言的研究，其开阔的视野、扎实的材料、辟透的分析和超卓的识见，最终使这一研究呈现出崭新的境界。

　　《史略》日译者增田涉在《鲁迅的印象》中写道，当年，他曾就《史略》为何要用古文请教过鲁迅，得到的答复是："因为有人讲坏话说，现在的作家因为不会写古文，所以才写白话。为了要使他们知道他也能写古文，便那样写了；加以古文还能写得简洁些。"欧阳健恰是依据鲁迅的说法，从特定语境出发，对《史略》的选择文言，作了三方面的解析：第一，《史略》由鲁迅在北京大学等高校讲授中国小说史的讲义整理而成，其传播对象主要是高校师生以及学界人士，而大学从来就是势利之地，是讲究"出身"和工力的。鲁迅没有太多的学院背景，但古文修养深厚，选择漂亮的文言述学，带有炫技的意思，足以令侪辈和后生咋舌。第二，复古派文人既然嘲讽新派学人，是写不了古文才写白话，那么鲁迅以精彩的文言写《史略》，便是对这种谬说的强力回击与有效拨正。第三，胡适考证《红楼梦》《水浒传》，撰写《论短篇小说》，勾勒中国古典小说的发展线索，用的都是白话，鲁迅用文言写《史略》，可谓另辟蹊径，正好显示自己治学非"用胡适之法"。此外，欧阳健还深入《史略》文本，结合具体例证，分析和阐发了全书因使用文言所带来的多种优长，当然也包括某些缺陷（《〈中国小说史略〉批判·体例篇·文字辨》，山西人民出版社2008年初版），从而在效果上肯定了鲁迅的主体追求。显然，这样的阐发知人论世，有理有据，自有较高的说服力。

　　与欧阳健的紧扣语境，条分缕析有所不同，陈平原阐释《史略》的文言述学，更注重从鲁迅的精神走向与主体追求入手。为此，他将《史略》的文言选择置之于鲁迅特有的创作观念、学术理想、文体意识、语言趣味以及其怀疑立场与抵抗精神等多维视线之下，特别是将其与鲁迅笔下不时出现的文言写作、一贯主张的直译原则联系起来，加以综合分析与周密考察，进而揭示了鲁迅作为文体家在文学语言问题上的独特思路："对应现实人生的'小说'或'杂文'，毫无疑问应该使用白话；至于谈论传统中国的'论文'或'专著'，以文言表述，或许更恰当些。"而在这一思路的背后，则是鲁迅更为幽远的文化目光——用一种更讲究"体式"（论文、杂文）与"文体"（文言、白话）相协调，同时也更注重民族传统与现代意味相结合的语言实践，为社会剧变中的文学史写作乃至整个汉语表达，积累有效经验，探索可行之路（《分裂的趣味与抵抗的立场》，《文学评论》2005年第

5 期）。应当承认，这样的分析高屋建瓴而又见微知著，其中所指出的《史略》文言述学的核心旨趣和根本动因，不仅还原了一代文宗极为宝贵的精神遗产，而且对抵制和扭转今日文史学界已成病患的"洋八股"倾向，有着重要的借鉴作用和启示意义。

2

当然，陈平原、欧阳健对《史略》之所以用文言的阐发，似乎也有可以继续讨论之处。这集中表现在他们都认为：鲁迅自己所说的《史略》选择文言的另一原因，即《史略·序言》所谓"又虑钞者之劳也，乃复缩为文言"的说法，恐怕不属实情。理由是：当年老北大有教师课前提交讲义，校方统一印制发给学生的规定，教师本人无须为讲义印制而操心，因此，鲁迅"又虑钞者之劳"的说法有些无从谈起。其中陈平原还指出：现存的小说史油印讲义，内容虽然相对粗略，但使用的仍是文言而非白话，在这种情况下，所谓"复缩为文言"，则容易让人误解为存在着更为繁复的白话底稿。这里，两位学者的推理有些简单化了。事实上，围绕《史略》（讲义本称之为《小说史大略》）讲义的书写与印制，至少有三个环节值得进一步探究和斟酌：一、鲁迅 1920 年 8 月 6 日接北大聘书，同年 12 月 24 日开始授课。这期间的四个多月是他备课的时间，且一定会有最初的讲义形成。而这时的讲义因为要考虑新式课堂的要求，所以一般应当使用白话而非文言。沿着这样的思路推理，鲁迅在油印讲义时，出于减少承印者工作量的考虑，将原来比较繁琐的白话缩为相对简约的文言，并非全无可能。二、鲁迅的小说史课程在北大和北高师几乎同时开讲。从鲁迅日记看，他的讲义稿最先寄往的不是北大，而是北高师，具体的邮寄时间是 1921 年 1 月 21 日。这份讲义用的是白话还是文言？北高师是否先于北大油印了小说史讲义，我们不得而知。而当年听过鲁迅小说史课程的荆有麟则另有说法："先生当时所用讲义稿，根本不曾要各校印过。是给先生出版的印刷所，依照了所排的版本样，用中国出产的水廉纸，单面印起来（水廉纸正面有亮光，背面粗糙）。"（《鲁迅在北平教书》）所有这些当然不无矛盾与疑窦，但至少可以提醒我们，鲁迅小说史讲义的印制过程，多有模糊朦胧之处，并不是凭一条老北大校方代印讲义的规定，就可以否定鲁迅自己某些说法的。三、限于当时的办学和印刷条件，北大为教师和学生印制讲义，也不是件毫无难度的事情，至少鲁迅小说史讲义的初期印制便颇费周折。关于这点，曾在北大选修小说史课程并帮助鲁迅印过讲义的常维钧，留下了很具体的回忆（参见常维钧《回忆鲁迅先生》和马蹄疾《鲁迅与常维钧》）。其中所披露的印制讲义所经历的麻烦和辛苦，是足以让鲁迅"又虑钞者之劳也，乃复缩为文言"的。更何况这"复缩为文言"与增田涉转述鲁迅所谓"文言还能写得简洁些"的说法，自有一种内在的衔接和呼应。

3

陈平原、欧阳健围绕《史略》文言述学所做的阐发，大大拓展了该问题的研究空间与认识深度，不过却没有穷尽其全部意义。在我看来，鲁迅之所以用文言写《史略》，除了以上自己所说和他人领略的原因之外，还有另外的驱动力与寄托，这就是被鲁迅深埋于心底，但又几乎是无法消除的一种精神复调与文化纠结——尽管这些对于鲁迅而言，未必都有完全清醒和自觉的省察。

在《写在〈坟〉后面》中，鲁迅较多地谈到了文言与白话夹缝中的自己。其中有云："……一切事物，在转变中，是总有多少中间物的。""在进化的链子上，一切都是中间物。"窃以为，这"中间物"的概念，正可以拿来诠释鲁迅身上存在的语言选择的两重性。作为汉语发展变化的"中间物"，一方面，鲁迅深知自己的任务"是在有些警觉之后，喊出一种新声"，或"反戈一击，易制强敌的死命"。为此，他勉励青年"不必更在旧书里讨生活，却将活人的唇舌作为源泉，使文章更加接近语言，更加有生气"。然而，另一方面，在心灵的纵深处，尤其是在潜意识里，鲁迅又无法从根本上清除曾经孕育了自己文化血脉、奠定了自己精神根基的古文言；相反，它像一种生命的底色或元气，不仅"耳濡目染，影响到所做的白话上"，而且潜移默化，无形中酿成了一种奇特的记忆场景。请看鲁迅文言小说《怀旧》里的文字：

> 彼辈纳晚凉时，秃先生正教予属对，题曰："红花。"余对："青桐。"则挥曰："平仄弗调。"令退。时予已九龄，不识平仄为何物，而秃先生亦不言，则姑退。思久弗属，渐展掌拍吾股使发大声如扑蚊，冀秃先生知吾苦，而先生仍弗理；久之久之，始作摇曳声曰："来。"余健进。便书绿草二字曰："红平声，花平声，绿入声，草上声。去矣。"余弗遑听，跃而出。秃先生复作摇曳声曰："勿跳。"余则弗跳而出。

多年之后，同样的场景又出现在鲁迅杂文《做古文和做好人的秘诀》之中：

> 从前教我们作文的先生，并不传授什么《马氏文通》,《文章作法》之流，一天到晚，只是读，做，读，做；做得不好，又读，又做。他却决不说坏处在那里，作文要怎样。一条暗胡同，一任你自己去摸索，走得通与否，大家听天由命。但偶然之间，也会不知怎么一来——真是"偶然之间"而且"不知怎么一来"，——卷子上的文章，居然被涂改的少下去，留下的，而且有密圈的处所多起来了。于是学生满心欢喜，就照这样——真是自己也莫名其妙，不过是"照这样"——做下去，年深月久之后，先生就不再删改你的文章了，只在篇末批些"有书有笔，不蔓不枝"之类，到这时候，即可以算作"通"。

这两段文字一为描写，一为讲述，体式虽有区别，但内容却异曲同工：均把作家当年经历的私塾教育，表现得妙趣横生，暖意融融。而这种妙趣和暖意分明透显出作家对文言的眷恋与深情——要知道，在某种意义上，私塾教育就是文言教育啊！明白了这一点，我们即可断定，鲁迅用文言写《史略》是包含了一些怀旧成分在内的，是他那一代人的"集体无意识"在外界多重诱发下的正常流露，是自然而然的事情。只是在较长一段时间里，这一点被匆匆赶路的现代人忽略了。

（原载《文学报》2014 年 10 月 23 日，《读书文摘》2015 年第 2 期转载）

《中国小说史略》"略"去了什么?

　　1924 年 6 月，由鲁迅根据自己在北京大学讲授中国小说史所使用的讲义整理而成的《中国小说史略》(以下简称《史略》) 上下卷，由北大第一院新潮社排印出齐。对于这本著作，蔡元培、胡适、郭沫若、郑振铎等学界名宿，都曾给予很高的评价。其中胡适认为:《史略》是 "一部开山的创作，搜集甚勤，取材甚精，断制也甚谨严，可以替我们研究文学史的人节省无数精力"(《白话文学史·自序》)。即使鲁迅自己谈起《史略》，也不无潜在的优越感。譬如，他在《两地书》(编刊稿) 最后一信里对许广平说:"例如小说史罢，好几种出在我的那一本之后，而陵乱错误，更不行了。这种情形，即使我大胆阔步，小觑此辈……。"而在 1933 年 12 月 20 日致函曹靖华时，鲁迅更是将《史略》列入 "至于史，则我以为可看" 的五本著作之一，以 "可看材料" 为理由，直接推荐给对方。

　　然而，在另一些场合，鲁迅并不讳言《史略》具有的纲目性与简要性。譬如，在《史略·序言》里，他先是指出 "中国之小说自来无史"，随即坦陈:"此稿虽专史，亦粗略也"，可见这是作者心中的遗憾。与此同时，该序言和鲁迅后来为该著修订版所写的《题记》，一再将《史略》称作 "大要"、"梗概"、"要略"，均包含了删繁就简，意犹未尽的意思。至于该著在由讲义到著作的过程中，其书名先是《小说史大略》后改为《史略》，终不弃一个 "略" 字，似也传递出作者的某种自我定位与自觉省察。

　　应当看到，鲁迅用一个 "略" 字来说明自己的小说史，似乎并不全是自谦，而是在此同时确有所指。请看《史略·序言》的夫子自道:"三年前，偶当讲述此史，自虑不善言谈，听者或多不憭，则疏其大要，写印以赋同人;又虑钞者之劳也，乃复缩为文言，省其举例以成要略。" 这段话清楚地告诉人们：早在油印小说史讲义时，作者就从减少承印者劳动量的角度考虑，删掉了手稿中已经存在的一些例证，使《史略》成了名副其实的"要略"。对于鲁迅这一番告白，有学者以讲义"由校方写印以供修课学生参考"，不需要授课教师操劳为由，质疑其真实性。其实，当年的北大印制讲义远不像今人想象的那么轻而易举。在这方面，我们只要读读常惠先生回忆鲁迅的文章，了解一下他和鲁迅为印好小说史讲义所经历的种种周折以及所付出的辛勤劳动，即可相信鲁迅所谓"又虑钞者之劳"，绝非虚言或戏言。

不过，我又觉得，鲁迅刻印小说史讲义，之所以要删掉原有的若干例证，并不单单是"虑钞者之劳"，而是另有隐衷。据众多亲历者回忆，当年鲁迅的小说史课程是很受欢迎的。授课时，不仅有国文系学生踊跃参加，而且吸引了不少其他专业的学子和校外乃至外地的青年，以致常常使教室人满为患。而鲁迅讲授小说史能受到如此欢迎，一个重要原因便是，他在课堂上从不是简单机械的照本宣科，而是在保持基本框架和大致顺序的基础上，斜出旁逸，远绍近搜，随机生发，即离开书本另做一些既生动有趣，又收放自如的引申与补充，以此丰富和激活课堂教学。用徐霞村的话说："我们去听课都要先买到《中国小说史略》，他稍微念上那么一两段，不是照着书上讲，与书有关系，但是又发挥一些见解，这个见解又不走得太远，他教学教得真好！"（徐小玉《徐霞村访谈录》）关于鲁迅讲授小说史的情景，当代学者倪墨炎曾依据现场史料做过一段描写："当他以浓重的浙江绍兴口音的'蓝青官话'开始讲课以后，全教室却肃静无声了。从不知道的知识，经他娓娓道来，把大家紧紧地吸引住了。而他常常在讲义外，讲一些例子，而在关键之处，他又喜欢幽默地画龙点睛似的一点，引发全教室一片笑声。正听得入神，下课的钟声响了。同学们都感到这一堂课，时间特别的短。"（《鲁迅与许广平》）应当说这是真实概括的传神写照。

从课堂教学和知识传授的角度讲，鲁迅这种自由开放，洒脱不拘的教法，无疑是高明的选择。只是一旦要将授课内容变为纸上读物，作者却不得不对枝蔓过多的例证之类，做必要的梳理和浓缩，因为对于学生来说，无论阅读还是备忘，都需要线索的清晰与逻辑的谨严，而一味信马由缰，即兴拈来，则会影响这方面的接受效果。于是，"省其举例"便势在必行，只能如此。

　　毫无疑问，鲁迅课堂所授而讲义阙如的那些内容，属于其小说史观的形象性诠释或延伸式补充，是其小说史的有机组成部分，对于听众和读者自有不可替代的价值。唯其如此，追踪和搜集这些被《史略》"略"去的内容，也就成了一件很有意义也很有意思的事情。而在当年声像文档尚不具备的情况下，我们要获得这方面的信息，最为可行复可靠的途径，无疑是走进鲁迅学生们的课堂记忆，就中打捞老师讲过的那些属于小说史范畴却又不见于《史略》的内容。这时，许广平、冯至、王鲁彦、尚钺、常惠、孙尧姞以及周作人留下的一些文字，便显得十分重要。这些或略或详，但同样坚实可信的记述，不仅传递出鲁迅讲授小说史的课堂情形，而且保留了他们听讲得来的一些例证和细节，因此堪称是今天了解《史略》之"略"的第一手材料。而当我们将这些材料一一细读并稍加分析归纳，即可发现，《史略》的"略文"，大致分为四种情况，并有四种相应的作用。

　　第一，"略文"善于对小说史做社会人生层面的剖析和解读，用来自小说史的话题开采，强化批判意识，丰富思想含量。

　　鲁迅是一位极具使命意识和济世情怀的作家、学者，他的全部文学与学术实践都围绕一个最终目的：通过深刻犀利的社会和文明批判，以求"立人"进而"立国"。这样的价值取向毫无例外地贯穿在《史略》的讲授与著述中，当然也顺理成章地浸透到《史略》的"略"文里，使得它们在具备学术意义的同时，呈现出鲜明的社会内涵、思想锋芒和批判色彩。

　　据许广平回忆，当年鲁迅讲到唐代传奇时，曾对元稹《会真记》里有关崔莺莺命运的解释，表示不以为然，指出《会真记》"是写元稹自己的事，目的在辩护自己。是属于'辩解文'一类，不是为做小说而做的"。接下来，鲁迅由《会真记》谈到中国人的矛盾性。认为："中国人（指旧文人）矛盾性很大，一方面讲道德礼仪；一方面言行又绝不相关。又喜欢不负责任，如《聊斋》的女性，不是狐就是鬼，不要给她穿衣食饭，不会发生社会督责，都是对人不需要负担责任。中国男子一方面骂《会真记》、《聊斋》；一方面又喜欢读这些书，都是矛盾性存在之故。"（《鲁迅回忆录·鲁迅的讲演与讲课》，以下所引许广平的文字均见该篇。）显然，这时的鲁迅透过元稹和《会真记》，看到了民族精神史与性格史上的某些缺陷，从而将小说解析与国民性批判互为条件，融为一体。

许广平还记得，在讲到宋代传奇时，"鲁迅批评宋不如唐，其理由有二：（一）多含教训话语，则不是好的小说，因为文艺做了教训的奴隶了；（二）宋传奇又多言古代事，文情不活泼，失之平板，对时事又不敢言，因忌讳太多，不如唐之传奇多谈时事的。"这样的观点不仅完成了鲁迅对唐宋传奇的比较评价，更重要的是传递出鲁迅眼中和心中好小说的标准：一要摆脱陈腐的说教，坚持自身的原创品格；二要以生动鲜活的艺术形象，勇敢地与生活现实对话，进而干预生活，影响现实。因此，鲁迅此处所言，与其说是阐述小说的历史回退现象，毋宁说是在强调文学的社会批判功能。

"六朝之鬼神志怪书"是鲁迅小说史的重要内容。据当年在北京女子师大听鲁迅讲课的黔籍学生孙尧姑回忆："记得有一次好像是讲到六朝鬼神志怪小说的时候，他（指鲁迅——引者注）曾经这样说：'魔鬼将要向你扑来的时候，你若大惊小怪，它一定会把你吓倒，你若勇猛地向它扑去，它就吓得倒退，甚至于逃掉。'当时我和一个同学说：'他是要我们勇敢。要我们前进，不要我们畏惧怯懦。'"（转引自蒋晔、郭小军《鲁迅在北师大》）孙尧姑的体悟无疑是准确的，鲁迅对六朝志怪小说做这样一番生发，显然是"鬼"为"人"用，以"幻"说"真"，旨在激励青年人不畏邪恶，不惧恐吓，处变不惊，勇往直前。这时，鲁迅的小说史讲授，实际上产生了培育和砥砺青年人精神与意志的作用。

第二，"略文"常常反弹琵琶或剑出偏锋，以新颖的例证和观点，引导听众透过小说史，认识大历史。

小说是生活与人性的艺术写照，是历史与现实的形象投影，因此，在一定意义上，小说史也就是社会生活和民族心灵的历史。鲁迅显然深谙此理，为此，他讲授的小说史总能冲破文学史的界限，自觉且自然地连接起社会史与心灵史，而其中的某些"略文"则凭借思维与心态的相对自由，构成了对历史人物或现象的敏锐洞察与别样透视。

著名诗人和翻译家冯至，当年在北大听过鲁迅的小说史课程。他后来在回忆文章里，特别记录了鲁迅讲课时所发表的一些与众不同的史识与史见。譬如，鲁迅认为："许多史书对人物的评价是靠不住的。历代王朝，统治时间长的，评论者都是本朝人，对他们本朝的皇帝多半是歌功颂德；统治时间短的，那朝代的皇帝就很容易被贬为'暴君'，因为评论者是另一个朝代的人了。秦始皇在历史上有贡献，但是吃了秦朝年代太短的亏。"（《笑谈虎尾记犹新》，以下所引冯至的文字均见该篇。）鲁迅的这一见解，多年之后写进了《华德焚书异同论》一文，坦言："秦始皇实在冤枉得很，他的吃亏是在二世而亡，一班帮闲们都替新主子去讲他的坏话了。"接下来，鲁迅替秦始皇做了强有力的辩解："不错，秦始皇烧过书，烧书是为了统一思想。但他没有烧掉农书和医书；他收罗许多别国的'客卿'，并不专重'秦的思想'，倒是博采各种的思想的。秦人重小儿；始皇之母，赵女也，赵重妇人，所以我们从'剧秦'的遗文中，也看不见轻贱女人的痕迹。"对于历史上的秦始皇究竟怎样评价才算公允合理，我们自可见仁见智，存异求同，但鲁迅围绕秦始皇评价所展现的迥异于常人的读史视角与思路，却很值得学习和借鉴。

冯至的文章还写到鲁迅对曹操的看法："曹操被《三国志演义》糟蹋得不成样子。且不说他在政治改革方面有不少的建树，就是他的为人，也不是小说和戏曲中歪曲的那样。像祢衡那样狂妄的人，我若是曹操，早就把他杀掉了。"类似的观点也出现在荆有麟等人的课堂记忆中，可见它是鲁迅小说史课程的保留性话题。而鲁迅这样评价曹操，其意义也不单单在于为曹操翻案，更重要的是教给了学生们一种把握历史小说乃至历史本身的正确方法，即阅读目光的审慎独立，以及在阅读过程中须兼顾历史和道德两种维度。

对于岳飞，鲁迅一向是敬仰的，认为他是"给中国人争面子"的，彰显他"确可以励现任的文官武将，愧前任的降将逃官"（《错登的文章》）。不过，在小说史课堂上，鲁迅也讲到了岳飞的另一面：历史上有两种英雄，即"社会的英雄"和"非社会的英雄"。岳飞是"社会的英雄"，大家了解他的忠诚爱国，都敬重他。但在一个"家天下"的社会里，他到底属于哪一个谱系呢？而一些"非社会的英雄"，连所谓"正史"也往往不能遮掩其光辉，却为社会所不容：谴责，流放，杀戮，永远湮埋！这样的社会是正常的么？能够改变的么？作为社会中的一分子，在座诸君作何感想？（转见林贤治《人间鲁迅·上》）对岳飞这样影响深远的历史人物和文学形象，做如此多层次、多向度的剖解，显示了鲁迅历史观的深邃、成熟和强大，它足以让听众浮想联翩，醍醐灌顶。无怪乎后来成了史学家的尚钺这样写道："在《中国小说史略》中，先生给了我对社会和文学的认识上一种严格的历史观念，使我了解了每本著作不是一种平面的叙述，而是某个立体社会的真实批评，建立了我此后写作的基础与方向。"（《怀念鲁迅先生》）

第三，"略文"注重知识传播，或清理"小说家言"的来龙去脉，或破解文本现象的内在玄妙，或揭示文学欣赏的个中要领，以此使听众眼界开阔，素养提升。

鲁迅既有文学创作经验，又有现代文论修养，这决定了他非常明白，修撰小说史可以引入社会史和心灵史，然而，社会史和心灵史却最终不能取代小说史。小说史自有之所以是小说史的本质内涵，即它必须揭示小说自身发展的兴衰沉浮及内在规律。正因为如此，鲁迅当年讲授小说史时，始终把主要精力和笔墨集中于"从倒行的杂乱的作品里寻出一条进行的线索来"（《中国小说的历史变迁》），而与之相伴的一些"略文"，亦多由具体文本和创作现象生发而出。关于这点，许广平转述较详，我们不妨抽取几例看看。

据许广平回忆，鲁迅讲授小说史，不时会将目光聚焦于具体作品的细微处，抓住某些问题，依据准确史料，做追根溯源式的剖解，指出其舛错，道出其本质。譬如讲到"今所见汉人小说"时，鲁迅针对《中荒经》所谓西王母每岁登翼上会东王公之语明言："西王母是地名，后人因母字而附会为女人，因西有王母，更假设为东有王公，而谬说起来了，犹之牵牛织女星的假设为人，乌鸦填桥成天河，即与此说相仿，为六朝文人所作，游戏而无恶意。"鲁迅是沿着怎样的学术路径，得出了这一番别开生面的结论？许广平的文章没有做进一步的引述，我们也就无从确知。不过想想鲁迅对《尔雅》等儒家经典以及中国古文字学的稔熟，似乎又可以窥见某种消息。因为正是作为中国最早的词典的《尔雅》，提供了西王母曾经是地名的实证——其中的《释地》有言："觚竹、北户、西王母、日下，谓之四荒。"即"西王母"属于四方荒蛮地域之一。明白了这点，我们不仅可以领略古代神话中一些有趣的现象，而且还能够欣赏鲁迅丰厚充盈的知识学养，进而懂得当年的蔡元培，为什么要由衷称赞鲁迅的深谙"清儒家法"而又"不为清儒所囿"（《鲁迅先生全集序》）。

许广平还说："鲁迅讲书，不是逐段逐句的，只是在某处有疑难的地方，才加以解释。"譬如在讲到《汉武帝内传》时，鲁迅由其中"容眸流盼"之句的"不通"说开去，进而指出："大约作古文之法有二秘诀：一为'省'去'之乎者也'等字，二为'换'成难解之字，也就是以似懂非懂的字句以迷惑人，又多用赘语如'真美人也'、'真灵人也'，灵与美究有何分别？用了许多不可测之字和语……古文难测，其弊多在此。"从上下文的承接看，这里所说的"古文"应当专指古代文言小说。也就是说，在鲁迅看来，古代文言小说的文字表达存在一种矛盾现象，即一方面尽量省去之乎者也等文言虚词，力求使自身趋于口语化和通俗化；另一方面却又每将常见字词换成难解字词，以致让人觉得装腔作势，故弄玄虚。古代文言小说何以如此？我们已无缘获知鲁迅的进一步诠释。这里，如果让我揣测，恐怕与文言小说在历史上的尴尬处境和双向诉求相关——一方面，它不本经传，远离儒术，因此索性通过语言的口语化和通俗化，来实证自身的民间性与可读性，进而强化社会传播；另一方面，它又依傍正史，附丽典籍，故而希望凭借语言的古奥化和典雅化，来显示自己的身份与品味，由此提高社会地位。当然，其结果常常是弄巧成拙，适得其反。一切倘果真如此，那么，此乃鲁迅对文言小说的又一洞见。

许广平还记得，鲁迅的小说史课程也曾涉及小说鉴赏问题。譬如："第十四篇《元明传来之讲史》，谈到宋江故事时，鲁迅说：小说乃是写的人生，非真的人生。故看小说第一不应把自己跑入小说里面。又说看小说犹之看铁槛中的狮虎，有槛才可以细细的看，由细看以推知其在山中生活情况。故文艺者，乃借小说——槛——以理会人生也。槛中的狮虎，非其全部状貌，但乃狮虎状貌之一片段。小说中的人生，亦一片段，故看小说看人生都应站立在第三者地位，切不可钻入，一钻入就要生病了。"鲁迅这一番见解让我们很自然地想起从布洛到朱光潜都为之做过阐发的审美"距离说"，鲁迅的主张与他们的观点竟然不乏异曲同工之妙！这时，我们不仅明白了一种科学有效的文学鉴赏方法，而且更加深入地理解和认识了鲁迅特有的文学观和美学观：在整体向度上倡导文学和美学的社会性与功利性，而一旦进入具体的审美鉴赏过程，则又坚决反对庸俗的社会性和机械的功利性。

第四，"略文"幽默诙谐，妙趣横生，穿插于小说史的讲授过程，不仅启人心智，娱人性情，而且有利于活跃课堂气氛，提升授课质量。

生活中的鲁迅有一种几乎与生俱来的幽默气质。这种气质渗透到他的文学创作中，同时也体现在他的小说史讲课里。不妨来看王鲁彦的课堂记忆："然而，教室里却突然爆发笑声了……于是教室里的人全笑了起来，笑声里混杂着欢乐与悲哀，爱恋与憎恨，羞惭与愤怒"（《活在人类的心里》，以下所引王鲁彦文字均见该篇）。如果说王鲁彦的讲述已经勾勒出小说史课堂的某种氛围，那么，今日可见的几段"略文"，则为这种氛围注入了实实在在的内容。

周作人在回忆鲁迅的文章里写道："有一位北京大学听讲小说史的人，曾记述过这么一回事情。鲁迅讲小说到了《红楼梦》，大概引用了一节关于林黛玉的文本，便问大家爱林黛玉不爱？大家回答，大抵都说是爱的吧，学生中间忽然有人询问，周先生爱不爱林黛玉？鲁迅答说，我不爱。学生又问，为什么不爱？鲁迅道，因为她老是哭哭啼啼。"（《鲁迅的笑》）鲁迅曾高度评价《红楼梦》，但对于书中主要人物林黛玉却似乎不那么欣赏。之所以如此，在我看来，大约是基于鲁迅反感一切娇弱病态人格的意识或潜意识。不过，面对学生们不无调侃的询问，鲁迅没有多说，而是给予了简约而幽默的回答，这便把笑声和回味一起留给了课堂，也留给了后人。

据许广平回忆，鲁迅讲授小说史，每有隐含谐趣，引人发笑的地方。还是在讲"今所见汉人小说"时，鲁迅说：据《西南荒经》所写，有一种动物叫"讹兽"，人食其肉则其言不诚。接下来，"鲁迅又从问路说起，说是有人走到三岔路口，去问上海人（旧时代），则三个方向的人所说的都不同。那时问路之难，是人所共知的。鲁迅就幽默地说：'大约他们亦是食过讹兽罢！众大笑。'"鲁迅所举的例子实际上仍包含着对国人性格中不认真、少诚信的讥刺。只是这种讥刺已经溶解到看似信手拈来，漫不经心的谈笑风生之中，它需要听众在笑过之后慢慢体悟。

在常惠笔下，鲁迅讲课时的诙谐幽默，更加活灵活现，栩栩如生："先生的比喻，不止用书中字句，有时还在黑板上画画，不够的地方，还要用姿势表示"。"《异梦录》记邢风梦见美人，示以'弓弯'之舞，学生对'弓弯'不明，先生先是援引《酉阳杂俎》里的故事：'有士人醉卧，见夫人踏歌曰：舞袖弓腰浑忘却，峨眉空带九秋霜。问如何是弓腰？歌者笑曰：汝不见我做弓腰乎？乃反首髻及地，腰势如规焉'……大概觉得还不够，于是仰面，身子向后仰，身子一弯曲，就晃起来，脚也站立不稳，这时先生自语道：'首髻地也，吾不能也。'"（《回忆鲁迅先生》）这是何等生动有趣的授课方式！它承载了授课者多少自由率真的天性！无怪乎一堂小说史，会让有的学生听了第一遍，再听第二遍，如醉如痴，终生牵念。

对于鲁迅所讲的中国小说史，冯至给予过这样的评价："那门课名义上是'中国小说史'，实际讲的是对历史的观察，对社会的批判，对文艺理论的探索。"王鲁彦则认为："大家在听他的中国小说史的讲述，却仿佛听到了全人类的灵魂的历史，每一件事态的甚至是人心的重重叠叠的外套都给他连根撕掉了。"唯其如此，后来的冯至不无遗憾地写道："当时听讲的人，若是有人能够把鲁迅讲课时重要的讲话记录下来，会成很可宝贵的一部资料，可惜没有这样做过。"随着岁月的流逝，冯至的遗憾大约已是永远的遗憾。不过，亡羊补牢，我们从今日犹存的材料出发，对《史略》的"略文"做一番尽可能的钩沉和梳理，也许能让这种遗憾略减一二吧？

（原载《福建文学》2014 年第 9 期，《读书文摘》2014 年 11 期转载）

《中国小说史略》早期品评两家谈

　　鲁迅的《中国小说史略》（以下简称《史略》）问世后，虽然得到蔡元培、胡适等学界巨擘高屋建瓴式的推重与褒奖，但由于著作内容的高度专业性与拓荒性，所以，在较长一个时期内，系统、深入的研究文章并不多见。笔者查阅手边相关的资料和索引发现，从《史略》1924 年 6 月由北大新潮社分上下册首版出齐，到 1966 年"文革"爆发，在近半个世纪的时间里，报刊上披露的谈论《史略》及其相关话题的文章，不过区区二三十篇，其中不乏泛泛而谈的一般性评介和纪念文字，这较之围绕鲁迅其他著作所出现的连篇累牍，目不暇接的研究盛况，委实堪称曲高和寡，回音寥寥。从这一意义讲，鲁迅在《〈中国小说史略〉日本译本序》中，称该书"是一本有着寂寞的运命的书"，似乎也不完全是一种谦辞。

　　不过，就在《史略》显得有些清寂寥落的早期研究中，依旧出现过有见地、有个性和有贡献的品评者。这当中，迄今仍值得总结和关注的至少有两位：赵景深和阿英。而我之所以产生这样的看法，主要基于以下三方面的理由：第一，赵景深和阿英都经历过"五四"新文化运动，且都与鲁迅有过近距离的交往，他们对于作为学者和文学史家的鲁迅，自有知人论世的独特优势，其理解和认识非一般人，尤其后来人所能比。第二，在中国现代文学和学术语境中，赵景深和阿英不仅都是具有文学创作经验和成就的作家，而且都在中国古典小说研究方面，下过一番扎实持久的功夫，都是这一学科卓有建树的先行者。这决定了他们关于《史略》的观点和见解，很自然地包含了较多的专业理念和行家眼光，因而更能够烛幽发微，深入肌理，有一种"不隔"的诠释效果。第三，赵景深和阿英从事《史略》研究的 20 世纪 30 至 50 年代，《史略》的经典化过程尚未最后完成，鲁迅身上的伟人光环亦相对淡弱，这种没有太多压力和束缚的背景条件，使得他们可以从比较自觉和纯正的学术本位出发，选择各自擅长的治学方法和批评思路，展开客观求真的研究与考察，从而在个体意识所能达到的层面，给《史略》以独特的阐发与妥切的评价。

赵景深（1902～1985），原籍四川宜宾，生于浙江丽水。早年任报刊编辑、学校教师，曾参加文学研究会，出版过诸多小说、诗歌、散文、评论、翻译作品。自小对戏剧抱有浓厚兴趣，能自编自演。20世纪三四十年代，在担任复旦大学教授期间，着重研究中国古典小说戏曲，陆续写成《小说闲话》、《小说戏曲新考》、《中国小说论集》（一名《银字集》）、《小说论丛》、《元明南戏考略》、《戏曲笔谈》、《大鼓研究》等专著。新中国成立后，一直任教于复旦大学，讲授中国文学史和小说史，同时仍有关于中国古典小说戏曲的论著发表。

赵景深与鲁迅多有过从。鲁迅对赵景深则是既有帮助和扶持，也曾给予过批评。就后者而言，最有影响的一次，便是所谓"牛奶路"公案。即鲁迅以轻松诙谐的口吻，指出了赵景深翻译理念的偏差，以及他因此而导致的译文错误——将应译为"银河"或"神奶路"的milky way译为"牛奶路"（见《二心集·风马牛》）。不过，对于鲁迅，赵景深一向持尊敬和爱戴的态度。其中对鲁迅在中国古典小说研究方面做出的努力和取得的成就，更是由衷佩服，倍加赞赏。当年《史略》甫一出版，时在长沙教中学的赵景深，便很快买来该书，悉心研读，并向曾在北大聆听过鲁迅小说史课程的同事，了解有关情况。1936年，鲁迅逝世，赵景深立即在《大晚报》发表《中国小说史家鲁迅先生》一文，从中国小说史研究的特殊角度，深切悼念鲁迅。该文明确指出："鲁迅对于中国小说史的研究，实在有很大的功绩，正不容我们忽视。""鲁迅的《中国小说史略》是现有的三部同类书中最好的一部，到现在为止，还没有比他写得更好的。"文章结尾处，作者还有一段动情的表达：

> 最近，我时常翻阅鲁迅的这三部书——《中国小说史略》、《小说旧闻钞》以及《唐宋传奇集》，并且也时常念念不忘于《古小说钩沉》。我想按照鲁迅在《中国小说史略》上所精选的几十部小

说来详细阅览探讨，至今只写成一部《小说闲话》，本想请鲁迅题签，不料他却去世了。

这段文字透露了作者一个想法：围绕《史略》做系统研究。这一想法曾长期萦绕在赵景深脑际。1945 年，他在《关于〈中国小说史略〉》中又一次写道："冯沅君拟作《宋元戏曲史疏证》，我也颇有意作《中国小说史略》疏证；但这只是一个愿望罢了。"此后许多年，由于种种原因，论者的这一愿望一直未能实现。显然是为了弥补心中的遗憾，1980 年，年近八旬的赵景深，在将一生所写的有关中国古典小说的文章结为《中国小说丛考》（齐鲁书社出版）一书时，做了一点体例的创新："我这本书打乱了原来的次序，完全按照鲁迅先生的《中国小说史略》的次序来排列……我狂妄地想以这书来作为《中国小说史略》的补充资料。"（赵景深《中国小说丛考·序》）由此可见，对于鲁迅及其《史略》，赵景深有着几乎是贯穿一生的研究情结和赞佩情感。

为了更深入地理解和把握《史略》，赵景深对鲁迅耗费多年工夫辑佚考订而成的，旨在为《史略》提供材料基础的三部书《古小说钩沉》《唐宋传奇集》《小说旧闻钞》，均进行了精研细读，纵比横勘，进而得出了自己的看法。赵景深明言："《古小说钩沉》是常在我怀念中的一部书。"（《中国小说史家的鲁迅先生》）关于这部书，他在掌握众多例证的基础上，指出其四个优点：一、采辑审慎。凡是类似的书名而不能断定的一概不收。二、搜罗宏富。不仅注明某书的收入某书，即使注明某书，而实引他书者，也当作他书而归类。三、比类取断。凡遇误注书名或不甚清晰者，均居他书断定。四、删汰伪作。凡是与作者时代不合的一律删而不录。（《评价鲁迅的〈古小说钩沉〉》）对于《唐宋传奇集》，赵景深结合分析实际的辑录和考订状况，下了十二字断语："分辨伪作，考证源流，用力极勤。"（《评价鲁迅的〈古小说钩沉〉》）而在谈到《小说旧闻钞》时，赵景深则将该著与中国小说研究史上另一部早期著作——蒋瑞藻的《小说考证》放到一起，进行比较，就中肯定了前者在体例编排、材料取舍和文字校雠上的优越之处，认为："这部书（指《小说旧闻钞》——引者注）比蒋瑞藻的《小说考证》要好得多。"（《评价鲁迅的〈古小说钩沉〉》）此外，赵景深还本着尽可能充分占有材料的原则，检索研读了《史略》之外鲁迅谈中国古典小说的单篇文章，以及其他相关文字。在有所收获的情况下设想："如果把鲁迅的日记和书简全部整理出来，或者还可以找到不少能与《小说史略》相互参证的资料。"（《评价鲁迅的〈古小说钩沉〉》）如此这般的一些观点，在今天看来，固然难免有粗疏罅漏之处，但作为最早的研究成果，毕竟一下子凸显了《史略》于文献基础方面锐意搜求，厚积薄发的特点，其学术意义不容忽视。

对于《史略》和鲁迅的整个中国古典小说研究，赵景深给予了热情赞誉和高度评价，但是，却没有因此就将自己的研究对象夸饰化、完美化和绝对化，认为其无懈可击，无可挑剔；而是抱着"吾爱我师，更爱真理"的态度，在充分肯定其成就的同时，尽我所能地指出了其缺失和不足。还是在《关于〈中国小说史略〉》中，赵景深以坦诚而平和的口吻表示：

> 今春因讲授鲁迅《中国小说史略》之便，偶然也发现一些原作者的小错误和错排之处。此书已销十余版，且已编入《鲁迅全集》，读者甚多。那么，我把这些琐屑的地方写出来，或者可供读者参考吧。

从这样一种朴朴实实的动机出发，该文举出《史略》的微观错误或错排凡十六项，另有多位作家被误断生卒年。这些勘误文字，乍一看来仿佛有些东鳞西爪，无足轻重，但细加品味即可发现，它们实际上折映出赵景深所具备的两方面的治学优长：

一是深入细致，扎实认真，能在一般人并不经意的地方发现问题，补苴罅漏。《史略》第二十一篇《明之拟宋市人小说及后来选本》写道："犹龙名梦龙，长洲人……有《双雄记传奇》，又刻《墨憨斋传奇定本十种》，颇为当时所称，其中《万事足》《风流梦》《新灌园》皆已作。"赵文第十三条勘误指出其舛错所在："这个错误，实始于高弈《新传奇品》、焦循《曲考》和王国维《曲录》，跟着盐谷温《关于明的小说三言》以讹传讹，接着鲁迅也就依样画葫芦，其实这三种戏曲都不是冯梦龙作的，冯梦龙只是改编罢了。《万事足》原名《万全记》，与范希哲所作剧同名，或即范作，惟时代似不甚相合，但无论如何，《万事足》决非冯氏创作。《风流梦》改的是汤显祖的《牡丹亭》,《新灌园》改的是张凤翼的《灌园记》。"《史略》第七篇《世说新语与其前后》,将沈征《谐史》归入诽谐文字,断为《笑林》继作。赵文第三条勘误予以辨正:"此四书(指《史略》所举吕居仁《轩渠录》、沈征《谐史》、周文玘《开颜集》、天和子《善谑集》——引者注)均见陶宗仪《说郛》,虽然有三部是笑话书,沈征《谐史》实非笑话,因为其中很少可笑的事情,这犹之《齐谐记》、《续齐谐记》不能称作笑话一样。"质之以文本和史实,可知赵景深的上述意见是正确的。

二是知识广博,目光敏锐,善于综合相关材料,纠正貌似合理的成说。《史略》第十五篇《元明传来之讲史(下)》有言:"宋遗民龚圣与作《宋江三十六人赞》,自序已云'宋江事见于街谈巷语,不足采著,虽有高如李嵩辈传写,士大夫亦不见黜(周密《癸辛杂识》续集上)。今高李所作虽散失,然足见宋末已有传写之事'。"对此,赵文第十条勘误做出另外的解释:"鲁迅以为南宋高如李嵩写过《水浒》故事,其实'高如李嵩'乃'高明如李嵩'之意。李嵩是画家,他画过《水浒》三十六人的像,龚圣与的像赞就是写在他的画上的。所谓传写,并非'传钞写录',而是'传神写照'的意思。《元曲选》的插图常有题作'仿李嵩笔'的。"这一解释在后来的《水浒》研究界获得广泛认同。《史略》第三篇《汉书艺文志所载小说》认为:"《汉志》道家有《伊尹说》五十一篇,今佚;在小说家之二十七篇亦不可考,《史记·司马相如传》注引《伊尹书》曰,'箕山之冬,青岛之所,有卢橘夏熟。'当是遗文之仅存者。"赵文第二条勘误指出其中的文字之误:"青岛固然是山东的一个地名,但鸟名也可以代替地名的,比方说,《山海经》上的比翼鸟,柳宗元文中的多稀归都是,所以,原本'青岛'实为'青鸟'。'青鸟'这名词也许太古怪了,常被弄错,古人就屡曾误写:《说文》作'青㲉',颜师古《汉书》注则讹作'青马'。"赵景深的意见显然极有说服力。翻检手边1973年人民文学版的《史略》,发现文字即已按赵文改过。

同样的情况也出现于赵景深有关《古小说钩沉》的研究和评价中。在那篇题为《评介鲁迅的〈古小说钩沉〉》的文字里,论者肯定了《古小说钩沉》多方面的优长,同时不无遗憾地指出:"此书因系遗著,似乎也有未竟其业之处。"以下论者按辑佚稽考的规范,很具体地谈到了该书存在的一些不妥和疏漏,其中"补记"五条,更是在典籍互校的基础上,或拾遗补缺，或踵事增华，颇见一番版本、目录和考据学的功夫。蔡元培《鲁迅先生全集序》称赞鲁迅熟谙"清儒家法"，其实，赵景深在这方面有着同样的擅长，唯其如此，他和鲁迅能够展开较为深入的对话，从而对《史略》等提出一些他人提不出的看法。

阿英（1900～1977），原名钱杏邨，安徽芜湖人。1926年加入中国共产党，是一位具有多方面建树的作家、学者。早年先后参加太阳社和"左联"，宣传革命文学，高倡"力的文艺"，著有小说、诗歌、戏剧、散文、文论、翻译等多种著作。20世纪30年代前期开始，注意广泛搜集晚明和晚清的文学资料，尤其注意搜集通俗小说、坊间唱本、小报期刊、石印画报之类，在这一领域涉猎甚广，占有颇丰，同时展开深入研究。1937年推出《晚清小说史》，产生较大影响。与此同时和在此之后，复有《红楼梦书话》《小说闲谈》《小说二谈》《小说三谈》《小说四谈》等学术著作陆续问世，并编成《晚清文学丛钞》《晚清戏曲小说目》《晚清文艺报刊述略》等诸多史料性图书，成为中国通俗文学，特别是晚清小说研究的代表性人物。

在太阳社期间的阿英，因受日本福本主义和苏联"拉普"极左文艺思潮的影响，患有明显的左派幼稚病，出自其笔下的《死去了的阿Q时代》，曾以简单化和概念化的观点，对鲁迅有过极端错误的批判。后经党组织的帮助教育，阿英改变了对鲁迅的看法和态度，开始逐步走近鲁迅，认识鲁迅，虚心向鲁迅学习。而这一点在关于《史略》的研究与评价上，表现得尤为突出。1936年底，为悼念鲁迅逝世，阿英发表《作为小说学者的鲁迅先生》一文。该文在历数鲁迅辑录和研究中国古典小说的成就之后，郑重写道："鲁迅先生所著的关于小说的专著散篇……在数量上，不能说是怎样的多，但就其在中国小说的研究，整理，及其影响上看，却是最有成就的一个。中国的小说，是因为他才有完整的史书，中国小说研究者，也因为他的《中国小说史》的产生，才有所依据的减少许多困难，得着长足的发展。"又说："鲁迅先生的《中国小说史》，实际上不止于是一部'史'，也是一部非常精确的'考证'书，于'史'的叙述之外，随时加以考释，正讹辨伪，正本清源。在一向不为士大夫所重视的中国，甚至小说作者的真姓名都不愿刻在书上，假借伪托，改窜更易，不如此实无法有'史'，即有亦不能'信'。鲁迅先生以历史的，同时又是考据的态度，来从事整理，成

'史'而又可'信'，这是在方法上最见卓识的地方。"该文还指出，《史略》"论证方面其特点自不外考证精确与论断谨严。于每一倾向，只涉及代表的作品，其详略又据价值影响而定"。"于简略叙述中见繁复事态，于一二语中论断全文，简当中肯，往往而然，这也可以说是《中国小说史》的一优秀处。"应当承认，这些论述比较准确地发现和把握了《史略》的特点和优长，是对《史略》价值和意义极早的敏锐感悟与积极发掘。

1956年，阿英在《文艺报》第20期发表题为《关于〈中国小说史略〉》的文章，其中再次对《史略》进行了整体和宏观评价：

> 《中国小说史略》的产生，不但结束了过去长期零散评论小说的情况（一直到"五四"前夜的《古今小说评林》），否定了云雾迷漫的"索隐"逆流（如《红楼梦索隐》，《水浒传索隐》，以及牵强附会的民族论派），也给涉及小说的当时一些文学史杂乱堆砌材料的现象进行了扫除（如《中国大文学史》）。最基本也最突出的，是以整体的"演进"的观念，披荆斩棘，辟草开荒，为中国历代小说，创造性的构成了一幅色彩鲜明的面图。
>
> 切实地说，《中国小说史略》的意义在于：它扭转了自古以来以小说为末流的观念，第一次将小说作为传统文学的组成部分，郑重地为其著作专史，从而使小说史成为学术研究的重要组成部分。

显然，这样认识《史略》在中国小说研究史上的地位和作用，大抵是严谨的、妥切的，因而也就经得起时光淘洗和历史检验。

值得注意的是，在研究和品评《史略》的过程中，阿英和赵景深一样，没有采取一味仰视和绝对褒扬的态度，而是坚持学术和文学应有的"公器"意识，一方面真诚地肯定其成就和贡献，一方面坦率地指出其弱项和不足。只是阿英所采取的方法和路径，已不再是赵景深所擅长的传统的校勘和考证，而变成了自己所熟悉的更具现代色彩的理论概括与观点表达。譬如，还是在《作为小说学者的鲁迅先生》一文里，阿英就针对《史略》坦言："这部书虽具有这么多的优点，究竟也不能称为已臻完美的著作，时代变易，在观点上，固有足以商酌的地方，就是材料部分，由于发展的关系，也时时可以见到其不够。"接下来，阿英结合具体例证，谈到《史略》的四条缺陷：第一，在每一蜕变期间，社会经济背景叙述不足。第二，对作者以及思想考察部分缺乏。第三，由于当时的未见，许多重要的书，无从得其概略。第四，由于沿误以及未见，著者时代的不能断定，卷帙的误记，作家假定的非是，亦偶一有之。

平心而论，阿英所举《史略》的四条缺陷，并非都是中的之言，不刊之论。譬如，其中第二条认为《史略》忽视了从作家思想的角度考察作品，便有些郢书燕说，不得要领。因为大凡熟悉《史略》者都能感觉到，把作品和作家联系起来加以分析、印证和评价，原本是鲁迅治学的多见手法和惯常思路，是他超卓"史识"的重要组成部分。在这方面，鲁迅谈元稹与《莺莺传》，纪昀与《阅微草堂笔记》，吴敬梓与《儒林外史》，高鹗与《红楼梦》后四十回，以及《金瓶梅》与作者、《儿女英雄传》与作者等，均有出色的表现，其中有的精彩断语经人们屡屡称引，已近乎格言，怎能说是忽略了作家因素呢？当然，在《史略》中，也确有一些谈作品的文字没有谈到作者，而只是就作品谈作品。不过之所以如此，在鲁迅那里，并非是忽略或放弃了既定的手法和思路，而是因为这些作品的自身条件——它们常常是一些孤立的甚至是残缺的存在，不仅找不到作者的蛛丝马迹，甚至不能确知作者为谁。这种情况在小说普遍受到歧视的中国古代，可谓比比皆是，屡见不鲜。对此，阿英是看到了且有过指陈的。既然如此，他仍要把这条断为《史略》的缺陷，便没有什么说服力，反而暴露出自己的思维破绽。但是，阿英指出的其余三条还是很有道理的，其中第一条，说鲁迅的小说史论缺乏对时代经济背景的分析，便正好道出了《史略》的薄弱环节，事实上，正是这一视角的缺席，在一定程度上影响了鲁迅对于中国小说发展繁荣原因的深入阐发。而较少关注和研究社会经济，恰恰又是鲁迅作为学者的短板和局限。对于这一点，鲁迅自己并不否认。至于第三、四条说《史略》因受多方面条件的限制，存在一些疏漏与误断等，更是在所难免，毋庸讳言的事实。关于这些，今人欧阳健的《〈中国小说史略〉批判》（山西出版集团·山西人民出版社 2008 年版）已做出系统辨析和详尽陈述，从而足以证明阿英当年的说法，实际上是提出了一个《史略》研究中有待于不断深化和细化的问题。

《晚清小说史》是阿英的重要著作。在这部著作中，阿英对《史略》亦多有引用，其中多为立论依据，系肯定性指向，但也有商榷性意见。譬如，在谈到晚清小说总体特点与评价时，阿英认为："鲁迅谓其'虽命意在于匡世，似与讽刺小说同伦，而辞气浮露，笔无藏锋，甚且过甚其辞，以合时人嗜好。'虽极中肯，然亦非全面论断。晚清小说诚有此种缺点，然亦自有其发展。如受西洋小说及新闻杂志体例影响而产生新的形式，受科学影响而产生新的描写，强调社会生活以反对才子佳人倾向，意识的用小说作为武器，反清、反官、反帝、反一切社会恶现象，有意无意的为革命起了或多或少的作用，无一不导中国小说走向新的道路，获得更进一步的发展。这些，同样是不应忽略的。"对于晚清小说，鲁迅一向评价不高。之所以如此，固然与其审美趣味有关，但其中也不能不说包含着他认识不足，以偏概全的缺憾。相比之下，阿英在此一领域用力甚勤，检阅良多，且紧紧抓住了"发展"和新变的维度，所以，其立论就更显得全面、辩证和稳妥。

由上所述，不难发现，赵景深和阿英作为《史略》早期研究的两家言说，不仅围绕《史略》的文本实际，提出了若干或赞许或商榷的具体意见；而且在此过程中，积极实践了鲁迅所提倡的"坏处说坏，好处说好"的研究和批评态度。如果说那些具体的褒贬与臧否，随着时光的流逝和学术的进步，有可能淡化其存在的价值；那么，这种实事求是的学术估衡原则和文学评价态度，则迄今仍有重要的借鉴意义和榜样力量。当年，增田涉把要为鲁迅写传的想法告诉鲁迅之后，鲁迅立即抄了"搔痒不着赞何益，入木三分骂亦精"（清人郑板桥所作）两句诗送给他，表明自己所主张的不虚美和不避丑的传记精神。以此推论，我想，如果鲁迅在天有灵，看到赵景深和阿英关于《史略》的研究和评价，应该感到莫大的欣慰吧！

（原载《粤海风》2012 年第 5 期，又载《博览群书》2012 年第 8 期，标题由编者改为《既赞鲁迅贡献又指其谬误》）

陈独秀的鲁迅观

一

对于陈独秀，鲁迅是心存感激和敬重的。在 1933 年 3 月 5 日写成的《我怎么做起小说来》的文章里，鲁迅曾谈到自己的小说因缘：虽然没有太多的创作准备，"但是《新青年》的编辑者，却一回一回的来催，催几回，我就做一篇，这里我必须记念陈独秀先生，他是催促我做小说最著力的一个。"在此之前，鲁迅有《自选集·自序》一文，其中针对自己"五四"时期的创作写道："这些也可以说，是'遵命文学'。不过我所遵奉的，是那时革命的前驱者的命令，也是我自己所愿意遵奉的命令，决不是皇上的圣旨，也不是金元和真的指挥刀。"质之以《新青年》和"五四"运动的历史境况可知，这里所说的"革命的前驱者"就是陈独秀，而鲁迅"愿意遵奉的命令"，自然也就是陈独秀的命令。

除此之外，对于陈独秀，鲁迅在《忆刘半农君》一文里，还留下了一段虽是信笔带出，但却形象生动的描述：

> 《新青年》每出一期，就开一次编辑会，商定下一期的稿件。其时最惹我注意的是陈独秀和胡适之。假如将韬略比作一间仓库罢，独秀先生的是外面竖一面大旗，大书道："内皆武器，来者小心！"但那门却开着的，里边有几枝枪，几把刀，一目了然，用不着提放。适之先生的是紧紧关着门，门上粘一条小纸条道："内无武器，请勿疑虑。"这自然可以是真的，但有些人——至少是我这样的人——有时总不免要侧着头想一想。

这段文字曾被周作人说成是鲁迅的"缺点":"所说不免有小说化之处,即是失实——多有歌德自传《诗与真实》中之诗的成分。"《新青年》的"会议可能是有的,我们是'客师'的地位,向来不参加的。"(《致曹聚仁》)——鲁迅是否参加过《新青年》的编辑会议,不妨暂且存疑,但鲁迅与陈独秀相识且有过交往,却是不争的事实。我们来看一个足已构成佐证的历史细节。徐彬如在《回忆鲁迅一九二七年在广州的情况》中写道:

> 有一回,鲁迅和我谈起党的事情,问陈延年是否负责广东党的工作,还说陈延年是他的"老仁侄",人很聪明。这件事我向陈延年谈了,陈延年也说鲁迅是他的父执。不久,鲁迅向毕磊表示希望与陈延年见面,陈延年听到毕磊的反应,立即同意了,后来鲁迅与陈延年就作了一次秘密会见。

徐斌如是当时受组织委派与鲁迅联系的共产党人,他的文章属于当事人自述经历,内容应当可信。文中所说的陈延年是陈独秀的长子,时任中共广东区委书记。从鲁迅称陈延年为"老仁侄",并知道他"很聪明",以及陈延年称鲁迅为"父执"的情况看,他们在广州并非初遇,彼此至少是早就熟悉。而达到这种熟悉的唯一通道和必要前提,则只能是鲁迅与陈独秀以往的交流与过从,否则,鲁迅与陈延年此时的原本相知以及相互称谓,岂不成了情理不通的咄咄怪事。由此不难断言,鲁迅将陈独秀比喻成门户洞开,一览无余的"仓库",是基于生活观察与生命感知的,是一种近距离接触之后的形象概括与提炼。唯其如此,它尽管只是寥寥数语,却尽显了陈独秀性格里的刚直与坦荡,其准确而又传神的程度,洵非浮光掠影,道听途说者所能及。

鲁迅心中和眼中的陈独秀大致如上,那么,陈独秀心中和眼中的鲁迅又是怎样的?从已知的材料看,陈独秀一生曾先后四次谈到鲁迅,留下了一些看法和评价。这些看法和评价在今天看来,固然未必完全精当和妥切,但却殆皆打上了陈氏个性化的印记,是他独立思考,直抒己见的结果,其中有一些内容不仅新鲜、精辟,而且深刻、老到,迄今仍有重要的认识价值。

二

1918年5月，鲁迅在《新青年》杂志上披露了自己第一篇白话小说《狂人日记》，从此开始了与该刊的密切合作。接下来，他在《新青年》发表了包括小说、随感、诗歌、评论、翻译在内的五十余篇作品，产生了强烈的社会反响。对于鲁迅的文学创作，作为《新青年》掌门人的陈独秀，以热情赞许、大力支持和一再敦促的态度，起到了催生助产，推波助澜的作用。而这一切有幸反映到他当时写给周作人的若干信件里，从而构成了其有关鲁迅的最初言说。请看如下文字：

> 文艺时评一栏，望先生有一实物批评之文。豫才先生处，亦求先生转达。
>
> 我们很盼望豫才先生为《新青年》创作小说，请先生告诉他。
>
> 《风波》在一号报上登出，九月一号准能出版……鲁迅兄做的小说，我实在五体投地的佩服。
>
> 二号报准可如期出版。你尚有一篇小说在这里，大概另外没有文章，不晓得豫才兄怎么样？"随感录"本是一个很有生气的东西，现在为我一人独占了，不好不好，我希望你和豫才玄同二位有工夫都写点来。豫才兄做的小说实在有集拢来重印的价值，请你问他，倘若以为然，可就《新潮》《新青年》剪下自加订正，寄来付印。

这些涉及鲁迅的文字，并没有进入具体的文本解析与估衡，而是更多承载了写信者发自内心的信任、感佩与关切之情，然而，即使仅凭此点，我们已经可以想象鲁迅作品所拥有的巨大的精神冲击力和感染力，尤其是可以发现陈独秀围绕鲁迅作品所表现出的难能可贵、非同一般的鉴赏眼光。须知道，在"五四"之际，即使是文化精英，也未必都能及时认识到鲁迅的价值。在这方面，陈独秀不仅超过了胡适和李大钊，而且在时间上要早于后来高度评价鲁迅的毛泽东。

三

　　陈独秀再度谈到鲁迅已经到了 1933 年。

　　当时，陈独秀以从事"叛国宣传"的罪名，被国民政府法院判处有期徒刑十三年，开始在南京老虎桥监狱服刑。因有社会各方面的援救和自身的特殊背景，陈在狱中受到优待，不仅可以读书看报弄学问，而且还有同时被捕的濮清泉等人，从生活上予以照看。

　　这年的 4 月 22 日，鲁迅在《申报·自由谈》发表《言论自由的界限》一文，意在嘲讽某些知识分子——如"新月社诸君子"——在自由问题上的天真幼稚，同时揭露专制统治下所谓自由的本来面目。该文以鲁迅惯有的尖锐与幽默，把当时的中国比作《红楼梦》里"言论颇不自由"的贾府；而将那些试图以"言论自由"为献策，向当局"辨明心迹"，反而被"塞了一嘴马粪"的文人学士，戏称为贾府里的"焦大"。全文嬉笑怒骂，举重若轻，其巧比妙喻和深味远旨，令人拍案叫绝，过目难忘。

　　从历史遗留的材料看，鲁迅之所以要写这篇由"言论自由"破题的文章，大约与此前不久国民政府对陈独秀的公开审判有关。因为在江宁地方法院的法庭上，陈独秀曾经严厉指责国民党的"刺刀政治"，明言：在此统治下，人民"无发言权，即党员恐亦无发言权，不合民主政治原则"。鲁迅很可能从报端获知了庭审情况，以致引发或激活了自己有关言论自由的思考与见解，进而泄笔成文，直陈胸臆。事实上，鲁迅的许多杂文，都是在社会现实的撞击下，有感而发，一挥而就的。但是，如果我们仔细阅读分析鲁迅这篇文章，则又不能不承认，它虽然以陈独秀的案件庭审为触媒，但锋芒所指或曰讽刺对象，却绝不是陈独秀本人。这不仅因为鲁迅对陈独秀一贯怀有感念和敬重之情，而陈在法庭上的表现又没有理由导致这种感情发生遽变，在这种情况下，鲁迅不会违背自己的情感逻辑，突然嘲讽陈独秀；更重要的是，陈独秀与国民政府在政治上形同水火，势不两立，他在法庭上斥责国民政府的"刺刀政治"，更是以打倒和改变这种政治为目的，这与焦大骂贾府"倒是要贾府好"，完全是两回事，鲁迅一向异常清醒，明察秋毫，他焉能看不到这本质的区别？又焉能无视这种区别，而情愿做生拉硬扯，不伦不类的喻比？显然，鲁迅的文章另有所指——此中原委较为复杂，容笔者另文专述——遗憾的是，性情原有些急躁的陈独秀，并没有仔细咀嚼和耐心分辨鲁迅文章的意味，而是一看到"主子"、"奴才"、"言论自由"等，便在生气之余搞起了"对号入座"。他对濮清泉说：

> 我决不是这样小气的人，他若骂得对，那是应该的，若骂得不对，只好任他去骂，我一生挨人骂者多矣，我从没有计较过。我决不会反骂他是妙玉，鲁迅自己也说，谩骂决不是战斗，我很钦佩他这句话，毁誉一个人，不是当代就能作出定论的，要看天下后世评论如何，还要看大众的看法如何。
>
> ——濮清泉《我所知道的陈独秀》

显而易见，说这番话时，陈独秀是未免有些情绪化的，这导致其思维出现了局部盲点。譬如，他自谓"我决不会反骂他是妙玉"，大概是想用《红楼梦》中妙玉最终遭强人劫持，来曲指鲁迅晚年的投身政治，但由于喻体和本体之间，找不到起码的同质化对应，所以其结果不仅有些词不达意，而且多少给人以无中生有和强词夺理的感觉。

当然，在这段话里，情绪化的言辞并没有彻底取代理性化的表达。你看，陈氏接下来转而称赞鲁迅关于"谩骂决不是战斗"的观点，便颇具认识价值。如所周知，"谩骂决不是战斗"的说法，出自鲁迅的文章《辱骂和恐吓决不是战斗》。而这篇文章的撰写和发表，还有一段特殊背景。1932年11月，左联机关刊物《文学月报》发表了芸生的长诗《汉奸的供状》，意在讽刺自称"自由人"的胡秋原。从形式看，这首诗系模仿同一刊物前一期发表的苏联诗人别德纳衣的讽刺诗《没工夫唾骂》，但实际上又有很大不同，这就是诗人把前者的"笑骂"变成了自己的"辱骂"、"恐吓"和"无聊的攻击"。长诗刊出后，引起读者的不满。当时的中共文委书记冯雪峰，为此找到刊物主编周起应（周扬），提出批评，并建议在下一期刊物上公开纠正。但周完全不接受批评和建议，还同冯争吵起来。当晚，冯跑来找左联盟主——尽管只是名义上的——鲁迅反映情况。鲁迅看过长诗后亦十分不满，认为这是流氓作风，刊物公开纠正一下，可以争取主动。冯请鲁迅代表左联出面讲话，鲁迅表示：由我来写一点也可以，不过还是用个人的名义好。于是，便有了《辱骂和恐吓决不是战斗》的妙文。

在这篇文章中，鲁迅指出：作家把姓氏籍贯作为攻击对手的材料，是封建意识的表现，而"尤其不堪的是结末的辱骂"。鲁迅认为："现在有些作品，往往并非必要而偏在对话里写上许多骂语去，好像以为非此便不是无产者作品，骂詈愈多，就愈是无产者作品似的。其实好的工农之中，并不随口骂人的多得很，作者不应该将上海流氓的行为，涂在他们身上的。即使有喜欢骂人的无产者，也只是一种坏脾气，作者应该由文艺加以纠正，万不可再来展开，使将来的无阶级社会中，一言不合，便祖宗三代的闹得不可开交。"鲁迅还说："什么'剖西瓜'之类的恐吓，这也是极不对的，我想。无产者的革命，乃是为了自己的解放和消灭阶级，并非因为要杀人，即使是正面的敌人，倘不死于战场，就有大众的判决，决不是一个诗人所能提笔判定生死的。"最后，鲁迅特别申明："不过我并非主张要对敌人陪笑脸，三鞠躬。我只是说，战斗的作者应该注重于'论争'；倘在诗人，则因为情不可遏而愤怒，而笑骂，自然也无不可。但必须止于嘲笑，止于热骂，而且要'喜笑怒骂，皆成文章'，使敌人因此受伤或致死，而自己并无卑劣的行为，观者也不以为污秽，这才是战斗的作者的本领。"

毫无疑问，鲁迅的观点是清醒、深刻和辩证的。一篇《辱骂和恐吓决不是战斗》，说到底是鲁迅对左翼作家中普遍存在的左倾幼稚病的真诚告诫与苦心劝导，希望他们能够走出误区，真正操起马克思主义的枪法来战斗。可惜当时一些左翼作家极左思维已成定势，他们不仅听不进鲁迅的意见，反而呼朋引类，反唇相讥，说鲁迅的文章是"右倾机会主义的复活"。相比之下，倒是已被清理出组织且身陷囹圄的陈独秀，看到了鲁迅观点的价值，并表示了"钦佩"。这至少可以说明两点：第一，就像鲁迅始终保留了对陈独秀的感激与牵念，在《新青年》解体之后，陈独秀也同样关注着鲁迅这位昔日的战友和朋友，他依然在读鲁迅的作品，因此对鲁迅的一些观点和主张并不陌生。第二，围绕中国社会的现实问题，特别是面对革命阵营中的左倾思潮及其表现，鲁迅和陈独秀不乏深层的心灵相通，唯其如此，即使在产生误会的情况下，陈独秀仍不忘给予鲁迅以肯定和赞许。

四

1936 年 10 月，鲁迅在沪上病逝。一时间，悲音四起，举国痛悼。仍在狱中的陈独秀闻此消息，不禁追思往日，怀念故交，于是，他向仍在身边陪伴的濮清泉，又一次谈起了鲁迅。

> 他在中国现代作家中，是首屈一指的人物。他的中短篇小说，无论在内容、形式、结构、表达各方面，都超上乘，比其他作家要深刻得多，因而也沉重得多。不过，就我浅薄的看法，比起世界第一流作家和中国古典作家来，似乎还有一段距离。《新青年》上，他是一名战将，但不是主将，我们欢迎他写稿，也欢迎他的二弟周作人写稿，历史事实，就是如此。现在有人说他是《新青年》的主将，其余的人，似乎是喽啰，渺不足道。言论自由，我极端赞成，不过对一个人的过誉或过毁，都不是忠于历史的态度。
>
> ——濮清泉《我所知道的陈独秀》

陈独秀的这段谈话大致包含了三层意思。一开始，陈氏称鲁迅是中国现代作家中"首屈一指的人物"，认为鲁迅的小说在各方面"都超上乘"，较之其他作家更为"深刻"也更为"沉重"，这显然延续和发展着他"五四"时阅读鲁迅的已有印象，是他当年良好感受的具体化和纵深化。考察迄今为止现代文学的全部事实，应当承认，陈独秀的观点是站得住脚的，甚至是经得起历史检验的不刊之论。

接下来，陈氏笔锋一转，提出了一个重要观点：鲁迅在现代作家中固然是罕见其匹的高峰，但却仍不能同世界一流作家和中国古典作家比肩而立，较之他们，鲁迅"还有一段距离"。这段距离是什么？陈氏未作任何展开，沿着他的思路，我们或可从鲁迅的"夫子自道"中得到一点启示。譬如，当鲁迅获知有人拟提名自己作诺贝尔文学奖的候选人时，便写信对转达此事的台静农说：诺贝尔赏金，我不配，"要拿这钱，还欠努力。世界上比我好的作家何限，他们得不到。你看我译的那本《小约翰》，我那里做得出来，然而这作者就没有得到"。但是，倘若换一种客观的立场和视角做考察，陈氏的判断便显出了过于保守的一面。大量的中外文学经验告诉我们：衡量一个作家的优劣高下，一般有两个基本尺度，即相对单纯的文学成就和这文学成就里所包含的思想高度，以及这一切对民族乃至人类的贡献和影响。如果把这两个尺度用于鲁迅和中外一流作家的比较，即可发现，在前一维度上，鲁迅或许不具备太多的优势；然而在后一维度上，他却分明不可小觑。这里，我们且不说鲁迅凭借精神上的苦苦探索和"五千年大变局"的风云际会，早已成为中国思想史和文化史上革故鼎新和继往开来的巨人，就此点而言，无论苏东坡抑或曹雪芹都无法望其项背，而毛泽东将鲁迅与孔子相提并论，称鲁迅是"现代中国的圣人"，委实是别具只眼，高人一筹；即使在世界范围内，鲁迅东方"文化恶魔"式的存在和意义，也已经或正在通过他对日本、韩国乃至整个东亚文化的深远影响，通过罗曼·罗兰、竹内好、大江健三郎、顾彬等具有全球视野的作家与学者对他的肯定与阐释，日趋清晰地浮现出来。顾彬推崇鲁迅乃"二十世纪无人可及也无法逾越的中国作家"，显然不是全无依据的虚美。由此可见，陈独秀说鲁迅较之古今中外的一流作家尚有距离，实际上是低估了鲁迅。而这种低估之所以产生，其最主要的原因，恐怕还在于陈独秀和鲁迅处于同一时空，前者对后者尽管不乏深层的相知，但整体把握起来，毕竟缺少了必要的参照与积淀。

　　陈氏谈话的第三层意思，重在说明鲁迅是《新青年》的"战将"而不是"主将"。从历史求证的角度看，意义似乎不大，因为在此之前，鲁迅已经坦言自己"五四"时期的创作是"遵奉命令"的，而这"命令"，就是陈独秀一回一回的催促，陈独秀才是《新青年》的主将。值得稍加注意的是，陈氏所谓"现在有人说他是《新青年》的主将"云云，这"有人"到底是谁？从已知的材料看，鲁迅逝世后，各界人士纷纷悼念，唁电、挽联、悼词和文章铺天盖地，内中的称谓多有"伟人"、"巨星"、"战士"、"导师"、"代表"、"领袖"、"先驱"、"重镇"等，但并不见"主将"的说法。将鲁迅称为"中国文化革命的主将"，始自于毛泽东的《新民主主义论》，但那是在陈独秀此次谈鲁迅的三年多之后，从时间上看，彼此断无关系。好在这一问题并不影响我们了解陈独秀对鲁迅的评价，就姑且做个待解的悬案吧。

五

　　1937 年 8 月 23 日，因抗战爆发，陈独秀被当局提前开释。该年 11 月
21 日，他在上海出版的《宇宙风》散文十日刊第 52 期，发表了《我对于
鲁迅之认识》一文。从时间上看，应是为纪念鲁迅逝世一周年而撰。这篇
文章很短，全文只有四段。第一段只是一句话："世之毁誉过当者，莫如对
于鲁迅先生。"此乃通篇文章的文眼，也是陈独秀久萦心头，感触甚深的问
题，甚至是他写这篇文章内在动力。

　　围绕这一线索，陈文的第二段主要讲鲁迅与《新青年》的关系。其中
除了重申鲁迅和周作人都是《新青年》的作者，但"不是最主要的作者"
之外，又特别指出："他们两位，都有他们自己独立的思想，不是因为附和
《新青年》作者中哪一个人而参加的。所以他们的作品在《新青年》中特别
有价值。"显然，这是慧眼独具的知人之论。因为它不仅凸显了鲁迅——当
然也包括周作人，在《新青年》群体中的独特风貌与个性所在，而且有意
或无意地揭示了鲁迅之于中国现代文学史和思想史的本质意义。

　　在接下来的第三、四段里，陈独秀围绕鲁迅与中国共产党的关系，谈
了自己的看法。他写道：

　　　　在民国十六七年，他还没有接近政党以前，党中一班无知妄
　　人，把他骂得一文不值，那时我曾为他大抱不平。后来他接近了政
　　党，同是那一班无知妄人，忽然把他抬到三十三层天以上，仿佛鲁
　　迅先生从前是个狗，后来是个神。我却以为真实的鲁迅并不是神，
　　也不是狗，而是个人，有文学天才的人。

　　　　鲁迅对于他所接近的政党之联合战线政策，并不根本反对，他
　　所反对的乃是对于土豪劣绅政客奸商都一概联合，以此怀恨而终。
　　在现时全国军人血战中，竟有上海的商人接济敌人以食粮和秘密推
　　销大批日货来认购救国公债的怪现象，由此看来，鲁迅先生的意

见，未必全无理由吧！在这一点，这位老文学家终于还保持着一点
独立思想的精神，不肯轻于随声附和，是值得我们钦佩的。

在我看来，以上文字是陈独秀最为精彩，也最见深度的鲁迅言说。而
我之所以产生这样的看法，首先因为这些文字，不仅再度突出和褒扬了鲁
迅身上极为可贵的坚持独立思考，不肯随声附和的精神，而且从论者眼见
的事实出发，严厉而直率地批评了一些共产党人对鲁迅所采取的极端主义
和实用主义态度，进而强调了鲁迅研究和评价上的客观立场与辩证原则。
这就是：既不能毁之过甚，把鲁迅说成是"狗"，也莫要誉之过当，把鲁迅
捧之为"神"，而要恪守鲁迅是"人"，是"有文学天才的人"的基本支点。
陈独秀所指出的鲁迅评价忽而地下、忽而天上的情况，虽然只是出现在他
所处的那个纷扰动荡的年代，但与之相关连的鲁迅研究的片面化、随意化、
绝对化和功利化现象，却像一种不易治愈的顽症，几乎贯穿了整个鲁迅接
受史。在这一意义上，陈独秀当年的主张，至今仍有较强的针对性与明显
的警示性。

在这些文字里，陈独秀对"两个口号"论争中的鲁迅也提出了自己的
见解。历史上的鲁迅，自有极深刻的一面。这种深刻不仅表现为他常常能
一眼看穿事物或事件的本质，而且还在无形中酿成了他观察和思考问题的
特殊思路，即能在同样的事物或事件中发现别样的问题，提出异样的见解。
1936年的鲁迅便是这样。当时，面对日寇侵华的严峻局势，中国共产党在
共产国际的支持和倡导下，提出建立抗日民族统一战线，具体到文艺界，
则出现了两个重要变化：一是解散左联，扩大范围，成立具有统一战线性
质的文艺家协会；二是放弃左联原有的革命文学旗帜，使用"国防文学"
的口号。对于这些突如其来的变化，头脑清醒，洞察大势的鲁迅当然不会
反对，但却有所保留。他认为：在统一战线中仍要有中坚和核心，真正的
左翼作家应当担此重任；统一战线并非无条件地联合一切，其中仍要讲原
则，仍可有斗争。为此，他提出使用"民族革命战争的大众文学"的口号。
必须承认，与当时的通行说法相比，鲁迅的观点更切合中国社会的实际，
因而有着更深一层的真理性——它在很大程度上接近当时毛泽东的主张。
然而，习惯了命令主义和单向思维的周扬们，无法意识到这一点，他们非

但不尊重鲁迅的意见，相反把更加猛烈的火力射向了鲁迅。在这种背景下，又一次领略了鲁迅的真意并看到了其价值的还是陈独秀。此时，陈氏为鲁迅所做的辩护和所留的赞语，不仅凸显了鲁迅特立独行的风范，同时也传递出他自己胸有主见，不傍人言和发人未发，言人未言的品格。至此，陈独秀为自己的鲁迅观画上了一个漂亮的句号。

（原载《随笔》2011 年第 2 期）

鲁迅与陈独秀的"焦大"公案

　　说到鲁迅与陈独秀，有一桩聚讼已久且莫衷一是的公案，显然无法回避，需要弄清。这就是：鲁迅当年曾把一些人比作贾府的焦大，加以嘲讽，此事与陈独秀究竟有没有关系？如有关系，则又是一种什么样的关系？

　　1933年4月22日，鲁迅以何家干的笔名在《申报·自由谈》发表了杂文《言论自由的界限》（以下简称《界限》）。该文由《红楼梦》荡开笔墨，先是透过贾府的奴才焦大，"仗着酒醉，从主子骂起，直到别的一切奴才……结果是主子深恶，奴才痛嫉，给他塞了一嘴马粪"的情节，一方面揭示了"贾府上是言论颇不自由的地方"，焦大的开骂，尽管"并非要打倒贾府，倒是要贾府好"，但得到的报酬仍然是一嘴马粪；一方面嘲讽了焦大的倚老卖老，不识时务，他显然搞不清自己这样骂下去，"贾府就要弄不下去"，所以，他只能尝尝马粪的滋味。接下来，鲁迅将笔触由小说引向现实，用他一向辛辣而幽默的语言，说起三年前新月社诸君子与焦大相似的一番遭遇：

　　　　他们引经据典，对于党国有了一点微词，虽然引的大抵是英国经典，但何尝有丝毫不利于党国的恶意，不过说："老爷，人家的衣服多么干净，您老人家的可有些儿脏，应该洗它一洗"罢了。不料"荃不察余之中情兮"，来了一嘴的马粪：国报同声致讨，连《新月》杂志也遭殃……

　　以下则有新月社文人学士的"辨明心迹"和党国的"换塞甜头"，以及被鲁迅所揶揄和反讽的"三明主义"："文人学士究竟比不识字的奴才聪明，党国究竟比贾府高明，现在究竟比乾隆时候光明。"应当承认，行文至此，鲁迅的意思是清晰而明确的：新月社诸君子就好比贾府的焦大，他们本想献上一点全无"恶意"的"微词"，做一回党国的"诤友"或"诤臣"，没想到却挨了对方的一记棒喝，有如"来了一嘴马粪"。当然，要说鲁迅这段妙论是针对胡适，亦无不可，因为胡适毕竟是新月社的掌门人和台柱子，况且当年向党国建言献策，是他率先撰写了三篇大文章，也是他在遭到当局的"警诫"后，不得不辞去中国公学校长的职务。但是，有一点却毋庸置疑，这就是，鲁迅以上文字与陈独秀并没有直接关系。

然而，历史的吊诡之处就在于，鲁迅的这篇《界限》，却偏偏引起了陈独秀的注意乃至不满。1932年10月，陈独秀在上海被捕，次年5月以从事"叛国宣传"的罪名，被国民政府法院判处有期徒刑十三年，开始在南京老虎桥监狱服刑。因有社会各方面的援救和自身的特殊背景，陈在狱中受到优待，不仅可以读书看报弄学问会朋友，而且还有同时被捕的托派中央常委濮清泉等人，从生活上予以照看。显然，正是这种优待，使得陈独秀以及濮清泉即使身陷囹圄，依旧看到了鲁迅刊发于报端的文章。据濮清泉《我所知道的陈独秀》一文回忆：当他告诉陈独秀，鲁迅在文章中讽刺陈是贾府的焦大时，陈很生气，也没有仔细分辨鲁迅是否骂自己，便留下了一段未免有些情绪化的"鲁迅观"：

> 我决不是这样小气的人，他若骂得对，那是应该的，若骂得不对，只好任他去骂，我一生挨人骂者多矣，我从没有计较过。我决不会反骂他是妙玉，鲁迅自己也说，谩骂决不是战斗，我很钦佩他这句话，毁誉一个人，不是当代就能作出定论的，要看天下后世评论如何，还要看大众的看法如何。

《界限》中的焦大云云，明明说的是包括胡适在内的新月社诸君子，并不涉及陈独秀——如此白纸黑字，一目了然的事实，陈独秀以及濮清泉为什么竟然看不出来，反倒匆匆忙忙的"对号入座"，情愿充当被鲁迅嘲讽的角色？其中的缘由显然不能仅仅用陈独秀的性情急躁来解释，而分明是另有隐情。对此，当代学者苗怀明在《风起红楼》一书中，从研究《红楼梦》

接受史的角度，提出了自己的看法：鲁迅《界限》中所说的焦大，确实主要是指新月社诸君子，话说得明明白白，一般不会引起歧义。但问题在于，该文的最后两段，还提到了新月社诸君子之外的人，而这恰恰是事情的关键所在。

《界限》的这两段文字不长，且很重要，为方便说明问题，不妨照录如下：

> 然而竟还有人在嚷着要求言论自由。世界上没有这许多甜头，我想，该是明白的罢，这误解，大约是在没有悟到现在的言论自由，只以能够表示主人的宽宏大度的说些"老爷，你的衣服……"为限，而还想说开去。
>
> 这是断乎不行的。前一种，是和《新月》受难时代不同，现在好像已有的了，这《自由谈》也就是一个证据，虽然有时还有几位拿着马粪，前来探头探脑的英雄。至于想说开去，那就足以破坏言论自由的保障。要知道现在虽比先前光明，但也比先前利害，一说开去，是连性命都要送掉的。即使有了言论自由的明令，也千万大意不得。这我是亲眼见过好几回的，非"卖老"也，不自觉其做奴才之君子，幸想一想而垂鉴焉。

苗先生认为：上文所谓"还有人在嚷着要求言论自由"是有特指的。这个"还有人"很可能就是陈独秀。苗先生的依据是：鲁迅的《界限》写于 1933 年 4 月 17 日。此前，民国政府曾两次开庭审讯陈独秀，时间分别是 1933 年 4 月 14 日和 4 月 15 日。据《国闻周报》记者所写《陈独秀开审记》的记载，陈独秀在庭审辩答时，确实谈到了言论自由问题。当时的情况是，法官问："何以要打倒国民政府？"陈独秀回答"这是事实，不否认。至于理由，可以分三点"，其中第一点便是："现在国民党政治是刺刀政治，人民即无发言权，即党员恐亦无发言权，不合民主政治原则。"准此，苗先生做出了进一步的推测和判断："对庭审的情况，当时有不少报纸快速详细报道，鲁迅应该是较为关注，对情况相当了解的。他所说的'还有人在嚷着要求言论自由'是不是由此而发呢？客观地说，这种可能性是存在的。"

接下来，苗先生还指出：鲁迅对新月社诸君子和后面"还有人"的态度明显不同，对前者使用的是嘲讽口气，对后者则要温和得多。鲁迅认为，前者对专制政权是小骂帮大忙，而后者主要是过于天真，对当局所宣传的言论自由抱有幻想。

毫无疑问，苗先生的这一番研究和阐发，把我们所讨论的问题向纵深推进了一大步，其学术意义至少有二：第一，它敏锐地觉察到鲁迅谈言论自由的界限与陈独秀案件庭审有关，正确地指出了后者是前者的触媒。事实上，鲁迅的许多杂文，都是在社会现实事件的撞击下，有感而发，一挥而就的。换言之，把鲁迅之所以强调言论自由的界限，归之于受了陈独秀案件庭审相关内容的触动，是很符合先生杂文创作一贯规律的。第二，它细致地捕捉到鲁迅在同一篇文章中所出现的口气的变化，郑重提醒大家，要注意区分这不一样的口气中所包含的不一样的对象，而万不可鲁莽灭裂，先入为主，将不同的对象统统以焦大视之。

然而，即使如此，我仍不能认同苗先生所谓鲁迅笔下这个"还有人"，很可能就是陈独秀的推测，因为这里至少有三方面的情况构成了客观上的质疑：

第一，鲁迅一生的思想与情感虽发生过一些变化，但对于陈独秀，他分明保持了一贯的感念和敬重。在撰写《界限》的一个多月前，鲁迅发表《我怎么做起小说来》。其中在谈到自己的小说因缘时明言：当时虽然没有太多的创作准备，"但是《新青年》的编辑者，却一回一回的来催，催几回，我就做一篇，这里我必须记念陈独秀先生，他是催促我做小说最着力的一个"。其由衷的感激溢于言表。在《界限》刊出后的一个月稍多乃至一年半不到的时间里，鲁迅于《〈守常全集〉题记》和《忆刘半农君》里，先后两次信笔写到陈独秀，均有一种深切的追怀之思萦绕笔端，其中后者更是以仓库之外"竖一面大旗，大书道：'内皆武器，来者小心'"的生动形象，活画出陈独秀心无城府，光明磊落的性情与韬略，同时也将作家心存已久的激赏之情和盘托出。在这方面，最具代表性因而也最值得注意的，是鲁迅写于1932年12月24日的《自选集·自序》。在这篇文章里，先生针对自己"五四"时期的创作，开诚布公地写道："这些也可以说，是'遵命文学'。不过我所遵奉的，是那时革命的前驱者的命令，也是我自己所愿意遵奉的命令，决不是皇上的圣旨，也不是金元和真的指挥刀。"质之以《新青年》和"五四"运动的历史境况可知，这里所说的"革命的前驱者"就是陈独秀，而鲁迅"愿意遵奉的命令"，自然也就是陈独秀的命令。此时此刻，一向"横站"的鲁迅，竟然流露出的淡淡的温润和深深的钦敬，由此可见，在鲁迅心目中，陈独秀的形象和位置确实超过了同时代的许多人，甚至可以说，鲁迅对陈独秀是很有几分偏爱的。正因为如此，窃以为，在通常情况下，鲁迅不会违背自己的心理和情感逻辑，突然操起杂文的武器，对陈独秀批评之、规劝之。

第二，陈独秀是中国共产党的创始人之一和早期领袖。大革命失败后，他与国民党独裁政府的关系，已是形同水火，势不两立。1929 年底，陈独秀虽因托派问题被开除出中共，但他坚决反对国民党独裁政府的态度，却没有因此而发生任何变化。陈被捕后，蒋介石曾想以政府劳工部长的高位做筹码，加以收买和笼络，陈当即予以回绝，并义正词严的表示："蒋介石双手沾满了我们同志的鲜血，我的两个儿子也死在他手里，我和他不共戴天！"在法庭上，他更是公开斥责国民党政府的"刺刀政治"，坦然承认自己的志向是打倒和改变这种政治。显而易见，从这样的立场出发，陈独秀向国民政府索要"言论自由"，讨还"民主政治"，是一种旨在革命的斗争宣言，它与焦大骂贾府"倒是要贾府好"，与胡适和新月派诸君子，试图以"微词"做"诤臣"，完全是两回事；与"还有人"天真幼稚地叫嚷言论自由，亦有根本的不同。鲁迅向以冷静、清醒和深刻著称，对老友陈独秀又是久有关注，相知甚深，他焉能看不到这貌似相同的要求言论自由的声音里，实际包含着巨大的、本质的差异？又焉能无视这种差异，而情愿生拉硬扯，牵强附会，做出一篇不伦不类、无的放矢的文章来？倘果真如此，鲁迅恐怕也就不成其为鲁迅了。

第三，一篇《界限》的最后几句，是鲁迅对"还有人"的苦心规劝，其使用的特殊口吻，无意中折映出隐含对象的某些身份特征：所谓"非'卖老'也"，显然是长辈对晚辈的告诫，那潜在的"听众"，应当是不谙世事的年青一代；而所谓"不自觉其做奴才之君子"，则大抵属于国民党政府政治上的"同路人"或观念上的"受骗者"，是具有"君子"身份的"奴才"一流。而这一切均与陈独秀当时的年龄和思想情况相去甚远，尤其是不符合鲁迅视野中应有的陈独秀形象,这自然又反过来说明,《界限》中的"还有人"与陈独秀全无关系。

既然如此,《界限》所说的"还有人",是否另有所指?坦率地说,在这个问题上,我曾将怀疑和求证的目光投向与陈独秀一案相关的另一位重要人物——当时挺身而出,为陈独秀义务提供无罪辩护的大律师章士钊。之所以如此,不仅因为当年围绕北京女师大学潮,时任北洋政府教育总长的章士钊曾经与站在学生一方的鲁迅深深交恶,以致使鲁对章素无好感,故而不存在将其写入杂文的心理与情感障碍;也不尽鉴于后来进入法律界的章士钊,虽然以自由主义学者相标榜,但实际上并未尽弃"官魂",对强权统治依旧不乏谦恭与暧昧,所以很容易被鲁迅视为"不自觉其做奴才之君子";更重要的是,在陈独秀一案的庭审过程中,正是这位拥有游学英国背景的章大律师,在长达五六千言的《辩护词》里,搬出西方法理和英美经验,一再强调言论自由,倡言"一党在朝执政,凡所施设,一任天下公开评骘,而国会,而新闻纸,而集会,而著书,而私居聚议,无论批评之酷达于何度,只需动因为公,界域得以'政治'二字标之,俱享有充分表达之权……"云云,其精神脉络让人不禁联想到当年的新月社诸君子……不过,当笔者沿着这样的思路,试图进一步考察相关细节时,却断然否定了这种可能。因为这里横亘着一个既无法回避,更难以通融的时间差:《界限》文末注明的写作时间是4月17日,查《鲁迅日记》可知,该文次日即由作者寄往报社,而章士钊公开为陈独秀辩护,发生于陈案的第三次开庭,时间是4月20日,至于章氏的辩护词在《申报》全文刊出,更是迟至半月后的5月4日。这就意味着,鲁迅在写《界限》时,固然有可能获悉章将为陈出庭辩护的消息,但却根本来不及了解章为陈辩护的具体内容,在这种情况下,他的"还有人"云云,也就不可能是针对章士钊的有感而发。

那么,究竟谁是鲁迅笔下的"还有人"?我觉得,在这个问题上,研究者的态度不可过于教条和死板,以致陷入胶柱鼓瑟、刻舟求剑的境地。其实,从历史遗留的材料看,鲁迅所说的"还有人",很可能是一种泛指,是对当时知识界和新闻界许多轻信所谓"言论自由"者的一种抽象概括。这里,我们不妨尽可能地返回历史现场,对相关情况做些探视与分析。

自陈独秀在上海被捕并被引渡之日起,国民党当局如何处置陈独秀便成了社会舆论关注的一个热点和焦点。当时，尽管有不少地方党政要员打电报给国民党中央，要求对陈"处以极刑"，"迅予处决"；一些右翼文人和报刊也为之鼓噪，"希望政府严厉到底，拿出对付邓演达的手段来对付陈独秀"。但是，正在武汉指挥剿共的蒋介石经过再三考虑，还是电告国民党中央委员会：陈独秀一案，"为维持司法独立尊严计，应交法院公开审判"。蒋介石之所以做出如此决断，固然考虑到宋庆龄、蔡元培、柳亚子以及胡适、罗文干、翁文灏等人，对陈独秀的"庇护"和"说情"，但更重要的恐怕还是为了顾及"党国"的法制形象、社会影响和自己曾经做出的开明姿态。

1928 年，国民党占领北京之后，其中央政府便按照孙中山《建国大纲》所描绘的蓝图，宣布革命的"军政"阶段已经完成，从此进入"训政"时期。革命党，即国民党，代表民众行使国家主权，同时要在各地训练民众自治。国民党既然声称已从革命党转而为执政党，便不能不使用一些合法方式与和平手段，来化解社会矛盾和缓和政治斗争，以达到巩固政权和稳定秩序的目的。为此，拥有最高权力的蒋介石公开表示，希望党务、政治、军事、财政、外交、司法诸端，都能逐步规范化；甚至还藉《大公报》通电全国，鼓励各报馆能就党务、政治、军事、财政、外交、司法诸端尽情批评，以收集思广益之效。几乎与此同步，国民政府进行了一些法律修改，如颁布实行《危害民国紧急治罪法》，同时废止《中华民国暂行反革命治罪法》；在《中华民国训政时期约法》的"人民之权利义务"部分，增加了第八条、第九条。其中第八条的内容为："人民非依法律，不得逮捕、拘禁、审问、处罚。"第九条则规定："人民除现役军人外，非依法律不受军事审判。"等等。

正是在这种气氛和背景之下，一些报刊和具有自由主义倾向的知识分子，抓住陈独秀一案，频频谈到政治民主，言论自由之类的问题。譬如，1932 年 10 月 19 日的《晨报》社论中，就有这样的引述："依往事观之，政府兴文字之狱，而能阻遏人民之指责者，盖无几焉。其准人民之自由言论也，弊政既除，自少可以攻击之机会，反是而加以禁阻也，愈令人民迫而为秘密行动，可知政治革命或社会革命之由来，其责任在政府，而不在倡异说之个人。"10 月 28 日的《大公报》亦有短评写道："陈独秀是一个领袖，自有他的信仰和风格，所以只须给予他机会，叫他堂堂正正地主持意见，向大众公开申诉，这正是尊重他爱护他。"（《营救陈独秀》）此类声音在陈案庭审开始前，更是此起彼伏，渐臻高潮。毫无疑问，中国大地出现这种情况，折射出公理的觉醒与社会的进步，只是作为独裁专制条件下的诉求和舆情，则又未免有些异想天开和一厢情愿，甚至贻人以与虎谋皮的幼稚感或痴人说梦的滑稽感——一个靠刺刀维持的政权，哪里可能有真正的言论自由！遗憾的是，许多缺乏历练，不谙国情与世情的文化人和新闻人，意识不到这一点，而是常常被"党国"弄出的姿态和假象所蒙蔽，所忽悠，以致在言论自由的扰攘中，或枉费心力，或误入险途。还是老辣如鲁迅，及时洞察了其中的玄机与真相，为此，他在《界限》一文里，不避"卖老"之嫌，抓住陈独秀案庭审的契机，用"亲眼见过好几回"的事实，对党国鼓吹的"言论自由"，展开深入辟透而又妙趣横生的针砭与解剖，既指出了其发展与变化，更揭露了其本质与危险，提醒人们"千万大意不得"，从而让津津乐道于"言论自由"者，顿感醍醐灌顶，豁然省悟。这时，我们又一次领略了鲁迅式的警醒与深刻，也再度认识到鲁迅的意义与价值。

综上所述，庶几可以做这样的概括：鲁迅之所以写《界限》，显然是受到了与陈独秀一案相关舆论的触动；但是，《界限》所嘲讽的"焦大"们的不识时务和所感叹的"还有人"的天真幼稚，却均与陈独秀无关，或者说它们只是鲁迅透过陈独秀案件所观察到的一种社会心态的简单、幼稚与浅薄。唯其如此，面对《界限》，我们真正需要弄清的，并不是"焦大"以及"还有人"究竟为谁，而是躲在这些背后的一个时代的历史真实和一个民族的精神历程。现在我们做到了这一点，鲁迅与陈独秀的这桩公案也就可以大致画个句号了。

（原载《文学自由谈》2011 年第 6 期）

"知己"与"同怀"

——鲁迅为什么敬重瞿秋白?

一

"人生得一知己足矣,斯世当以同怀视之——"此语本自清代钱塘人何瓦琴的集禊帖联句。1933 年春天,正在上海同黑暗势力做殊死搏杀的鲁迅,将其亲笔录为一联,赠给斯时亦在上海,且与自己并肩作战的著名共产党人瞿秋白,以此表达心心相印的"知己"之情和血脉相连的"同怀"之谊。

从鲁迅赠联于秋白到现在,近七十年过去了。鲁迅与秋白之间的相知和友谊,早已成为现代文学史的一段佳话,传布已久;其中鲁迅对秋白的种种关爱、支持和称许,以及因秋白牺牲而产生的深深的痛苦与怀念,亦每每复现于研究者和创作者的笔下,以至广为人知。然而,当年的鲁迅为何称秋白为"知己",视秋白为"同怀"?换言之,鲁迅为什么如此敬重瞿秋白?或者说秋白身上有哪些品质或因素吸引了鲁迅?却是一个迄今未得到透彻分析和充分阐释的话题。在这方面,不仅后世的研究者,大都有意或无意地放弃了追询与探究;即使冯雪峰、许广平、杨之华这些历史的过来人,亦因为自觉或不自觉地奉行了多谈其然、少谈其所以然的叙事策略,所以同样无法为今天关心此中缘由的人们,提供直接而翔实的答案。这种情况,不但使细心的读者每生疑问:"鲁迅既引秋白为知己,却不知是因为什么而将其引为知己的?"而且很容易让一些研究者陡生自以为是的想象。譬如,陈丹青先生就认为:

> 历来,鲁迅与瞿秋白的关系被涂了太浓的革命油漆,瞿秋白临
> 刑前的《多余的话》,才是他,也是共产运动史上真正重要的文献。

在另一方面，则瞿秋白所能到的深度毕竟有限，与鲁迅不配的，而鲁迅寂寞，要朋友。这两位江南人半夜谈革命，和当时职业革命家是两类人格、两种谈法、两个层次，然而不可能有人知道他们究竟谈了什么，又是怎样谈——我所注意的是，鲁迅与他这位"知己者"都不曾梦到身后双双被巨大的利用所包围，并双双拥有阔气的坟墓，一在南，一在北，结果八宝山的瞿秋白大墓"文革"期间被砸毁——自两座墓的命运，也可窥见两位"知己"的真关系。

——《笑谈大先生·鲁迅与死亡》

尽管这段文字有些隐晦闪烁，但其中与我们所谈问题相关的一层意思，却是清晰明确的：瞿秋白不具备鲁迅那样的思想深度，因此，不能将他与鲁迅等量齐观；而鲁迅当年之所以看重秋白，则更多是因为自己的精神"寂寞"和需要"朋友"。

不能说陈先生的观点全无道理，譬如，他指出瞿秋白的思想不如鲁迅深刻，我们就可以从鲁迅与秋白著作的对读中获得某些相似的感受。但是，他仅仅据此就断言鲁迅与秋白不可能形成真正的相通与相契，鲁迅纯粹是因为精神"寂寞"和需要"朋友"，才密切了与秋白的关系，进而视其为"知己"，则纯属简单化的主观臆测。事实上，我们只要重返中国20世纪30年代的社会环境与文学现场，就中展开仔细的史实分析和认真的材料梳理，即可发现，鲁迅敬重秋白自有多方面的原因，带有一定程度的历史必然性，其中所包含的思想、政治、文化和人性密码，很值得我们深入破译。

二

1927年秋天，鲁迅离开广州抵达上海。当时的鲁迅因刚刚目睹了发生在广州的残酷而血腥的"清党"事件，所以对杀人的国民党充满义愤，而对被杀的共产党却很是同情。不过，让鲁迅始料不及的是，就在自己的思想感情悄然向共产党靠拢的时候，却遭到了革命文艺阵营里一群年轻共产党员的笔墨围剿。

　　鲁迅抵达上海时，著名新文学团体创造社的一些成员（其中多有共产党员），也刚好在上海聚集。他们当中几位经历过"五四"新文化运动的作家，出于在大革命失败后重整旗鼓的想法，主动找到鲁迅，提出联合起来，共同在文化战线开展新的斗争。因鲁迅早就有"同创造社连络，造一条战线，更向旧社会进攻"（致许广平信）的打算，所以对于创造社的倡议，给予了积极响应和大力配合，使其最初的筹备落实工作进展顺利。但就在这时，后期创造社成员由日本回国。他们带来的源于日本福本主义和苏联"拉普"极左文艺思潮的一味斗争和绝对净化的主张，一下子激活了不少创造社成员身上原本就有的唯我革命、唯我独尊的情绪和居高临下、颐指气使的作风，而所有这些，又暗暗呼应着当时占据了我党主导地位的"左"倾盲动主义路线。于是，一种极端而狂热的左派幼稚病，连同"骂名人藉以出名"（李立三语）的私心迅速膨胀，它使事态急剧逆转，其结果是创造社不仅取消了与鲁迅的联合，而且还和新成立的太阳社一起，把鲁迅当成了批判和斗争的对象。一时间，攻击和讨伐鲁迅以显示自己革命的文章，连篇累牍，气势汹汹。

　　在鲁迅看来，"革命文学家"的狂言与高调，骄横、虚妄和浅薄，并没有什么实际意义，但是，被这种狂言与高调拿来仅仅作为"招牌"的马克思主义理论本身，却别有深意和生机，因而值得高度重视。为此，鲁迅以"从别国里窃得火来……煮自己的肉"的精神，开始认真阅读并积极译介马克思主义文艺论著，以及相关的文学创作。正如先生《三闲集·序言》所说："我有一件事是要感谢创造社的，是他们'挤'我看了几种科学底文艺论，明白了先前文学史家们说了一大堆，还是纠缠不清的疑问。并且因此译了一本蒲力汗诺夫的《艺术论》，以救正我——还因我而及于别人——的只信进化论的偏颇。"值得庆幸的是，当时上海的进步文艺界，正有一个翻译出版"新兴文学"——马克思主义文论与革命文学创作的潮流。鲁迅的加入不仅为这一潮流增添了可观的实绩，如主持编辑出版了包括自己译著在内的《科学的艺术论丛书》《现代文艺丛书》《文艺连丛》等；而且很快在自己周围，团结起译介和传播马克思主义文论与革命文学创作的有生力量。年轻的共产党员冯雪峰，就是因为请教马克思主义文论的翻译问题而同鲁迅走到了一起。

　　但是，鲁迅在译介马克思主义文论和革命文学作品时，也遇到了一个问题，这就是，当时马克思主义文论和革命文学的大本营，是赤色的苏联，许多重要的文学著作都用俄文写成，而鲁迅并不懂俄文，因此，他的译介工作只能通过日文或德文来中转，这当中自有种种限制与被动，当然也会影响传播效果。面对这种情况，给予鲁迅以有力支持和有效帮助的正是瞿秋白。这位精通俄文，著译颇丰，且具有马克思主义理论修养的共产党人，通过冯雪峰的介绍，进入鲁迅的事业与生活，随即与鲁迅密切配合，承担了大量的俄语译介工作。譬如，留苏的青年学子曹靖华受鲁迅委托，翻译绥拉菲摩维奇的长篇小说《铁流》，受时间所限，没来得及译出捏拉托夫所写的长序，鲁迅殊感遗憾，便请秋白帮助补译。秋白很快译完了这篇约两万言的序文，并为此而核校了相关的作品原文，从而保证了全书的完美和质量。鲁迅曾根据德文及日文，翻译卢那察尔斯基的剧本《被解放了的堂·吉诃德》，但刚译出第一幕，便得知这两种底本均有删节，于是停了下来。后来，鲁迅得到了该剧的俄文本，遂请秋白据以重译，秋白欣然答应，不久就拿出了"极可信任的本子"（鲁迅语）。《新土地》是格拉特柯夫的长篇小说。鲁迅收到曹靖华寄来的俄文该书后，马上转交秋白阅读，秋白认为《新土地》真实地反映了苏联的现实生活，所以怀着满腔热情将其译出，由鲁迅交商务印书馆。可惜的是，该译稿被毁于"一·二八"事变的炮火中。至于秋白在沪三年究竟完成了多少译文，鲁迅和茅盾为编秋白译文集《海上述林》所收集到的六十多万言的规模，也许只能算是大概。

　　对于秋白在马克思主义文论与革命文学创作翻译方面所做的工作，鲁迅表示了由衷赞赏。据冯雪峰回忆，当年他在同鲁迅谈到秋白有关翻译的一些看法时，鲁迅曾情不自禁地表示："我们抓住他！要他从原文多翻译这类作品！以他的俄文和中文，确是最适宜的了。"又说："马克思主义的文艺理论，能够译得精确流畅，现在是最要紧的了。"秋白牺牲后，鲁迅围绕《海上述林》的编辑出版，更是一再褒奖秋白的翻译，认为它"信而且达，并世无双"。"译这类文章，能如史铁儿（秋白的笔名之一——引者注）之清楚者，中国尚无第二人，单是如此，就觉他死得可惜。"（《致曹白信》）综上所述不难看出，鲁迅之所以敬重瞿秋白，首先有一个很明显也很直接的原因，这就是：秋白用自己精湛畅达的译笔以及作为其支撑的马克思主义理论功底，为鲁迅所选择的精神信仰与事业追求，提供了默契的配合与强劲的助力。

三

20 世纪 30 年代的鲁迅，已经从思想上站到了中国共产党的旗帜之下，为此，他同不少共产党员和左翼人士，有了近距离的接触和很密切的交往。不过这种接触和交往带给鲁迅的，并不全是愉快的情绪和美好的感受，其中有的恰恰留下了烦恼、焦虑和忧患。譬如，在鲁迅应邀参加左联期间，掌握着组织领导权而又感染了极左病毒的一些共产党员，表面上尊其为"盟主"，而实际上却对他不信任、不满意，反映到行动上，则是不仅不尊重他的观点和意见，反而不时制造一些令人"寒心而且灰心"的"暗箭"，从背后加以伤害。对于这些"手持皮鞭，乱打苦工的脊背，自以为在革命的大人物"，鲁迅只能感到"深恶之"。

再如，1930 年 5 月 7 日晚，鲁迅应约到爵禄饭店会见了当时中共中央的主要负责人李立三。他们见面后谈了些什么？1960 年 3 月 1 日，李立三在接受许广平的采访时，曾有过一些简单模糊的回忆，但主要涉及自己所谈的内容，诸如无产阶级的阶级属性和无产阶级革命，党实行的广泛团结政策，对创造社关门主义的批评等，至于"鲁迅谈了些什么？已不能记忆"。而当时陪同鲁迅前往爵禄饭店的冯雪峰，则记录了会见结束后鲁迅对他所讲的一段话："我们两人，各人谈各人的。要我象巴比塞那样发表一个宣言，那是容易的；但那样一来，我就很难在中国活动，只得到国外去做'寓公'，个人倒是舒服的，但对于中国革命有什么益处？我留在中国，还能打一枪两枪，继续战斗。"事实上，鲁迅这段话不仅披露了他与李立三交谈的一个实质性内容，而且也委婉地表达了他对某些党内人士，脱离实际，自以为是，强人所难的反感和忧虑。

相比之下，鲁迅与秋白的过从完全是另一种情况。在中国共产党的历史上，瞿秋白是一位心胸坦荡，作风民主，为人谦逊的领导者。用李维汉在纪念瞿秋白就义四十五周年座谈会发言中的话说："瞿秋白是一个正派人，他没有野心，能平等待人，愿听取不同意见，能团结同志，不搞宗派主义。"秋白正是把这种精神和品质带到了与鲁迅的交往中。1931 年，时在上海养病的秋白，从冯雪峰那里获知了鲁迅的一些情况，便着手细读鲁迅的译文和作品。不久，他由冯雪峰做中介开始与鲁迅通信，凭着相近的信仰和学养，他与鲁迅很快成了推心置腹，灵犀相通的朋友。在秋白写给鲁迅的信里，出现了这样的句子："我们是这样亲密的人，没有见面的时候就这样亲密的人。"而鲁迅回信也破例以"亲爱的同志"相称。1932 年夏秋之间的某日，秋白第一次拜访了鲁迅，不久则有鲁迅的回访，此后一年多的时间，秋白和鲁迅有了相对频繁的、主动或被动的聚叙，其中包括因白色恐怖，机关遭受破坏，秋白夫妻先后四次到鲁迅家中避难。

在同鲁迅的交往中，身为党的高级领导者的秋白，始终是一派谦恭随和，平易近人的风度。关于这点，从许广平的《鲁迅回忆录》中可见一斑。

为了高兴这一次的会见，虽然秋白同志身体欠佳也破例小饮些酒，下午彼此也放弃了午睡。还有许多说不完的话待交换倾谈呢！

（不久，许广平随鲁迅回访秋白）当时他就在桌子里拿出他研究中国语言文字问题的纸张，指出里面有关语文改革的文字发音问题来，向客人讨论。并因我是广东人，找出几个字特意令我发音。他就是这样随时随地不会忘记活资料的寻找的，这又可见他平日留心研究，不错过任何机会，谦虚地、忠诚地丰富自己写作的范围，订正自己的看法，从任何一个人身上也不放过机会。

（有一次，秋白夫妻）以高价向大公司买了一盒玩具送给我们的孩子……当时他们并不宽裕，鲁迅收下深致不安。但体会到他们爱护儿童，培植科学建筑知识给儿童的好意。秋白同志在盒盖上又写明某个零件有几件，共几种等等，都很详尽。又料到自己随时会有不测，说"留个纪念，让他大起来也知道有个何先生"（何先生是他来我家的称呼的话）。

这完全是朋友之间的真切交流与由衷关爱。正是在这样一种极和谐的氛围里，鲁迅与秋白完成了一系列成功的合作——联袂编辑出版了《萧伯纳在上海》一书;一起研究创作并以鲁迅常用的笔名发表了十四篇杂文;共同商讨批判了来自右的流言和"左"的谬误;当然还有那不止一部浸透了两人心血的译著……

毋庸讳言的是,由于当时的秋白在年龄上比鲁迅要小十八岁,思想还没有鲁迅那样深刻;更由于秋白也曾受到"左"倾教条主义的影响,同时深入实际不够,观念意识也难免沾染一些"左"的东西,所以在某些问题上,他与鲁迅也存在分歧,譬如,对文艺大众化的理解,对"五四"白话文的评价,对正确翻译原则的认识与把握等,他的看法就与鲁迅多有不同。然而,即使在表达和讨论这些不同时,秋白的态度仍然是开诚布公而又平等交流,畅所欲言而又笔下生情,正如他致鲁迅的信中所言:"我对于你说话的时候,和对自己说话一样,和自己商量一样。"显然,是秋白特有的真诚、热切与谦虚的人格风度,使鲁迅清醒复清楚地意识到,即使在中国共产党这样先进的政治集团内部,亦难免存在观念与作风的差异性和复杂性,进而将秋白看作其中优秀的代表人物,即自己真正信赖和拥戴的共产党人。明白了这一点,我们也就懂得了鲁迅为何要在身体和心绪都十分恶劣的情况下,仍然坚持亲自编校《海上述林》;当然也就懂得了鲁迅之所以敬重秋白的一个重要原因。

四

秋白是革命者,也是文人;更准确的说法或许应当是,具有革命者身份的文人,或具有文人资质与气质的革命者。对于自身的文人资质和气质,秋白一向以精神弱点和消极因素视之,并试图加以改变,质之以那个动荡年代和严酷环境,他的这种态度显然不是全无来由。然而,在与鲁迅由相识到相知的过程中,秋白拥有的文人资质与气质,却无形中化作了潜在优势,起到了积极的润滑和推助作用。

对于旧式文人,鲁迅原本也无好感,他们那副"闻鸡生气,见月伤心"的样子,常常是鲁迅讽刺和批评的对象。但是,鲁迅自己毕竟也是文人,而且是根深蒂固,完完全全的大文人,这便决定了他可以在理性的层面不看好、不认同文人，但在感性和心理的层面，却最终摆脱不了对文化传统的留恋和对文人意趣的青睐——当然，这种留恋和青睐往往经过了理性的过滤与扬弃。正因为如此，从鲁迅一生来看，诋毁和误解他的是文人；而他所尊重或真正尊重他的还是文人。这种情况在鲁迅进一步左转之后，并没有明显变化，只不过是增加了一重信仰的背景。而秋白恰恰是一位有信仰、有内涵且有魅力的文人——这样的文人，在当时的左翼阵营里并不多见。唯其如此，鲁迅与秋白相见后，随即对其产生了一种天然的亲近感和敬重感，当属顺理成章，水到渠成。

那么，秋白在鲁迅面前究竟流露了哪些文人气息与传统意趣？而所有这些又是怎样触动了鲁迅？这在现有的材料里似乎可以找到一些线索：

第一，秋白出生于官宦家庭，自小接受传统文化的濡染，喜爱旧体诗词，十五岁时即写出了形象生动、格调清雅，且巧妙地嵌入了自己名字的五言诗："今岁花开后，栽宜白玉盆。只缘秋色淡，无处觅霜痕。"（秋白读中学时的名字是秋霜——引者注），可见他在这方面的早慧和超卓。1932年12月7日，秋白以魏凝的笔名"录呈鲁迅先生"一首七绝："雪意凄其心惘然，江南旧梦已如烟。天寒沽酒长安市，犹折梅花伴醉眠。"诗后有跋曰："此中颓唐气息，今日思之，恍如隔世，然作此诗时正是青年时代，殆所谓'忏悔的贵族'心情也。"这里，"颓唐气息"、"恍若隔世"以及"忏悔"等，自然表现了秋白在成为革命者之后，对昔日精神与情感世界的反思与超越；但是，既然如此，他还要把这首旧体诗抄给鲁迅，其中不也包含了相信鲁迅能够理解和欣赏的意思吗？而对于旧体诗一道，鲁迅不仅情感颇深，而且造诣精湛，出自其笔下的若干旧体诗足以作为实证；至于"颓唐"、"忏悔"之类的情绪体验，在鲁迅的人生词典里又何尝陌生？唯其如此，我们说，秋白的赠诗让鲁迅感到了更深层次的相通与共鸣，进而产生惺惺相惜之情，当不是胡乱猜测，一厢情愿。

第二，秋白幼年曾随伯父及父亲攻习山水画，因此，成年后一向喜欢绘事以及篆刻、书法等。1933年2月，即秋白二度到鲁迅家避难期间，也许是因为重读了《阿Q正传》，他用手边的一张"OS原稿用纸"，画了一幅阿Q手持钢鞭的漫画。这幅漫画的特点在于，它是由十个Q字母组成的，并配有阿Q得意时经常唱起的那句唱词："我手持钢鞭将你打！"这在秋白大抵属游戏消闲笔墨，但却极可能引发鲁迅的兴趣，这不仅因为漫画中饱含了秋白的才情和他对阿Q的理解，更重要的是鲁迅也酷爱并深谙美术，他通晓中外美术史论，收藏和整理传统美术遗产，引进外国美术作品，曾和秋白合作选编了介绍苏联版画的《引玉集》……这种共同的文人雅致，无疑会悄然加深鲁迅对秋白的认识，进而产生敬重之情。

第三，还在鲁迅与秋白只通信、未见面的时候，鲁迅曾将为撰写中国文学史而准备的《九品中正与六朝门阀》一书，赠送秋白，并谈到了自己有关文学史的一些想法。为此，秋白写信作答，详陈"关于整理中国文学史的问题"。在这封讨论学术的长信中，秋白插入了一段与全文不甚协调的个人回忆：有一年大年初一，有着浙江候补盐大使虚衔的父亲，不知为了什么事情，大发脾气，要"办"一个人，喝令下人拿着他的大红名片，把此人送到衙门去打了二十下屁股。这使幼年的秋白大为惊奇和反感。这样的表述流露出浓浓的文人式的善良与悲悯，恐怕未必适合写给当时纯粹的革命者，但是鲁迅看到后，却很可能为之感动，因为他的内心深处，同样不乏这样的见闻，也同样具有这种文人的善良和悲悯。就这一意义而言，他视秋白为"知己"实属必然。

五

秋白很早就阅读鲁迅，他写于1923年的《荒漠里》一文，曾称赞鲁迅的小说集《呐喊》是"空阔里的回音"。不过，在一段时间里，由于秋白对"五四"新文学运动的整体评价有误区，所以连带对鲁迅的认识亦不够充分和正确。秋白到上海后，通过较多地细读鲁迅的著作，尤其是通过与鲁迅的频繁通信和当面交流，他的观念和意识发生了很大变化，心中确立了全新的鲁迅形象。于是，在1933年4月初的一天，秋白着手做一项有关鲁迅的工作。用杨之华回忆录里的话说："我们在东照里住下不久，秋白就要完成一个任务：编一本鲁迅的杂感选集，并且要写一篇序文，论述鲁迅和他的杂文。秋白认为有必要为鲁迅辩明是非，给鲁迅一个正确的评价，以促进革命文艺队伍的团结战斗，并留下一个永久的纪念。"这项工作的结果，便是现代文学史上出现了一本有特色的《鲁迅杂感选集》,尤其是出现了一篇后来为文论界所熟知,并被尊为鲁迅研究奠基和经典之作的《鲁迅杂感选集序言》。

从相关史料来看,当年的鲁迅对秋白这篇序言是满意的。据冯雪峰回忆:"对于《鲁迅杂感选集序言》这篇论文,鲁迅先生是尤其看重的,而且在他心里也确实发生了对战友的非常深刻的感激,因为秋白同志对于杂文给以正确的看法,对鲁迅先生的杂文的战斗作用和社会价值给以应有的历史性的估计,这样的看法和评价在中国那时还是第一次。"杨之华作为鲁迅第一次读到秋白序言情景的目击者,更是提供了真实的现场速写:

> 鲁迅走进房间,在椅子上坐下来,抽着香烟。秋白把那篇《序言》拿给他看。鲁迅认真地一边看一边沉思着,看了很久,显露出感动和满意的神情,香烟头快烧着他的手指头了,他也没有感觉到。
>
> ……鲁迅把这篇《序言》不光是看作秋白个人同自己的战斗挚情的体现,而且相信是代表了党的精神,给他以支持和帮助的。他感动而谦虚地说:"只觉得说的太好了,应该对坏的地方也多提起些。"
>
> ——《革命友谊》

鲁迅曾多次称赞秋白的文艺论文,认为"真是皇皇大论!在国内文艺界,能够写这样论文的,现在还没有第二个人!"(冯雪峰《鲁迅与瞿秋白的友谊》)以此推论,他对秋白《序言》的认同和感激,是发自内心的,也是合乎情理的。

然而,这里有一个问题无法回避:建国以来,尤其是进入新时期之后,学术界不断有人指出秋白《序言》的缺失和不足,认为这篇序言用"从进化论进到阶级论,从绅士阶级的逆子贰臣进到无产阶级和劳动群众的真正的友人,以至于战士"来概括鲁迅,并不准确和妥当。这不仅鉴于"进化论"属于世界观范畴,而"阶级论"属于社会政治观领域,将二者嫁接到一起,不能不产生逻辑上的混乱;同时更因为阶级论并不是马克思主义学说的标志性内容，用它来规范鲁迅后期的思想，主要是从当时无产阶级政党的政治利益出发的，实际上是缩小和弱化了鲁迅思想的全部意义，况且鲁迅后期也没有完全放弃进化论。必须承认，这些看法言之成理，持之有据，确实道出了《序言》存在的一些破绽。既然如此，我们又应当怎样理解鲁迅当年对《序言》的首肯？难道即使鲁迅也不能免俗，仅仅因为听到的是"好话"，就失去了应有的判断力？

在我看来，检验一篇论文的学术价值和历史意义，通常不外两个尺度：一是看它的主要观点和基本结论，符不符合批评对象的实际情况，同时具不具备思想的前瞻和理论的严谨；二是看它在观点和结论背后，有没有先进的批评理念和科学的思维图式，这些又是否包含了普遍与恒久的启示意义。以这样的尺度来衡量《序言》，我们不难发现：就前一维度而言，《序言》可谓有得有失，成败两见，即：有一些观点和结论准确揭示了鲁迅独特的价值所在，同时也折映出论者丰沛的理论修养和敏锐的发现意识，如肯定鲁迅杂文的社会批判意义，以及它的"经过私人问题去照耀社会思想和社会现象的笔调"（对于这点，鲁迅尤其看重，他曾明言："看出我攻击章士钊和陈源一类人，是将他们作为社会上的一种典型这一点来的，也还只有何凝一个人。"）；指出鲁迅是"浪漫谛克的革命家的诤友"；称赏鲁迅特有的"最清醒的现实主义"、"'韧'的战斗"和"反虚伪的精神"等，它们迄今仍熠耀着真理的辉光。当然，也有一些概念和说法，难免存在理论或阐释上的先天不足，放到当下则已见粗疏或牵强。至于造成这些缺憾的原因似乎也不难找到：《序言》是秋白在安全都没有保障的情况下，用四个通宵赶写而成，其中的材料匮乏和无暇斟酌可想而知，更何况即使是秋白，也无法摆脱历史和时代的局限！

而在后一维度上，《序言》更多体现了秋白获益于先进理论与斗争实践的高度的清醒、睿智与洞彻，这至少体现在两个方面：第一，《序言》针对 20 世纪 30 年代包括左翼在内整个文坛对鲁迅的种种诋毁与误读，运用抓纲带目，纲举目张的思路，赫然提出"鲁迅是谁"这样一个关键性和根本性的问题，其笔锋所指与所至，不仅在当时振聋发聩，启人心智，即使到今天，依旧让诸多思想者和研究者见仁见智，争论不休，可见其意义委实深远。第二，《序言》谈鲁迅的思想与创作，贯穿和体现了动态观念和发展眼光。由这种观念和眼光得出的某些具体结论或许未必全然正确,有的甚至存在明显的缺憾,但是,这种观念和眼光本身却殊为难得,它不仅彰显了辩证法的一般规律,更重要的是,它对应着鲁迅特有的精神特征与人生轨迹——不断地怀疑,不断地求索,不断地扬弃,永远视自己为"中间物",情愿做中国大地上的守夜者。这庶几是《序言》更为珍贵的价值所在。正是沿着这样的思路,我们说,秋白对鲁迅的理解和评价,实际上达到了一个前所未有的高度。而对这些,鲁迅自然会生出深深的感激之心和知遇之情。在这种前提下,他由衷敬重秋白实在是再正常不过的事情。

（原载《文学界》2011年第8期,另载《闲话》第19辑青岛出版社出版）

品味鲁迅说萧红

（一）

1936 年 10 月 23 日，羁旅于日本东京的萧红，惊悉鲁迅与世长辞。次日，她强忍着心灵的剧痛致函萧军，其中有这样的文字：

> 关于周先生的死，二十一日的报上，我就渺渺茫茫知道一点，但我不相信自己是对的，我跑去问了那唯一的熟人，她说："你不懂日本文的，你看错了。"我很希望是我看错，所以很安心地回来了，虽然去的时候是流着眼泪。
>
> 昨夜，我是不能不哭了。我看到一张中国报上清清楚楚登着他的照片，而且是那么痛苦的一刻。可惜我的哭声不能和你们的哭声混在一道。
>
> 现在他已经是离开我们五天了，不知现在他睡在哪里去了？虽然在三个月前向他告别的时候，他是坐在藤椅上，而且说："每到码头，就有验病的上来，不要怕，中国人就专会吓唬中国人，茶坊就会说：验病的来啦！来啦！……"

五天后，萧红在给萧军的信里又一次写道：

> 这几天，火上得不小，嘴唇又全烧破了。其实一个人的死是必然的，但知道那道理是道理，情感上就总不行。我们刚来到上海的时候，另外不认识更多的一个人了。在冷清清的亭子间里读着他的

信，只有他，安慰着两个漂泊的灵魂！……写到这里鼻子就酸了。

萧红的书信是蘸着泪水写成的。四十二年后的1978年9月，萧军为萧红书简作注释，他坦言："'注释'到这里，我的鼻子也酸了！"其实，被萧红书信所打动的，何尝仅限于曾经与写信者相濡以沫、悲欢与共的萧军。即使像我们这样的普通读者，在时空条件已经全然不同的21世纪的今天，只要重读萧红信中这些文字，同样会觉得心潮起伏，眼帘湿润。

对于鲁迅，萧红是怀着深深的爱戴、景仰乃至依恋之情的。而这样的感情之所以生成，当然是因为鲁迅对她（也包括萧军）在文学和人生道路上的提携再造之恩——"有谁为了出版无名青年的新著，在重病之中，放下自己手中的译作，看初稿，改错字，把段落移前移后，向报刊推荐，遇到挫折之后安慰她，最后搭建平台，找寻印刷的场所，并亲自写序言推荐介绍呢？有谁为了使她在亭子间里安心写作，频频地给予精神上的鼓励与经济上的接济呢？""没有鲁迅，就没有萧红。"（肖凤《我为什么要写〈萧红传〉》）不过，除此之外，我总觉得鲁迅之于萧红，还有更深一层的作用和意义，这就是：精神上的深入启蒙和创作上的无形引领——鲁迅的作品、书信和言谈，特别是蕴含其中的思想与主张，使萧红开阔了眼界，丰富了知识，更加了解了人生、社会和文学，也进一步认清了文学天地里的自我优势与局限，从而于创作实践中迅速成熟起来，最终完成了由反抗社会压迫和家庭制裁的知识女性，向自觉探求民族命运乃至人类解放之途的女作家的本质性跨越。关于这点，萧红虽然没有留下太多的自我表述，但是，如果我们仔细品味鲁迅有关萧红创作的言谈和评价，同时对照萧红作品整体的精神取向和艺术风格，则不难获得比较清晰的认识。

（二）

从现存资料看，鲁迅第一次以文字评价萧红的作品，是在1935年初春。这年的1月26日，在上海逐渐安顿下来的萧红，写了一篇题为《小六》的短篇小说，讲述城市里的穷孩子小六和她的双亲，迫于生活贫困和恶势力欺压，不得不多次搬家以致发疯和自杀的故事，其中很自然地融入了作家在哈尔滨的生活见闻和生命体验，以及她对底层受难者的悲悯与同情。萧军把这篇作品寄给鲁迅，鲁迅看后，觉得不错，便立即推荐给陈望道主编的《太白》杂志予以发表。在同年 2 月 9 日致萧红与萧军的信里，鲁迅郑重写道：

> 小说稿已看过了，都做得好的（因萧军在寄《小六》的同时也寄了自己的作品，故鲁迅在"已看过"之前，加了"都"字——引者注）——不是客气话——充满着热情，和只玩些技巧的所谓"作家"的作品大两样。

以上评价虽然寥寥数语，但却分明包含了两层意思：一、作为作家的萧红，具有"为人生"的热情和相应的生活积累；二、萧红的作品不玩弄技巧，而是以生活的质感和生命的本色取胜。质之以《小六》，可知鲁迅的眼光是敏锐而独到的，他从萧红当时并不成熟的作品中，依然发现了闪光与可贵之处。换句话说，当萧红的创作尚处于起步阶段时，鲁迅便及时而准确地捕捉到了其中的个性和优长，并给予了充分肯定。

其实，如果我们站在今天的高度做历史回望，即可发现，鲁迅有关《小六》的评价，其意义哪里仅限于该作品本身，它实际上是透过一篇《小六》，在无意中觉察乃至揭示了萧红整体创作的某些特征。而这种觉察和揭示的削切性与前瞻性，又恰恰被萧红全部的创作情况和艺术历程所证明——一方面，在中国现代文学史上，萧红有着一般女作家鲜有的艰难曲折的人生经历，而这种人生经历又都深深地打上了那个时代特有的屈辱、动荡和痛苦的印记，它们强烈地压迫和折磨着萧红的心灵，同时也激励着她以抗争乃至战斗的姿态，做出精神和文学的回应，于是，萧红笔下不断叠映着死亡边的沉吟，幻灭间的挣扎，沉沦中的觉醒，溃败里的憧憬。这也就是鲁迅所说的，在黑暗和沉重的现实面前，她依旧"充满着热情"；另一方面，萧红又是一位以主体性、表现性和感受性见长的作家，她的文学世界在很大程度上是其坎坷和漂泊人生的直接呈现；她的一些优秀作品，如《王阿嫂的死》《生死场》《商市街》《呼兰河传》等，殆皆充盈着强烈的女性意识与鲜活的生命体验，是这一切的去除了矫情与雕饰的天然外化，靠的是用生活和生命的本真来感染人、打动人。在这一维度上，萧红确如鲁迅所言："和只玩些技巧的所谓'作家'的作品大两样。"

（三）

鲁迅与萧红相识并对她有了较多的了解后，曾将她的中篇小说《生死场》报送国民党中央宣传部的书报检察机关，希望能通过他们的检查，以便公开出版。而在历经半年搁置，最终仍遭封杀的情况下，鲁迅毅然决定，将其列为"奴隶丛书"的第三种，自费印行。这时，鲁迅应萧红之请，撰写了著名的《萧红作〈生死场〉序》。其中涉及对该书评价的是这样一段文字：

> 这本稿子的到了我的桌上，已是今年的春天，我早重回闸北，周围又复熙熙攘攘的时候了。但却看见了五年以前，以及更早的哈尔滨。这自然还不过是略图，叙事和写景，胜于人物的描写，然而北方人民的对于生的坚强，对于死的挣扎，却往往已经力透纸背；女性作者的细致的观察和越轨的笔致，又增加了不少明丽和新鲜。精神是健全的，就是深恶文艺和功利有关的人，如果看起来，他不幸得很，他也难免不能毫无所得。

在熟悉鲁迅和萧红著作的研究者那里，这段文字早已不再陌生，其中写到的"北方人民的对于生的坚强，对于死的挣扎……"以及"女性作者的细致的观察和越轨的笔致"云云，曾经一次次被称引，被激赏，借以说明鲁迅的高屋建瓴和萧红的峥嵘奇崛，以及一部《生死场》所承载的"为人生"的力量。毫无疑问，这是顺理成章，无可挑剔的。鲁迅这段话确实以凝练简洁的语言，高度概括也十分准确地阐明了一部《生死场》的个性和价值所在。只是其中所谓"越轨的笔致"作为一种肯定性评价，到底指的是什么？由于鲁迅本人不曾展开讲述，而一些研究者又每每持人云亦云，不求甚解的态度，所以，大多数读者恐怕仍有些云里雾里，不得要领。而这一点对于理解和认识鲁迅眼中的萧红和《生死场》，偏偏又十分重要，因此，我们有必要尽量还原鲁迅的思路，并稍加诠释。

早在 1921 年，鲁迅就在《〈战争中威尔珂〉译者附记》里，热情称赞保加利亚作家跋佐夫，"不但是革命的文人，也是旧文学的轨道破坏者"。由此可见，在鲁迅笔下，"轨"或者"轨道"，可以作规约、习惯乃至窠臼、教条解；而"越轨的笔致"，便是指作家冲破了规约和习惯，打碎了窠臼与教条的自由大胆的书写。以这样的眼光来打量《生死场》，我们可以发现，它至少有两个方面，表现得"离经叛道"，不同凡响。

第一，敢于直面生活的惨烈和人性的丑陋。自从孔子提出"温柔敦厚"的诗教，"乐而不淫，哀而不伤，怨而不怒"的中和之美，就一直影响着历代中国作家，是他们自觉或不自觉地遵循着的一种艺术圭臬。这种圭臬给文学表达带来了某种秩序、节制与含蓄，但同时也抑制了作家的生命意志与创造能力，特别是抑制了他们对生活与社会的大胆干预和如实描摹。对此，鲁迅深感忧虑和不满，故而一再指出："非有天马行空似的大精神即无大艺术的产生。"（《苦闷的象征》引言）"没有冲破一切传统思想和手法的闯将，中国是不会有真的新文艺的。"（《论睁了眼看》）在这一点上，萧红应是鲁迅的知音，反映到创作上便是，她的《生死场》似乎没有更多地考虑哪些能写、哪些不能写，以及书写中的规矩、程度、分寸等问题，而是坚定地从生活真实出发，以一种不加粉饰，无所顾及的姿态，把一些活生生、惨兮兮、血淋淋的场景画面，勇敢地铺展在读者面前：王婆给别人接生，"一遇到孩子不能养下来，我就去拿着钩子，也许用那个掘菜的刀子，把孩子从娘的肚子里硬搅出来。"而她自己三岁的孩子，却不小心摔死在坚硬的铁犁下；病瘫在炕上的月英，被自己的排泄物"淹浸"，"身体将变成小虫们的洞穴"；五姑姑的姐姐生孩子，"用人拖着产妇站起来，立刻孩子掉到炕上……女人横在血光中，用肉体来浸着血"；王婆服毒后又活了过来，丈夫赵三以为她"诈尸"，便将扁担"扎实的刀一般切在王婆的腰间。她的肚子和胸腔突然增胀，像是鱼泡似的……血从口腔直喷，射了赵三的满单衫"。诸如此类的描写，孤立起来看，颇有些触目惊心，惨不忍睹，但用之于表现那一方人众的精神状态与生存现实，特别是用来凸显其中包含的痛苦、悲惨和愚昧，却是准确的、传神的、必要的。至于它所充盈的清醒的批判意识与巨大的醒世力量，更是"为人生"的新文学应当珍视与发扬的。在这一意义上，它获得鲁迅的奖掖，是再正常不过的事情。

第二，性爱描写的直接、大胆和健康。对于传统的、正宗的中国文学而言，性爱表达一向颇多禁忌。"五四"之后，这种禁忌虽有所减弱或突破，但具体到为数不多的现代女作家笔下，依然大致保持着缠绵悱恻，欲说还休的风格。相比之下《生死场》明显不同，它涉及性爱的文字是果敢、率真和泼辣的。你看：打鱼村的李二婶子，"奶子那样高，好像两个对立的小岭"，她和一帮女人说起男女之事，竟是那般全无顾忌；金枝未婚先孕，肚子已经大起来，但成业依旧将她当成发泄本能的工具，竟然压在墙角的灰堆上做爱；还有婶娘不无炫耀的对侄儿讲自己当年的嫁人经历；都市女工店里"缝穷婆"对"秃头妇人"放肆而粗俗的笑骂等。这样一些描写出现于萧红笔下，自然不仅仅是一个手法和表现问题，在其深层起作用的，无疑还是作家也许并不那么自觉的文学观与审美观，即一种对于人类性爱行为与现象的更为豁达的理解和愈发坦然的认知。而在这方面，鲁迅一向持有科学、前卫和睿智的态度。早在"五四"前夕，他就鼓励青年人勇敢发出爱的呼唤："是黄莺便黄莺般叫；是鸱鸮便鸱鸮般叫。我们不必学那才从私窝子里跨出脚，便说'中国道德第一'的人的声音。"（《随感录四十》）1922 年，当有人以"堕落轻薄"之类的借口攻击青年诗人清新自然的爱情诗时，他立即撰文予以驳斥："我以为中国之所谓道德家的神经，自古以来，未免过敏而又过敏了，看见一句'意中人'，便即想到《金瓶梅》，看见一个'瞟'字，便即穿凿到别的事情上去。然而一切青年的心，却未必都如此不净。"（《反对"含泪"的批评家》）而在自己的神话小说《补天》里，那裸体的女娲更是直接且热烈地映现出性感的美丽和充实，有一种惊世骇俗的力量。正因为如此，鲁迅对《生死场》中的性爱描写是首肯的，并立足于现代文学发展的大背景，给予了笔致"越轨"的称赞。在此，我们不能不佩服先生的眼光和勇气。

鲁迅充分肯定了《生死场》的成就和优长，但是却没有因此就忽略这篇作品的缺憾和不足。还是在前边所引的《序言》中的那段文字里，鲁迅便留下了所谓"叙事和写景，胜于人物的描写"一语，这实际上是在肯定性的评价中，委婉地表达了批评性的意见。为了让萧红及时意识到这一点，鲁迅在将《生死场》序言寄给二萧之后，复又在次日写给他们的信里做了特别提示："那序文上，有一句'叙事写景，胜于描写人物'，也并不是好话，也可以解作描写人物并不怎么好。因为做序文，也要顾及销路，所以只得说的弯曲一点。"而鲁迅指出的《生死场》的这一薄弱环节，同样是有的放矢，切中肯綮的，日后几成为萧红研究者的一种共识。

（四）

1936年5月，美国记者埃德加·斯诺，在去延安前，再次拜访了鲁迅。斯诺的此次拜访，是肩负着特殊使命的——当时，斯诺夫人海伦·福斯特正在配合斯诺选编的小说集《活的中国》撰写长篇论文《现代中国文学运动》。为了写好这篇论文，海伦列出了一个计有二十三个大问题、三十多个小问题的单子，请丈夫到上海时向鲁迅当面请教。对此，鲁迅做了认真回答。其中在谈到第三个大问题，即"包括诗人和戏剧作家在内，最优秀的左翼作家有哪些"的时候，鲁迅先是列举了茅盾、叶紫、艾芜、沙汀、周文、柔石、郭沫若，随后便又一次谈到了萧红：

> 田军（即萧军——引者注）的妻子萧红，是当今中国最有前途的女作家，很可能成为丁玲的后继者，而且她接替丁玲的时间，要比丁玲接替冰心的时间早得多。

自从斯诺当年采访鲁迅的记录整理稿，被旅美的中国学者安危发现，并于1987年译介到中国，以上这段提出了"接替说"的文字，便不时出现在一些文章和书籍中。显然，文学界和学术界并不怀疑文字本身的真实性与可靠性，但是对于"接替说"的内容和观点，却有学者提出了不同的看法：

> 如若按照鲁迅的这个评价，冰心早在七八十年前就被丁玲"接

替"了,"完了",可事实远非如此。对冰心在二十世纪中国文学,特别是对下一代产生深远影响的儿童文学上的巨大成就,以及文字上的驾驭能力,中外读者是有目共睹的,并不因为鲁迅不认为她是"左翼作家"而失去一丝光辉。萧红作品的魅力迄今仍在,还远涉海外多个国家和地区,但她死得太早。丁玲作品的左翼倾向因了一部获得斯大林奖金的长篇小说《太阳照在桑干河上》更上一层楼,但在她晚年却因为受飞来横祸遭长期流放、坐牢而大有失落。总之,这三位女性作家各有千秋,其创作内容、创作风格也大相径庭,在二十世纪的中国文坛上都领有自己的一席显赫之地,而在事实上也并不存在如鲁迅认定的谁"接替"谁的说法。

——秋石《"五四"传统的忠实守护者——由"鲁迅从未公开谈论过冰心"说起》

其实,用今天文坛通行的关于冰心、丁玲和萧红三位女作家的一般性评价,来衡量进而质疑鲁迅的"接替说",是难免将问题笼而统之,大而化之的。事实上,鲁迅当年提出"接替说",绝非是全无依凭或不经思考的随口一谈,更不是出于个人好恶的扬此抑彼,相反,它既联系着当时的历史条件和社会环境,又体现了个人的文学趣味与鉴赏逻辑,内中是包含了较高的认识价值和文学史意义的。

第一,在鲁迅当时的语境里,"接替"的意思是衔接和赓续,而并非取代和压倒。这也就是说,在鲁迅看来,冰心、丁玲和萧红都是中国现代文学史上最优秀的女作家——唯其如此,他在回答斯诺的全部提问时,才对三位女作家都做了明确肯定——只是从年龄、成就、趋势、潜力以及与时代之关系的角度看,她们有可能在不同的时间段里,依次成为中国女性文学的代表人物。这是鲁迅"接替说"的基本意涵,也是我们理解"接替说"的重要前提。

第二,"接替说"是鲁迅在介绍和推荐萧红时提出来的。其中说萧红"很有可能成为丁玲的后继者"是中心断语,而"丁玲接替冰心"云云,只是为了强化和坐实这一断语所做的附加性说明,即用丁玲接替冰心的已然性,来进一步阐述萧红接替丁玲的可能性。因此,我们理解"接替说",应当把重点放在萧红与丁玲身上。当然，这里需要稍加枝蔓的是：斯诺提出的第三个大问题，以"最优秀的左翼作家"为限定，鲁迅说萧红是"最有前途的女作家"，以及她有可能接替丁玲，也是在左翼作家的限定之内，但他接下来谈到丁玲接替冰心，却溢出了这个范围，因为冰心并非通常所说的左翼作家。关于这点，鲁迅在回答斯诺的问题时，原本有着清楚的划分和表述，但这里却出现了一时的混乱，好在并不影响"接替说"的中心断语。

第三，按照鲁迅的文学观念和眼光，丁玲接替冰心，自有其历史和时代的必然性。纵观 20 世纪中国文学史，冰心无疑是个性盎然、贡献独特的重要作家，她笔下由母亲之爱、儿童之爱和自然之爱构成的"爱的哲学"，以及"有了爱就有了一切"基本主题，熠耀着善良、博大、圣洁的人性光辉，自然具有普世和恒久的精神价值。只是这一切出现于 20 世纪二三十年代的中国，却颇有些不合时宜——面对风沙漫天，虎狼遍地的社会现实，过于夸大爱的力量，不仅失之天真，而且易陷虚幻。鲁迅显然意识到了这一点，故而他在与斯诺交谈时，一方面认定冰心是现代中国"最优秀"的诗人和作家之一；一方面又不无遗憾地指出："在她的作品中，从来没有文化方面的问题……她无意使她的作品带上某种倾向或目的，她的作品全是供青少年消遣的无害读物。"丁玲的创作显然是另一种情况。她的早期作品如《梦珂》《莎菲女士的日记》等，就饱含着困惑与苦痛，体现着追求与抗争，至 1930 年前后，她捧出的《韦护》《年前的一天》《一九三〇年春上海》（之一、之二）等，已经直接汇入了左翼文学的洪流，稍后的《水》更是得到了茅盾和冯雪峰的高度评价，被视为左翼文学的重要收获。这一切在一向注重文学社会意义的鲁迅看来，自然更有现实的冲击力和影响力，其作家也更足以作为女性文学的代表。

第四，鲁迅认为萧红有可能较快接替丁玲，与他听说丁玲被捕后所发生的变化有关。1933 年 5 月，丁玲在上海被捕。不久即传出殉难的消息，鲁迅闻知悲愤异常，挥笔写下七绝《悼丁君》，以示追思和抗议。后来，复有丁玲未死但已叛变的种种说法在社会上流布。鲁迅一时无法辨别其中的真伪，但却依稀觉得，此后的丁玲很难继续从事先前那种创作了，即所谓："丁君确健在，但此后大约未必再有文章，或再有先前那样的文章，因为这是健在的代价。"（一九三四年九月四日致王志之）丁玲的文学生命既然意外终止，那么，异军突起的萧红，承前启后，成为左翼女作家的代表人物，也就势在必然。

第五，鲁迅之所以敢于大胆预言萧红的创作前景，以及其文学史地位，最终还是因为在萧红身上发现了独立不羁、难能可贵的文学潜质。无论从现代文学的视野考察，抑或就左翼文学的范围立论，萧红都是一位高度个性化、风格化的作家，她的一些重要创作追求，均与当时的主流文学保持着一定距离，从而呈现出大胆探求，我行我素的艺术向度。不是吗？萧红走上文坛是在日寇侵华、民族危亡的背景之下，当时，唤醒国人，动员抗战，是文学的重要任务和基本主题。萧红自然也写抗战，且以抗战作家闻名于世，但她笔下的抗战内容，却分明交织着对人性愚昧的鞭挞，对国民病态的批判，这样写成的作品不仅具有了人类意识，而且传递出"复调"效果。萧红目睹过人间的不平，也亲历过贫病的折磨，这决定了她的创作始终关注着社会底层的种种痛苦与不幸。而在揭示一切之所以生成的原因时，她并不单单使用当时多见的阶级意识，而是更多融入了女性的立场与视角，从而告诉人们：旧中国妇女是阶级压迫和性别压迫的双重奴隶，是最为悲惨、最值得同情的一群。萧红的艺术瞳孔聚焦传统的乡土社会，但却又不仅仅拘囿于此，而是以此为基点，努力向现代都市文明乃至殖民文化领域开掘与拓展，以此有效地丰富了作品覆盖力和表现力。萧红倾心经典阅读，注重文化积淀，但却决不迷信权威，因袭教条。她怀着创新的愿望和超越的抱负，大胆开辟属于自己的文体天地和语言世界，堪称艺术的拓荒者和实验者。

以上这些，固然是我们以今天的眼光概括和评价萧红的结果，但是，在萧红与鲁迅相识并在其关怀下迅速成长的当年，所有这些均已展露了良好的端倪和可喜的态势。以鲁迅的敏锐和老辣，自会有清醒且清晰的认识。况且萧红的创作追求竟是那样密切地呼应着鲁迅自己的文学主张！唯其如此，鲁迅在与文学界的朋友聊天时，才会每每向大家推荐萧红，"认为在写作前途上看起来，萧红先生是更有希望的"（景宋《追忆萧红》）。也正是沿着这样的思路，鲁迅将萧红作为"当今中国最有前途的女作家"，郑重推荐给斯诺，进而提出了他的"接替说"。

时至今日，萧红的影响无疑正在扩大和提升——不仅国内文学界和研究界出现了历久不衰的"萧红热"，一些精英女作家纷纷视萧红为精神先驱；即使国际汉学界乃至文学界，亦开始将关注的目光更多地投向萧红。其中就连对左翼文学一向不无保留的夏志清先生，亦在《中国现代小说史·中译本序》里公开表示："四五年前，我平生第一次有系统地读了萧红的作品，真认为我书里未把《生死场》《呼兰河传》加以评论，实是不可宽恕的疏忽。"在这一番情景与声音面前，我们对鲁迅当年的"接替说"，或许会有一些新的理解与感悟吧？

（原载《艺术广角》2012 年第 1 期）

萧红：除了天赋，还有什么？

一

近年来，随着萧红在国内外文学界的评价攀升和影响日隆，有一种疑问亦间或披露于不同的场合：在 20 世纪 30 年代的文坛上，萧红并没有受过系统的文学教育和严格的写作训练，其最初的创作起点也不能说很高，有的作品甚至不乏明显的粗疏、生涩与散漫，然而，在短短三年（1933 至 1935）左右的时间里，她却异军突起，后来居上，迅速成为一颗炫目的新星，产生了不小的影响，并最终赢得了历史的接纳与褒奖。其中的原因和奥妙究竟在哪里？对于这个问题，专家们已有的回答，大都着眼于其天赋。如张梦阳先生认为："对于萧红来说，她的那些欠成熟的作品的吸引力，来自一种灵异和气场，这是不能用文学概论的既定理论解释的。"（《萧红的灵异与气场》）刘纳女士则表示"惊羡萧红看似稚拙却能'力透纸背'（鲁迅）的文字"，佩服"她仿佛不须费劲便拥有的文学才能"。（《谈与孩子有关的事，并谈开去》）这里，所谓"灵异"、"气场"和"不须费劲"等，说到底是一种天赋，即一种几乎是与生俱来的出色地驾驭语言和编织作品的能力。

应当承认，就文学创作而言，萧红的确具有卓越的天赋。她面对生活和文字特有的敏感、聪睿与才情，她描写场面、细节和景物每见的出奇制胜和超凡脱俗，都不是一般的同行所能及。关于这点，大凡细读过萧红作品者，自会有深切的领会和充分的感知。不过，我又觉得，要想真正弄清萧红于文学上之所以成功的原因，仅仅看到她的天赋恐怕还不够，除此之外，她后天付诸的种种探索与追求，同样需要关注，甚至更值得研究。而在这方面，萧红自己曾留下过一番十分重要的陈述。据聂绀弩回忆，1938年初，在临汾或西安，他与萧红有过一次关于文学创作的谈话。当时，聂绀弩称赞萧红是才女，堪比《镜花缘》里应则天女皇考试，从群芳中胜出的唐闺臣。但萧红却不承认，她辩解说：自己是《红楼梦》里的人，而不是《镜花缘》里的人。接下来，聂绀弩写道：

> 这确是我没想到的。我说："我不懂，你是《红楼梦》里的谁？"我一面说，一面想，想不起她像谁。
>
> "《红楼梦》里有个痴丫头，你都不记得了？"
>
> "不对，你是傻大姐？"
>
> "你对《红楼》真不熟悉，里面的痴丫头就是傻大姐？痴与傻是同样的意思？曹雪芹花了很多笔墨写了一个与他的书毫无关系的人。为什么？到现在还不理解。但对我说，却很有意思，因为我觉得写的就是我。你说我是才女，也有人说我是天才的。似乎要我自己也相信我是天才之类。而所谓天才，跟外国人所说的不一样。外国人所说的天才是就成就说的，成就达到极点，谓之天才。例如恩格斯说马克思是天才，而自己只是助手，是指政治经济学这门学说的。中国的所谓天才，是说天生有些聪明、才气，俗话谓之天分、天资、天禀，不问将来成就如何。我不是说我毫无天禀，但以为我对什么不学而能，写文章提笔就挥，那却大错。我是像《红楼梦》里的香菱学诗，在梦里也做诗一样，也是在梦里写文章来的，不过没有向人家说过，人家也不知道罢了。"
>
> ——《回忆我和萧红的一次谈话》

在这段谈话里，萧红虽然承认自己并非"毫无天禀"，但对于那种认为她是"天才"，"对什么不学而能，写文章提笔就挥"的说法，却给予了断然否定，明言"那却大错"。而聂绀弩之所以要转述萧红这段自我评价，其目的也在于提醒人们，不要过高估计萧红在文学创作上的天赋因素。用聂公自己的话说就是："萧红虽然是我们大家公认的才女，她的著作，全是二十几岁时候写的。但要以为她是不学而能，未曾下过苦功，却是错的。

这种错误看法，很容易阻碍青年学习写作。'我没有萧红那种天生的才能，学习写作就学不好。'这样一想就万事都休了。"(《回忆我和萧红的一次谈话》)

那么，自喻为《红楼梦》中"痴丫头"的萧红，在文学创作和成才的道路上，又下过怎样的"苦功"？换句话说，萧红之所以能够越来越有光彩地留在文学史上，除了得益于天赋的赐佑，她还做出过哪些现世的选择和特有的努力？现在，让我们尽可能地回到当年的文学现场，综合各方面的材料，做一番实事求是的钩沉与梳理。

二

在不少人心目中，萧红一生，在学校读书的时间不多，初中刚毕业，就由于不能忍受家庭的包办婚姻而出走，开始了颠沛流离的生活，因此，她的文学乃至文化素养，谈不上富足或丰厚。这样的看法固然基于萧红实有的生存境遇，但由此展开的推理和得出的结论却不那么妥切。这里，一个无法否认的事实是：在现实生活中，一个作家文学和文化素养的高下，尽管与其在学校接受系统教育的程度密切相关，但二者之间并不是简单绝对的成正比，这当中，作家本人几乎与时光和生命同行的随时随地的求知欲望、学习精神和自修能力，同样具有重要意义，有时甚至起决定性作用。正因为如此，中外文学史上才会出现高尔基、沈从文这样自学成才的大作家。当然，由于萧红离世过早，她已有的文学成就还不能同高尔基乃至沈从文相比，但倘若就知识输入、文化积累的基本方式和主要途径而言，他们却又不无相同或相通之处，即都主要是在社会这所大课堂上，凭借勤奋刻苦且持之以恒的阅读自修，不断充实和提升了自己，最终成为一个时代高端文学的代表人物。

从相关资料看，萧红大约从五岁起，就开始接受中国古典诗歌的启蒙教育，最早的教师则是非常喜爱她的祖父。那时，萧红随同祖父起居，每天晚上睡觉前，或早晨醒来后，祖父都要教她吟诵《千家诗》。对此，萧红很是着迷，有时半夜醒来，还要禁不住高声念诗。这样的诗教虽然包含了游戏和消遣的成分，但对于培养小孩子的文学兴趣和语言感觉却十分重要。萧红上小学时，学习认真，听讲专心，各科成绩均好，其中对语文课内容格外用功，作文常常受到老师的夸奖。到哈尔滨读中学后，萧红更是在时代风潮的影响下，开始了如饥似渴的文学输入，当时，她不仅大量阅读了鲁迅、茅盾、郁达夫、郭沫若、冰心等人的新文学作品，而且还潜心揣摩了白居易的《长恨歌》《琵琶行》，以及汉乐府民歌《孔雀东南飞》等中国古典文学名篇，甚至还浏览了校园里能够找到的外国作家的著作。她的散文《一九二九年底愚昧》，曾谈到自己上中学时读美国作家辛克莱小说《屠场》的情况。而根据别人的回忆，那时的萧红还很投入地阅读过托尔斯泰、普希金、莫泊桑、雪莱、海涅等人的作品。所有这些，顺理成章地转化为一种浓郁的写作兴趣，于是，萧红在黑板报和校刊上留下了最初的诗歌和散文。

进入社会后，萧红辗转于北京、青岛、上海、日本东京、武汉、临汾、西安、重庆、香港等地，生活虽然极不安定，但如影随形，因地制宜的读书学习，却从来不曾中断，即使在成名之后，也依旧如此。以萧红旅居日本为例，其动机和目的原本是为心灵和情感疗伤，只是一旦安顿下来，她还是抓紧时间充实自己：一边攻读日语，以求更方便地阅读外国文学作品；一边研修唐诗，努力打通自己与中国传统文化的血脉。为此，她在写给萧军的信里焦急地喊着："唐诗我是要看的，快请寄来！精神上的粮食太缺乏！所以也会有病！"（1936 年 9 月 6 日）读着这样的文字，我们不难体察到写信者渴望读书的迫切心情。另据老友舒群等人的回忆，萧红成名后，始终保持着从中学时代开始的对俄国进步文学和苏联文学的由衷喜爱，常常在创作的间隙里，认真研读陀思妥耶夫斯基、屠格涅夫、契诃夫、法捷耶夫等人的小说。在刊发于《七月》杂志的《无题》一文里，她针对所谓"屠格涅夫好是好，但生命力不强"的说法，毅然写道："屠格涅夫是合理的、幽美的、宁静的、正路的，他是从灵魂而后走向本能的作家。"这说明，萧红在学习俄罗斯和苏联文学方面，已形成自己独特的见解和心得。此外，萧红在作品中提到的外国作家，至少还有美国的杰克·伦敦、史沫特莱，法国的罗曼·罗兰、巴尔扎克，爱尔兰的叶芝，英国的曼殊菲尔，德国的雷马克、丽洛琳克，俄国的班台莱耶夫等。由此可见，作为作家的萧红，实际上进行过相当广泛和十分持久的文学阅读，并因此而形成了并不那么单薄和贫瘠的文学积淀与文化素养。在这方面，我们以往曾有的某些看法，未免低估了萧红。更何况，萧红还具有早在中学时即已崭露头角的关于绘画的兴趣、素养与才能，这对于她的文学创作，无疑也会产生积极的作用。

<h2 style="text-align:center">三</h2>

迄今为止的研究者大都认为：萧红是一位生活型、感受型和体验型的作家，她笔下文字最突出的优长和最抢眼的特色，是那种源于艺术直觉的本真性书写和原生态呈现。关于这点，当年刚刚结识萧红的鲁迅，就有过敏锐的洞察，他在读罢萧红的短篇小说《小六》后断言：全篇"充满着热情，和只玩些技巧的所谓'作家'的作品大两样"。（给萧军、萧红的信，1935年2月9日）应当看到，这种"热情"主要来自萧红与天地万物的血脉相连和息息相关；而她之所以不屑于"只玩技巧"，则是因为接了"地气"的生活、生命与乡土，自有一种远胜于技巧的魅力。

毫无疑问，萧红的创作擅长汲取和表现天地万物的自在之态与原生之美。然而，这种汲取与表现在萧红笔下，又不是对生活素材、个体经验的简单照搬和随意胪陈，而是明显注入了作家有关创作与生活、作品与素材的深入思考与自觉选择，从而在这一维度上，形成了某种带有启示性和规律性的思路与策略。

作为一个靠生活汁液浸泡出来的作家，萧红显然意识到：要保持文学创作持久的生机与活力，一个很重要的条件，就是要做到对生活素材和生命体验的充分占有；而在文学创作过程中，作家的生活素材和生命体验，偏偏处于一种高投入和高损耗的状态。通常的情况是，作家越勤奋，创作越频繁，他在生活素材和生命体验上的投入也就越高，损耗也就越大，长此以往，作家则难免供求失调，捉襟见肘，直至力不从心，难以为继。正是有鉴于此，萧红很注意也很善于从自己的经历和境遇出发，努力扩大生活视域和生命磁场，及时发现和细致观察那些有意义且有意思的人物与现象，以此有效补充和持续积累创作所必需的生活素材与生命体验，使之不断走向开阔与丰赡。于是，沿着萧红的创作轨迹，我们清晰地看到了艺术视景与审美对象的变幻和延伸：由封闭愚昧的呼兰河乡土到苦雨凄风的哈尔滨街区，再到光怪陆离，但又炮声阵阵的上海大都市，直到更为开阔繁复，也更为纷乱板荡的战时中国；同时也看到了一系列与之相呼应的不断转移和迁动着创作题材与主题的各类作品：从《王阿嫂的死》《生死场》《看风筝》到《欧罗巴旅馆》《饿》《同命运的小鱼》，再到《天空的点缀》《火线外（二章）》《回忆鲁迅先生》，直到《放火者》《马伯乐》《给流亡异地的东北同胞书》《九一八致弟弟书》，等等。而作家旺盛、饱满与恒久的艺术创造力和生命力，恰恰在这当中得到了有力的彰显。

当然，在文学作品与生活素材和生命体验之间，作家需要付出的努力，并不仅仅是对后者的一味的摄取和及时的呈现；除此之外，在很多时候，很多情况下，他还有另外一项工作可做：放出自己不断发展和日趋成熟的目光，对已有的生活素材和生命体验，进行重新打量、反复咀嚼和深入开采，凭借变换了的时空条件和心理距离，让老的题材土壤开出新的文学之花。关于这一点，萧红是有清醒认识的。1940 年 7 月 28 日，她在致朋友华岗的信里，谈到自己一部长篇小说的构思，其中有这样的话："假若人的心上可以放一块砖头的话，那么这块砖头再过十年去翻动它，那滋味就绝不相同于去翻动一块在墙角的砖头。"而相隔十年翻动同一块砖头之所以别有滋味，正是因为作家已经拥有了崭新的主客体世界。显然是基于这种认识，走出呼兰河之后的萧红，一向十分珍惜自己的童年记忆和乡土情感，以致把它当成了创作之源和生命之根。无论时间距离有多长，空间距离有多远，她总喜欢在跋涉前行的同时，频频展开心灵的回望，进而用日益精进的思想和笔墨，一再重写魂牵梦萦的东北大地、呼兰河畔。1937 年后，萧红陆续问世的《失眠之夜》《旷野的呼喊》《后花园》《小城三月》《呼兰河传》等一系列精品力作，便是这"重写"的结晶。而这些作品的出现，不仅一次次实证了童年记忆、乡土经验在作家创作历程中的重要意义；更重要的是它告诉所有作家，应当怎样科学而充分地使用自己的生活素材和生命体验。

四

　　在萧红走上文坛以及后来成长与发展的道路上，鲁迅的作用和影响无疑是巨大的，无法忽视的。对此，很早就写出了《萧红传》的肖凤女士在其创作谈里有过生动的表述："可以毫不夸张地说，如果没有鲁迅先生的帮助和提携，萧红就不可能成为二十世纪三十年代著名的女作家……他（指鲁迅——引者注）对萧红的关怀和培养，可以算是中国现代文学史上动人心弦的一幕。有谁为了出版无名青年的新著，在重病之中，放下自己手中的译作，看初稿，改错字，把段落移前移后，向报刊推荐，遇到挫折之后安慰她，最后自己出钱，寻找印刷的场所，并亲自写序言推荐介绍呢？有谁为了使她在亭子间里安心写作，频频地给予精神上的鼓舞与经济上的接济呢？……'没有鲁迅，就没有萧红。'"（《我为什么要写〈萧红传〉》）

　　由于存在这种特定的背景，萧红视鲁迅为精神与文学之父，在人格上景仰他，在情感上亲近他，尤其是在创作上学习他，追随他，继承他，实在是天经地义，顺理成章的事情。正如王安忆在首届萧红文学奖获奖感言里所说："萧红领了鲁迅先生的灯，穿行在她漂泊的人生里……"然而，值得关注和称赏的是，面对鲁迅极其丰厚的文学遗产，萧红所表现出的学习、追随与继承，并不是在题材、手法和语言层面的简单照搬或机械模仿，而是重在领会鲁迅的文学观点和创作主张，并结合自己的生活体验，将其融入文学实践，化为潜在的营养和力量，最终支撑起笔下个性化的和富有创造性的艺术追求。

　　譬如，以"哀其不幸，怒其不争"的态度，从事国民性批判与改造，是鲁迅作品的一个基本向度。在生活中每每感受到混沌、贪婪和愚昧的萧红，由衷认同这一点，为此，她将鲁迅的精神向度郑重接续下来，作为自己观察和表现生活的重要视角与支点。于是，在《逃难》《山下》《后花园》《呼兰河传》《马伯乐》等作品里，我们可以清晰地看到，萧红对笔下人物心性扭曲，病态生存的扼腕痛心，爱恨两在，以及企图通过文学改变这一切的积极努力。而这一点，恰恰是萧红对中国现代文学的突出贡献。

　　再如，在创作上，鲁迅一向反对教条主义和模式化倾向，他诚恳告诫青年作者：不要相信"小说作法"之类的话。在谈到自己的创作时，更是明言："'小说作法'之类，我一部都没有看过。"他所呼唤和期待的，是一种"天马行空似的"大精神，是"冲破一切传统思想和手法的闯将"。显然是受到鲁迅的启迪和鼓舞，萧红也极不赞成将小说创作定于一尊和归于一途。她曾对聂绀弩说："有一种小说学，小说有一定的写法，一定要具备某几种东西，一定写得像巴尔扎克或契诃夫的作品那样。我不相信这一套，有各式各样的作者，有各式各样的小说，若说一定要怎样才算小说，鲁迅的小说有些就不是小说。如《头发的故事》《一件小事》《鸭的喜剧》等等。"（《回忆我和萧红的一次谈话》）正是凭借这样一种勇于实验和大胆开拓的精神，萧红写出了那些"不像……严格意义上的小说"，但却比一般小说更"诱人"的作品（茅盾《呼兰河传·序》），从而获得了自觉的文体探索者的美誉。

　　萧红景仰和崇拜鲁迅，但是却没有因此就把鲁迅偶像化、绝对化和模式化。还是在与聂绀弩的谈话里，萧红表示了对鲁迅的别一种理解：

　　　　鲁迅的小说的调子是很低沉的。那些人物，多是自在性的，甚至可说是动物性的，没有人的自觉，他们不自觉地在那里受罪，而鲁迅却自觉地和他们一齐受罪。如果鲁迅有过不想写小说的意思，里面恐怕就包括这一点理由。但如果不写小说，而写别的，主要是杂文，他就立刻变了，从最初起，到最后止，他都是个战士、勇者，独立于天地之间，腰佩翻天印，手持打神鞭，呼风唤雨，撒豆成兵，出入千军万马之中，取上将首级如探囊取物！即使在说中国是人肉筵席时，调子也不低沉。因为他指出这些，正是为反对这些，改革这些，和这些东西战斗。

　　与此同时，萧红还分析了"我和鲁迅的不同处"，并表示：要"写《阿Q正传》《孔乙己》之类！而且至少在长度上超过他！"显然，在萧红看来，真正有出息的作家，不应当一味膜拜权威，而应当在敬畏权威的同时怀有超越权威的抱负。萧红是这样想的，也在这方面付出了一腔心血，至于限于主观条件和客观原因，她最终无法企及鲁迅的高度，那是另外一个问题，而在理念上，萧红是对的，无可挑剔的。

五

萧红的文学创作生涯，严格算来不足十年，留下的作品将近百万言，涉及小说、散文、诗歌、戏剧等多种体裁。这样的创作业绩与今天坐在电脑前每年码出百万言的网络写手相比，自然算不得高产，但如果联系萧红所处时代的报刊出版条件，特别是考虑萧红特有的漂泊而艰窘的生存状况，则又不能不承认作家是勤奋、顽强和执着的。事实上，对于文学写作，萧红克服了许多常人难以想象的困难，做出了在她那个环境中所能够做出的巨大努力。譬如，按照萧军的回忆，萧红最初的诗歌是在"霉气冲鼻"的旅馆房间里，忍着寒冷和饥饿，用一段紫色铅笔头写出来的（《萧红书简辑存注释录》），这几近于用生命来做文学的冲刺。萧红在上海立足后，为了报答鲁迅的培育和提携，也为了解决生活之需，她集中主要精力进行构思和创作，用见证者梅林的话说："悄吟和三郎（即萧军——引者注）工作得很有秩序，每天有一定的时间静静的执笔，同青岛时一样。"（《忆萧红》）萧红东渡日本，一时面对全然陌生的生活环境，但仍将写作视为头等大事。她到东京后半月稍多，就在给萧军的信里写道："稿子我已经发出去三篇，一篇小说，两篇不成形的散文。现在又要来一篇短文，这些完了之后，就不来这零碎，要来长的了。"（1936 年 8 月 14 日）尽管寥寥数语，写信者抓紧创作的心态与情形，却跃然纸间。即使在战火蔓延，萍踪浪迹的日子里，萧红强忍与萧军分手所带来的内心隐痛，照旧笔耕不辍。正如丁言昭在《萧红传》里所写："心灵的创伤，身体的虚弱，都没有使萧红停下手中的笔，她边休养边写作，陆陆续续写下了《牙粉医病法》、《滑竿》、《林小二》、《长安寺》等作品，这几篇后来都收进 1940 年重庆大时代书局出版的《萧红散文》一书中。"

然而，必须看到的是，在 20 世纪中国文学史上，萧红之所以为人们所瞩目，进而成为一种不容忽视也忽视不了的重要存在，并非单单是，甚至主要不是因为她在创作上表现出的勤奋、顽强和执着。除此之外，她身上还有更为珍稀也更有价值的文学品质，这就是：一种与众不同的文学观念，一种自出机杼的创作主张，一种置身于潮流之中仍然能够坚持的独立思考和自觉选择。不是吗？在现实生活中，萧红从不缺少阶级意识，但对于文学创作，却反对使用单一的阶级观念。她认为："作家不是属于某个阶级的，作家是属于人类的。现在或是过去，作家们写作的出发点是对着人类的愚昧"。（《在〈七月〉杂志座谈会上的发言》）在外敌入侵，国土沦陷的情况下，萧红以《生死场》等作品，开启了抗日救亡文学的先声，无愧于"反帝爱国女作家"的称号。不过，在如何表现抗战主题的问题上，她又不赞成作家一拥而上，都上前线，都选择"宏大叙事"，而主张作家从各自的经验出发，因人而异，各尽所能。正因为如此，她对所谓留在后方写不出抗战文学的说法提出了反驳："我们并没有和生活隔离。比如躲警报，这也是战时的生活，不过我们抓不住罢了。""我们房东的姨妈，听见警报响就骇得打抖，担心她的儿子，这不就是战时生活的现象吗？"（《在〈七月〉杂志座谈会上的发言》）作为生活的流浪者和文学的跋涉者，萧红由衷渴望导师和朋友，愿意和他们一起，回应时代的要求，用文学投入民族乃至人类解放事业，但是，在这种集体的、"共语式"的呐喊中，她又希望尽可能地保持独立的思考，进而发出自己的、个性化的声音。她生命的最后几年，之所以没有奔赴延安，而是"蛰居"香港，其深层的原因庶几就在这里。萧红目睹而且亲历过底层生活，这决定了她对劳苦大众，尤其是普通农民，自有深切的悲悯与同情，不过，一旦进入文学形象的创造，这种悲悯与同情，并没有转化为简单的赞美和歌颂，而是坚持从生活的本相和本质出发，真实地描写了他们的反抗、失败与屈辱，他们或自私，或麻木的精神状态，他们在严酷的自然力量和黑暗的社会制度双重压迫下的卑微存活。季红真认为：这样一种状写底层的态度，使萧红"和激进的左翼思潮保持了心理的距离，也自觉地和民粹主义区别开来，思想的源头更接近五四开创的启蒙理想"（《对着人类的愚昧》）。对于萧红而言，这是一种微观的评价，但又何尝不是一种宏观的、终极的概括。正是在这一意义上，萧红成为现代文学史上的"这一个"。

（原载《书屋》2012年第7期）

面对传统的鲁迅与周作人

一

20世纪30年代前期和中期，周作人先后在多篇文章里一再谈到民族文化传统中"气节"与"事功"的话题。譬如，在发表于1933年10月25日《大公报》文艺副刊的《颜氏学记》中，周氏先引清初思想家颜元的话："吾读《甲申殉难录》，至'愧无半策匡时难，惟余一死报君恩'，未尝不泣下也，至览和靖祭伊川，不背其师有之，有益于世则未（也）二语，又不觉废卷浩叹，为生民怆惶久之。"以下接写道：

> 习斋（颜元的号——引者注）的意思似乎只在慨感儒生之无用，但其严重地责备偏重气节而轻事功的陋习我觉得别有意义。生命是大事，人能舍生取义是难能可贵的事，这是无可疑的，所以重气节当然决不能算是不好。不过这里就难免有好些流弊，其最大的是什么事都只以一死塞责，虽误国殃民亦属可恕，一己之性命为重，万民之生死为轻，不能不说是极大的谬误。

而在发表于1935年4月21日《华北日报》文艺副刊，题为《关于英雄崇拜》的文章里，周作人明言：中国的知识阶级"提倡民族英雄崇拜，以统一思想和感情，那也是很好的，只可惜这很不容易。我说不容易，并不是说怕人家不服从，所虑的是难于去挑选出这么一个古人来。"接下来，周氏针对通常被看作民族英雄的古人展开分析，先是认为：武将关羽和岳飞，不够资格，"这两位的名誉我怀疑都是从说书唱戏上得来的，威势虽大，实际上的真价值不能相符"。然后又对文人的偶像文天祥、史可法提出了质疑。他这样认为：

> 文天祥等人的唯一好处是有气节，国亡了肯死。这是一件很可佩服的事，我们对于他应当表示钦敬，但是这个我们不必去学他，也不能算是我们的模范。第一，要学他必须国先亡了，否则怎么死得象呢？我们要有气节，须得平时使用才好，若是必以亡国时为期，那未免牺牲得太大了。第二，这种死于国家社会别无益处。我们的目的在于保存国家，不做这个工作而等候国亡了去死，就是死了许多文天祥也何补于事呢。我不希望中国再出文天祥，自然这并不是说还是出张弘范或吴三桂好，乃是希望中国另外出些人才，是积极的，成功的，而不是消极的，失败的，以一死了事的英雄。

在同一篇文章里，周作人还针对中国历史上不同民族之间所发生的战事，留下了这样的文字：

> 中国往往大家都知道非和不可，等到和了，大家从避难回来，却热烈地崇拜主战者，称岳飞而痛骂秦桧，称翁同龢刘永福而痛骂李鸿章，皆是也。
> ……徒有气节而无事功，有时亦足以误国殃民，不可不知也。

正是沿着这一思路，一年多之后，周作人在《再谈油炸鬼》一文里公开表示：秦桧的案，应该翻一下，"以稍为奠定思想自由的基础"。接下来，该文还就为秦桧翻案问题，转引作者朋友的话说："和比战难，战败仍不失为民族英雄（古时自己要牺牲性命，现在还有地方可逃），和成则是万世罪人，故主和实是更需要有政治的定见与道德的毅力也。"

应当看到，对于周作人来说，选择这样一个时机，抛出这样一番有关"气节"、"事功"以及"战"与"和"的议论，几乎等于给自己未来的命运埋下了不祥的谶语。因为几年之后，日寇入侵，华北沦陷，周作人本人便由质疑气节变为不顾气节，由曲解事功变为亵渎事功，由鼓吹"和比战难"变为甘愿苟且偷安，最终"落水"附逆，当起了汉奸。这时，周作人上述言论中原本蛰伏的一些消极因素，因为论者全无道义底线的丑恶行为，而被无限制地放大和强化了，使其很自然地充当了罪恶的推手。关于这点，后来的研究者自有敏锐的观察与评判。譬如，钱理群认为："周作人的'主和'论是建筑在'中国必败论'基础之上的，它成为周作人最终与日本军方合作的最重要的动力。"又指出：周作人看轻"气节"，推重"事功"，是用"'似是而非'的'理论'，努力地说服自己，也努力地说服别人，说穿了，就是既'自欺'又'欺人'——莫非他对自己几年后的'投敌'已经有所自觉或预感？"(《周作人传》)王开林断定："和比战难"之类的言论，"是周作人敢冒天下之大不韪去同日伪政权合作的思想基础"(《隐士与叛徒——周作人的汉奸问题》)。即使在研究周作人附逆问题上一向持审慎态度的止庵，亦针对周氏将"气节"和"事功"完全对立起来的说法写道："周作人几年后的举动，于此似乎可以找到一点思想渊源。"(《周作人传》)

毫无疑问，钱理群、王开林、止庵的观点并非穿凿附会，无限上纲，而是言之成理，持之有据的。反观当年周作人的附逆事敌，虽有复杂的、多方面的主客观原因，是历史合力交互撕扯纠缠的结果，但其中当事者于思想观念层面对战局的悲观，对气节的小觑和对事功的误读，确实起到了釜底抽薪或推波助澜的作用，甚至可以说是导致事情发生变化的根本和关键所在。关于这点，越到后来的周作人，越是暴露出做贼心虚式的不打自招。1944 至 1945 年间，显然是感觉到了日伪统治已经离垮台不远，周作人一连写下了《我的杂学》《梦想之一》《道义之事功化》等诸多文章，公开的名目是总结自己"已定"的思想，实际上却是在为自己的附逆行为作间接的辩解和预先的开脱。而他用来支撑这种辩解和开脱的精神纲领，恰恰是自己当年围绕"气节"与"事功"以及"战"与"和"等所发表的那一番言论。有所不同的只是，这些言论已具备了某种理论形态，即演化为所谓的"道义之事功化"。沿着这一基本思路，周作人宣称："道义必须见诸事功，才有价值，所谓为治不在多言，在实行如何耳。这是儒家的要义，离开功力没有仁义。"又云："所谓效力君父，用现在的话来说，即是对于国家人民有所尽力，并不限于殉孝殉忠。"他甚至公然提出："要以道义为宗旨，去求到功利上的实现，以名誉生命为资材，去博得国家人民的福利，此为知识阶级最高之任务。此外如闭目静坐，高谈理性，或扬眉吐气，空谈道德者，固全不足取。"(《道义之事功化》)如此这般的"高论"貌似义正词严，其实根本经不起分析与推敲。在这方面，王彬彬的看法是："所谓'道义的事功化'，说白了，就是一种极端的'道德功利主义'。什么是道义，一种行为能够有立竿见影的功利作用，就是道义的。按照这种逻辑，主张'抗战到底'、保持'民族气节'，是不道义的，因为这非但无益，反而徒然招致日本人的仇恨和杀戮，把民众带入'无谓'的战乱中，让国家民族遭受更惨重的损失；按照这种逻辑，放弃抵抗、与侵略者握手言欢、组建和投身'伪政府'，才是真正符合道义的，因为这样可以求得'和平'，可以让沦陷区人民有一个'自己的政府'，从而多少有点'依靠'。"(《周作人是特殊的汉奸吗？》)真可谓一针见血，切中要害。

二

　　周作人围绕"气节"与"事功"而生的观念误区，确实在精神和心理层面，呼应乃至驱动了他附逆事敌的堕落行为，这当中的因果关系清晰可见，有目共睹，不容否定。但是，我们却不能因此就沿着由效果而动机的路径作反向推论，认为周作人提出"气节"和"事功"的观点，原本就是为自己日后的"落水"变节预设退路，或者说是为自己未来的出任伪职作舆论准备和道德铺垫。这不仅因为周作人谈论"气节"与"事功"的1933至1936年，中国的全面抗战尚未爆发。这时的周作人，认识悲观、思想滑坡、精神下沉自不待言，但若说他已经开始谋划投敌，决心助纣为虐，则未免有深文周纳之嫌，恐怕与事实不合。更为重要的是，作为"五四"以来"中国第一流的文学家"(冯雪峰语，见周建人的回忆《鲁迅和周作人》)，周作人的思想观念虽然曾发生过明显变化，但这变化中仍有一条相对稳定的线索清晰可见，这就是用一种异端的和反叛的目光，对封建思想、传统文化以及由此催生的国民劣根性，进行持续的批判。用周作人自己的话说就是："我从民国八年在《每周评论》上写《祖先崇拜》和《思想革命》两篇文章以来，意见一直没有甚么改变，所主张的是革除三纲主义的伦理以及附属的旧礼教旧气节旧风化等等……"(《两个鬼的文章》)如果说周作人的《思想革命》是他国民思想文化批判的滥觞,而《祖先崇拜》是他社会伦理道德批判的肇始,那么,他的大谈"气节"与"事功",显然与此一脉相承,是这一理念与取向的延续和发展,因此,其主观命意仍在于破除封建观念的束缚,同时"奠定思想自由的基础"。搞清了这一点,我们即可作进一步的推论:周作人关于"气节"与"事功"的一番见解,固然潜伏着消极乃至错误的因素,以致充当了他跌入道德深渊,成为民族罪人的借力和工具,但是,如果我们暂且搁置论者特有的附逆背景,而仅仅把这些见解看作是一个复杂的观念问题,一种矛盾的精神现象,那么,其中可以讨论的空间还是很大的。而在这方面,鲁迅的一些看法有如空谷足音,让人耳目为之一新,灵魂为之一振。

1936年10月25日,即鲁迅逝世后的第六天,周建人在写给周作人的信里,很认真地转述了鲁迅"于前数天病中讲到关于你的话",即鲁迅在生命最后的日子里,与周建人所谈的有关周作人的一些看法和评价,其中有这样一段文字:

> ……又谓你的意见,比之俞平伯等甚高明〔他好像又引你讲文天祥(？)的一段文章为例〕,有许多地方,革命青年也大可采用,有些人把他一笔抹杀,也是不应该的云云。

周建人的转述文字虽然在"文天祥"之后加了问号,但所记内容应该准确无误,这里足以构成强有力内证的是,晚年的鲁迅在自己的作品里,也曾多次谈论过文天祥等同一类人物,而某些观点与周作人的说法,分明有着曲折的相通和潜在的相近。譬如,1935年4月5日,即周作人刊出《关于英雄崇拜》的半月前,鲁迅在《太白》半月刊发表了杂文《"寻开心"》。该文以诙谐辛辣的笔墨,道出了当时某些文人以种种虚妄之言,向老实人"寻开心"的现象,其中某教授文章所谓"为复兴民族之立场言,教育部应统令设法标榜岳武穆,文天祥,方孝孺等有气节之名臣武将,俾一般高官戎将有所法式"云云,便是这"寻开心"的例证之一。为此,鲁迅提醒人们:"凡这些,都是以不大十分研究为是的。如果想到'全面归之'(语出《礼记·祭义》，意思是将身体完完整整地归还天地——引者注）和将来的临阵冲突，或者查查岳武穆们的事实，看究竟是怎样的结果，'复兴民族'了没有，那你一定会被捉弄得发昏，其实也就是自寻烦恼。"这就是说，在鲁迅眼里，岳武穆、文天祥们，有时也会被某些文人借来做不切实际的空谈和故作姿态的表演，甚至会成为他们装神弄鬼的幌子或沽名钓誉的道具，对此，读者大可不必全然当真，一味呆看。1936年春夏之交，在接受《救亡情报》编委、战地记者陆诒的采访时，鲁迅再次指出："所谓民族解放战争，在战略的运用上讲，有岳飞文天祥式的，也有最正确的，最现代的。"（《鲁迅先生访问记》）其言外之意在于告诉人们，在民族解放战争中，那种只会以古人作标榜，热衷于喊口号、造声势，而不注重实际备战的做法，是无济于事的，也是落后于时代的。

鲁迅的这些观点，乍一看来，仿佛只在抨击当时社会上屡见不鲜的、建立于"唯道德论"基础之上的那些华而不实的抗战喧嚣，但细加品味即可发现，其字里行间的嘲讽与指谬，并非简单的就事论事，而是依旧联系着论者由来已久的"国民性"思考，是他持续进行社会和文明批判的一部分。大抵是受史密斯《中国人气质》的启发，鲁迅对国人近乎病态的要"面子"以及由此派生出的弄虚作假、形式主义，一向深恶痛绝。早在上世纪初留学日本时，他就和挚友许寿裳一起探讨中国的民族性，认为："我们民族最缺乏的东西是诚和爱，——换句话说，便是深中了诈伪无耻和猜疑相贼的毛病。口号只管很好听，标语和宣言只管很好看，书本上只管说得冠冕堂皇，天花乱坠，但按之实际，却完全不是这回事。"（许寿裳《回忆鲁迅》）此后，鲁迅一再指斥国人的"面子"病，明言这"面子"包含了"虚饰"、"伪善"和"欺瞒"，而将习惯于玩弄"面子"的人们，称作"做戏的虚无党"和"普遍的做戏"。鲁迅认为："普遍的做戏，却比真的做戏还要坏"，"可以普遍的做戏者，就很难有下台的时候"（《宣传与做戏》）。正因为如此，这种"普遍做戏"的现象，即使在东北失陷的"国难声中"亦未能有所改变。所谓"乞丐杀敌"，"屠夫成仁"；所谓"雄兵解甲而密斯托枪"，均可作如是观。而某些政客或文人装腔作势地推崇岳飞，奢谈"气节"，也不过是"普遍做戏"的改头换面，花样翻新，在本质上依旧是一种中看不中用的排场，是民族精神软肋的外化。如果以上分析和梳理并无不妥，那么，我们终于明白了鲁迅为什么会看重并首肯周作人有关文天祥的那一番话——原来在封建性和国民性批判这一维度上，已经"失和"的周氏兄弟，依旧保持着心灵的相通。

三

然而，鲁迅毕竟是鲁迅。在有关"气节"和"事功"问题的认识上，他与周作人相比，固然不乏相通和相近之点，但更有悖反和超越之处，后者不仅最终把鲁迅与周作人区别开来，更重要的是，它使我们看到了鲁迅面对中国传统文化时特有的一种复杂、纠结而又睿智、辩证的态度。

周作人在谈论"气节"和"事功"时，有一种厌恶和冷嘲的情绪缠绕其间，它让人很自然地联想起周作人其他的一些言论："中国人非常自大，却又非常自轻……这种国民便已完全失去了独立的资格，只配去做奴隶。"（《"大人之害"及其他》）"我承认中国民族是亡有余辜。这实在是一个奴性天成的种类，凶残而卑怯，他们所需要者是压制与被压制，他们只知道奉能杀人给他们看的强人为主子。"（《诅咒》）庶几可以这样说，周作人是在对民族传统感到悲观绝望的心理条件下来谈论"气节"与"事功"的，因此，他对文天祥、岳武穆等的质疑与否定，既是本体性的，又是本质性的。一言以蔽之，他完全颠覆了文天祥、岳武穆们所具有的社会、历史和道德意义。相比之下，鲁迅则是另一种情况，他在《"寻开心"》等处，虽然也以讽刺和否定的口吻，提到了岳飞、文天祥、方孝孺这些名字，但其锋芒所向却主要是文人、政客们借岳飞等人的名号以"做戏"的行径，而不是岳飞们本人。事实上，对历史上的岳飞、文天祥、方孝孺，鲁迅并不曾有过盲目否定，相反还一再留下了赞许和敬意。譬如，在《登错的文章》里，鲁迅虽然觉得报刊上提倡少年们学习岳飞、文天祥，"似乎有些迂远"，但同时又肯定"这两位，是给中国人争面子的"，彰显他们，"确可以励现任的文官武将，愧前任的降将逃官"。在《花边文学·序言》里，鲁迅针对当时因实行报刊检查而导致文章普遍没有骨气的现象写道："现在有些人不在拼命表彰文天祥方孝孺么，幸而他们是宋明人，如果活在现在，他们的言行是谁也无从知道的。"其中对文、方二人的肯定和推重不言自明。《为了忘却的记念》是鲁迅的名篇。该篇由海宁籍烈士作家柔石说到其同乡先贤方孝孺，称赞他们"模样"相像，身上都有一种"台州式的硬气"，"而且有点迂"，而这种"硬气"和"迂"，正是作为知识者与殉道者的可贵之处。还有鲁迅的旧体诗《阻郁达夫移家杭州》，那一声"坟坛冷落将军岳"的深情感叹，固然旨在规劝朋友一家的慎重择居，但又何尝不包含着诗人对岳飞的由衷同情与无限惋惜？！

显而易见，在有关"气节"与"事功"以及岳飞、文天祥的谈论中，鲁迅与周作人所呈现的评价差异，并不是一种偶然现象或一个感觉、趣味层面的问题，它最终连接着论者不尽相同的历史观和民族观——面对中国的历史情境和文化传统，如果说周作人更多是心灰意懒，妄自菲薄，那么，鲁迅则是一方面痛心疾首，一方面自爱自强。换种更详尽也更准确的说法就是，在倡导和呼唤冲破封建主义旧礼教的禁锢与戕害时，鲁迅看到了国民性的万马齐喑，积重难返，因而其言论在一矢中的之余，并不怎么在意它是否偏激与绝对，然而，一旦进入具体的问题和单一的语境，鲁迅的意见则要慎重得多，也辩证得多，最终是远离了历史虚无主义和民族失败主义。在这方面，真正能代表鲁迅成熟思考的，恐怕还是《中国人失掉自信力了吗》里的名言："我们从古以来，就有埋头苦干的人，有拼命硬干的人，有为民请命的人，有舍身求法的人，……虽是等于为帝王将相作家谱的所谓'正史'，也往往掩不住他们的光耀，这就是中国的脊梁。"为此，鲁迅断言："说中国人失掉了自信力，用以指一部分人则可，倘若加于全体，那简直是诬蔑。"

在表达有关"气节"与"事功"的观点时，周作人还无形中涉及另外一个问题，这就是：生命的价值或曰生死的意义。在周作人看来，生命是可贵的。而生命之所以可贵，则是因为它可以让人做出若干有利于苍生社稷的"事功"。正因为如此，他很不赞成文天祥、史可法等单为"名节"而死的行为，认为他们是"什么事都只以一死塞责"，是"以一死了事的英雄"。他还援引近人洪允祥《醉余随笔》里的文字重申道："没中用人死亦不济事"，"要他勿怕死是要他拼命做事，不是要他一死便了事。"由此可见，周作人将"死"（气节）与"做事"摆在了完全对立的位置上，这正是其"事功"说最大的思维误区，也是他之所以落入自己设置的精神陷阱的关键所在。

对于周作人话语中的这层意思，鲁迅没有做过直接回应，但是，统观鲁迅著作中一再出现的相关表述，其与周作人观点的同与不同，依旧清晰可见。如所周知，鲁迅的生命和社会实践以"立人"为聚焦点和出发点，这决定了他在生命哲学的意义上，格外看重人的生存与发展。对此，他明确指出：

> 我现在心以为然的道理，极其简单。便是依据生物界的现象，一，要保存生命；二，要延续这生命；三，要发展这生命（就是进化）。生物都这样做，父亲也就是这样做。
>
> 生命的价值和生命价值的高下，现在可以不论。单照常识判断，便知道既是生物，第一要紧的自然是生命。因为生物之所以为生物，全在有这生命，否则失了生物的意义。
>
> ——《我们现在怎样做父亲》

正是从这样的基本观点出发，鲁迅真诚的希望人们都能爱惜自己的生命，坦言："我们自己想活，也希望别人都活；不忍说他人的灭绝，又怕他们自己走到灭绝的路上，把我们带累了也灭绝，所以在此着急。"（《随感录三十八》）而对于一切无视生命与生存的论调，鲁迅是坚决反对的，即所谓："苟有阻碍这前途者，无论是古是今，是人是鬼，是《三坟》《五典》，百宋千元，天球河图，金人玉佛，祖传丸散，秘制丹膏，全都踏倒它。"（《忽然想到（五至六）》）也正是在这一意义上，鲁迅不赞成民众几乎无异于送死的徒手请愿，亦反对未经军事训练的学生贸然奔赴战场。而当有人大唱"牺牲"的高调时，鲁迅则针锋相对，予以反驳："但我并不想劝青年得到危险，也不劝他人去做牺牲，说为社会死了名望好，高巍巍的镌起铜像来。自己活着的人没有劝别人去死的权利，假使你自己以为死是好的，那么请你自己先去死吧。"（《关于知识阶级》）如果以上归纳自成道理，那么，在尊重与爱护生命这一点上，鲁迅与周作人的观念仍然不无相通之处。

然而，鲁迅虽然高度珍惜生命的存在与发展，但却从来没有将这一点偏执化和绝对化，更不曾把珍惜生命与承担责任、维护道义割裂开来和对立起来。鲁迅认为："个人的生命是可宝贵的，但一代的真理更可宝贵，生命牺牲了而真理昭然于天下，这死是值得的。"(《附记》)又说："后起的生命，总比以前的更有意义，更近完全，因此也更有价值，更可宝贵；前者的生命，应该牺牲于他。"(《我们现在怎样做父亲》)在谈到知识阶级与牺牲的话题时，鲁迅更是以赞许的口吻断言："真的知识阶级是不顾利害的，如想到种种利害，就是假的，冒充的知识阶级；只是假知识阶级的寿命倒比较长一点。"又说："真的知识阶级……对于社会永不会满意的，所感受的永远是痛苦，所看到的永远是缺点，他们预备着将来的牺牲，社会也因为有了他们而热闹。"(《关于知识阶级》)诸如此类的话语，孤立看来，似与前面所强调的珍惜生命、注重生存不无矛盾，但如果将其置于鲁迅人生观与生死观的大系统中加以考察，即不难发现二者的可通约处：一方面，人固然最好是活着，但却不能满足于苟活，而必须在社会实践中创造和发展生命的意义；另一方面，人在创造和发展生命意义的过程中，无法完全避免生命的牺牲，但这牺牲应当具有真正的和足够的价值。用鲁迅自己的话说就是："我们穷人唯一的资本就是生命。以生命来投资，为社会做一点事，总想多赚一点利才好；以生命来做利息小的牺牲，是不值得的。"(《关于知识阶级》)亦即所谓："死者倘不埋在活人的心中，那就真真死掉了。"(《空谈》)换句话说，为了真正的价值和根本的利益，鲁迅并不讳言死，因为"生命不怕死，在死的面前笑着跳着，跨过了灭亡的人们向前进。"(《随感录六十六》)明白了这点，我们才会懂得：视生命为"第一义"的鲁迅，为什么还会吟唱"我以我血荐轩辕"的诗章，为什么还要激赏"为民请命"、"舍身求法"的前贤，为什么还有"拿起笔去回敬他们的手枪"的壮举！这时，我们又一次看到了鲁迅与周作人思想观念的临界线和分水岭，也又一次领略了民族精神的优根与精华。

（原载《红豆》2012 年第 10 期，另载《金城》2014 年第 4 期）

周氏兄弟与《儿女英雄传》

　　《儿女英雄传》是一部印行于清代光绪年间的长篇白话小说。作者文康，费莫氏，字铁仙，以"燕北闲人"自称，满洲镶红旗人。他的祖父是清代大学士勒宝，其"门第之盛，无与伦比"。文康自己也做过官，曾任徽州知府，经丁忧而改任驻藏大臣，以病不果行。后来，由于子孙不肖，败尽家产，其晚境窘迫，除笔墨外竟无长物。于是，他著书自遣，写下了《儿女英雄传》。

　　就故事情节而言，《儿女英雄传》写的是：名门之女何玉凤为报父仇，改名十三妹，避居山林，出没市井。偶识安骥和张金凤，由她做媒，结为夫妻。此后，何家的仇人被朝廷诛戮，何玉凤因不再需要报仇而意欲出家。安骥的父亲安学海以"天理人情"加以开导，遂使何玉凤改变初衷，与张金凤同嫁安骥。接下来便是金玉二凤，姐妹无间，和睦相处，其乐融融，一起帮助丈夫读书上进。结果安骥科场连捷，仕途顺利，位极人臣，全家尽享荣华富贵。由上所述，不难看出，《儿女英雄传》的情节设计与作者自己的家族经历恰恰相反——前者由窘困而发达，大抵蒸蒸日上；后者则由昌盛而衰败，可谓江河日下。唯其如此，有学者认为，文康写《儿女英雄传》实际上是他自己在说梅止渴，画饼充饥，试图以幻想来圆一个富贵和"补天"之梦。

　　大约因为《儿女英雄传》包含着"江湖豪客"、"儿女姻缘"之类的娱乐元素，加之作品选择了评话话本这种生动活泼，为大众喜闻乐见的形式，所以，该书一经问世，便得以广泛流传，不仅多有读者和商家为之吸引，而且影响到戏剧、曲艺、影视等艺术样式，其种种截取和改编一直延续到今天。不过，对于《儿女英雄传》，鲁迅分明并不看好。他的《中国小说史略·清之侠义小说及公案》虽然谈到这部作品，但重在遵循史的线索介绍作者、版本、本事、续书以及故事情节等，其中随文带出，要言不烦的评价，则基本是否定性的。譬如，在论及《儿女英雄传》的创作倾向时，鲁迅将其与《红楼梦》放到一起加以比较，认为：作者文康"荣华已落，怆然有怀，命笔留辞，其情况盖与曹雪芹颇类。惟彼为写实，为自叙，此为理想，为叙他，加以经历复殊，而成就遂迥异矣。"这就是说，在鲁迅看来，文康和曹雪芹虽然都是晚年穷愁，发愤著书，但两人的思想境界和创作态度迥然不同。曹雪芹是存真写实，直面惨淡；而文康则是回避现实，耽于虚幻。这决定了《儿女英雄传》的总体成就无法与《红楼梦》相提并论。又如，在谈及书中女主人公何玉凤的形象时，鲁迅指出，这个人物是作者从主观愿望出发，不顾生活真实，随意捏合的结果，所以具有明显的缺陷。即所谓："缘欲使英雄儿女之概，备于一身，遂致性格失常，言动绝异，矫揉之态，触目皆是矣。"至于《儿女英雄传》的续书，鲁迅贻以"文意并拙"的断语，想来根本不值得读者浪费时间和精力。

值得注意的是，与鲁迅的看法有所不同，周作人十分喜欢《儿女英雄传》。为此，他把一些肯定性的评价给予这部作品。在1939年5月30日发表于《实报》的《儿女英雄传》一文里，周作人先是为该书的题旨做辩护：

> 《儿女英雄传》还是三十多年前看过的，近来重读一过，觉得实在写得不错。平常批评的人总说笔墨漂亮，思想陈腐。这第一句大抵是众口一辞，没有什么问题。第二句也并未说错，但是我却有点意见。如要说书的来反对科举，自然除《儒林外史》再也无人能及，但志在出将入相，而且还想入圣庙，则亦只好推《野叟曝言》去当选矣。《儿女英雄传》作者的昼梦只是想点翰林，那时候恐怕正是常情，在小说里不见得是顶腐败。

接下来，周作人谈到该书的人物描写，他认为：

> 安老爷这个脚色在全书中差不多写得最好。我曾玩笑着说，象安学海那样的道学家，我也不怕见见面，虽然我平常所最不喜欢的

东西道学家就是其一……十三妹除了能仁寺前后一段稍为奇怪外，大体写得很好，天下自有这一种矜才使气的女孩儿，大约列公也曾遇见一位过，略具一鳞半爪，应知鄙言非妄，不过这里集合起来，畅快的写一番罢了。书中对于女人的态度我觉得颇好……总以一个人相对待，绝无淫虐狂的变态形迹，够得上说是健全的态度。

与之大同小异乃至一字不差的评价，此后还陆续出现在作者发表于1949年的同题读书随笔，以及发表于1961年的《旧小说杂谈》等文中。由此可见，对《儿女英雄传》的喜欢和称赏，在周作人那里，几乎是贯穿了一生的。

面对同一作品，不同的读者见仁见智，褒贬不一，原本是文学阅读的正常现象。只是这正常现象一旦出现在同为著名作家和学者的周氏兄弟之间，便有了特殊的、超出寻常的意义——透过它的存在，我们不但可以发现鲁迅与周作人在文学观念、审美态度上的明显区别和较大差异，而且最终能够感知和领略发生于文学接受过程中的两种完全不同的阅读范式与批评路径，以及它们的优劣短长。

鲁迅一向主张文学为人生。他创作文学作品，发出的是"铁屋子里的呐喊"，旨在改变民族的根性；他研究中国古典小说，尽管每见"清儒家法"，但终不是为学术而学术，而是在"从倒行的杂乱的作品里寻出一条进行的线索来"的同时，将其自觉置于史的范畴——鲁迅常提示人们要读史，尤其是读野史杂记。而在鲁迅心目中，小说自有野史杂记的性质和特点，因此他研究中国古典小说，说到底是借助小说的视角，以走近"历史上都写着"，但被史官"涂饰"了太多"废话"的"中国的灵魂"和"将来的命运"。也就是说，是把小说当成一种特殊的历史来审视。由于抱着这样的目的，鲁迅阅读和评价古代小说，极为看重它的真实品格，其中包括主体真实和客体真实。因为只有摆脱了"瞒"和"骗"的真实书写，才有可能使读者以史为鉴，获得启迪。正是从真实的尺度出发，鲁迅称赞《红楼梦》的"敢于如实描写，并无讳饰"和"叙述皆存本真，闻见悉所亲历，正因写实，转成新鲜"。也正是基于真实的尺度，鲁迅不那么喜欢《三国演义》，认为它的人物塑造颇有缺失，如"欲显刘备之长厚而似伪，状诸葛之多智而近妖。"明白了这点，我们也就懂得了鲁迅何以不看好《儿女英雄传》：文康一味凌空蹈虚的主观命意和从概念出发的人物描写，恰恰与鲁迅崇尚真实的艺术尺度背道而驰。由此可以断言，鲁迅是以精英的、入世的和严格的文学目光，来考察众多古典小说的。这种目光的最大优势在于通过对作品的抑扬和汰选，确立起经典的位置与艺术的标高，从而有利于一个民族的审美提升与文学发展。而它付出的代价则常常是，一些二三流作品所拥有的局部优点，则因为其整体的不被重视而随之湮灭不彰。

较之鲁迅，周作人是一个更显矛盾与复杂的存在。他的文学乃至人生观念，每见"流氓鬼"与"绅士鬼"、"十字街头"与"象牙塔里"的冲突和纠缠。不过，倘若就其整体精神走向和生命基调而言，我们用先是"斗士"，后是"隐士"加以概括，恐怕不会大错。20世纪二三十年代之交，随着社会黑暗的加剧，周作人开始怀疑文学的实际用途，主张"闭门读书"，通达事理，进而提倡"忙里偷闲，苦中作乐"，去除"凌厉浮躁"之气，用一种"闲适"和"趣味"的心态，来从事写作和鉴赏。而这一切很自然地浸入了他对中国古典小说的浏览和评说。不妨看他发表于1949年底的《红楼梦》一文，其中就有这样的表述：

> 看法原来可以有几种，其一是站在外边，研究作品的历史、形式与内容，加以批判，这是批评家的态度。其二是简直钻到里边去，认真体味，弄得不好便会发痴，一心想念林妹妹，中了书中自有颜如玉的毒了。此外有一种常识的看法，一样的赏识他的文章结构，个性事件描写的巧妙，却又多注意所写的人物与世相，于娱乐之外又增加些知识。这是平凡人的读法，我觉得最为适用，批评家我们干不来，投身太虚幻境又未免太傻了。假如用这种读法去看《红楼梦》，以至任何书，大概总是可以有益无损的。

窃以为，周作人正是以自己所说的"常识的看法"或"平常人的读法"，来阅读和品评《儿女英雄传》的。而这样的"看法"或"读法"经周作人在《儿女英雄传》中的一番运用，亦随之呈现出自身的高妙：它无形中把论者从专家的身份和"深刻"的惯性中解放了出来，使其具有了一种"平常心"，进而能够在无拘无束地娓娓道来中，自然而然地避开对作品的本质性和终性极界说，而更多关注其中那些吸引和打动了自己的部位与细节，于是，作品的潜在价值得到了立体、多元和深入的阐发。当然，这样阅读和品评古典小说也并非没有风险，其中一个突出的问题就是，如果论者原本胸无全豹、圭臬不清而又一味信马由缰，那么，在艺术赏评的路途上，即难免只见树木，不见森林，甚至以偏概全，混淆轩轾，得出一些不那么符合实际的结论。具体到周作人来说，他曾在文章中一再表示对《儿女英雄传》《镜花缘》《封神榜》之类的好感，将它们尊为中国古典小说的上乘之作，其症结庶几就在这里？

（原载《教师博览》2014 年第 12 期，又载《中华读书报》2013 年 2 月 18 日）

鲁迅与胡兰成

一

夏承焘的《天风阁学词日记》，有二十二条内容涉及在温州认识的张嘉仪其人。此人不是别人，就是曾经先后担任过汪伪政权《中华日报》总主笔、宣传部次长、法制局长，同时又是张爱玲第一任丈夫的汉奸文人胡兰成。抗战胜利后，胡兰成为逃避通缉，带着一个寡妇作为身份掩护，潜至温州，信手拈来张爱玲的家世背景，化名张嘉仪，隐匿民间，混迹杏坛，因而与时任浙江大学教授的温州籍词学大家夏承焘辗转相识，并有一些交往。《天风阁学词日记》1947年7月10日条写道：

> 阅嘉仪所著书，论阿瑙与苏撒古文明，此前所未闻者。午后与天五（即夏承焘的学生吴天五——引者注）过窦妇桥访之，颇直率谦下，谓曾肄业北京大学，从梁漱溟、鲁迅游，与梁漱溟时时通信。

"从××游"，即古人所谓"从游而学"。源自孔子率领众弟子奔走列国，"求仕"、"行道"、"教学"的行为方式，后来演化成一种教育理念和师承关系。对此，清华大学老校长梅贻琦曾有过精彩诠释："古者学子从师受业，谓之从游……学校犹水也，师生犹鱼也，其行动犹游泳也，大鱼前导，小鱼尾随，是从游也。从游既久，其濡染观摩之效自不求而至，不为而成。"（《大学一解》）由此可知，夏承焘初识胡兰成时，胡对夏说：自己当年曾就读北大，受教和追随于梁漱溟、鲁迅。这几句简短的自我介绍，今天看来,无疑是捉襟见肘,破绽多多。这里姑且不说胡氏怎样改造和夸大了他与梁漱溟的关系,即使单就"从鲁迅游"而言,也完全是信口开河,不着边际。已知的事实是:胡兰成由杭州到北京,是进燕京大学副校长室承担公文抄写,而不是就读北京大学。胡兰成到北京的时间是1926年9月,他在燕大只逗留了不到一年,次年7月即南返,回到胡村老家。以上这些,他的自传《今生今世》写得清清楚楚,明明白白。而据《鲁迅日记》所载,1926年8月26日,鲁迅已离开北京,登上去天津的火车,随即经浦口到上海,9月1日子夜,已在即将驶往厦门的船上。此后,鲁迅由厦门到广州,再由广州到上海定居,直到1929年5月才有北上省亲之行,并到燕大演讲。由此可见,胡兰成羁留北京期间,鲁迅一直奔波于江南,如此天各一方,胡兰成根本不可能见到鲁迅,又遑论追随其左右?此点即明,我们可以断定,胡兰成所谓的"从鲁迅游",只能是一厢情愿的编造故事,旨在为自己的脸上贴金,以蒙骗夏承焘、吴天五等人。

1974年5月至1976年11月,已定居日本的胡兰成曾有台岛之行。其间,先是在台湾文化大学教书,后因结识台岛著名作家,且又一向崇拜张爱玲的朱西宁,而被其延至家中,为当时尚未走出大学校园,后来却都成了名作家的两个女儿朱天文、朱天心讲书教读,做课外辅导,由此成就了胡兰成与"三三"作家群的一段因缘。有一次,大约是课余闲聊,胡兰成同朱家姐妹讲起自己对女学生的偏爱,并援引据说是鲁迅的类似行为以作同调。其具体内容被日后的朱天文追记如下:"不过他(指胡兰成——引者注)真的偏心女生,举鲁迅在北大教书时为例,女学生来访,饷以河南名产柿霜糖,男学生来访则只供出一碟落花生。"(朱天文《花忆前身·阿难之书》)应当承认,胡兰成这种信手拈来而又注重细节的表达方式,具有很大的造伪性和欺骗性,它不仅使当年的朱天文信以为真,以致不惜以讹传讹;甚至连今天的研究者乍一遇之,也顿生疑惑:"这则逸闻,不知胡兰成是亲历,还是耳食,他当真吃过那碟落花生吗?"(刘铮《胡兰成交游考》)。其实,在搞清了胡兰成所谓"从鲁迅游"纯属子虚乌有之后,这段煞有介事,几欲乱真的言谈,已经不攻自破——它不过是胡氏为自抬身价而编造的另一则动听故事,尽管新鲜、别致,但却毫无史料价值可言。

当年的胡兰成没有机会见到鲁迅,但却同鲁迅有过一次直接联系,以致在鲁迅的生命轨迹上，留下了一点小小的印痕。《鲁迅日记》1933年4月1日条写有："得胡兰成由南宁寄赠之《西江上》一本。"这说明，当时执教于南宁广西第一中学的胡兰成，曾给鲁迅寄过自己的著作《西江上》，而鲁迅也确实收到了这本书。胡兰成这本书写了些什么？写得怎样？由于原书难以寻觅，今天的我们一时无从确知，唯一可作参考的是，对于这本书，胡氏晚年大有悔其少作之意。他在致朱西宁的信里写道："我二十几岁在广西出过一本散文集《西江上》，文情像三毛十七八岁时之作，说愁道恨，如今提起都要难为情。"（朱天文《花忆前身·忏情之书》所引）也许是因为作品本身乏善可陈，也许是因为复杂环境养成了一种天然警惕，鲁迅对胡的赠书未作回复，此后亦再不提及。要知道，对于江南才子，鲁迅一向没有好感。1934年12月26日，他在写给萧军、萧红的信里就明言："我最讨厌江南才子，扭扭捏捏，没有人气，不像人样，现在虽然大抵改穿洋服了，内容也并不两样。"出生于浙江嵊县的胡兰成和他那些"说愁道恨"的散文，是否被鲁迅归入了"江南才子"的矫情之作？想来也不是没有可能。

二

胡兰成不曾见过鲁迅，这是没有任何疑问的。但是，他却有可能认识许广平，而且与许有过一些并非泛泛的交流。我之所以产生这样的感觉和揣测，主要是基于以下的文字线索：

第一，朱天文《花忆前身·忏情之书》曾引胡兰成致父亲朱西宁信中的文字：

> 张氏之《谈看书》，写小矮人之传说，又是学术，又是随谈，不用文学字眼，而通篇无有不是文学。此种看似平淡无奇之处最是难到，前人欧阳修之诗与周作人之散文之有味，盖在此。日前偶逢'中国'时报副社长，彼云亦有人写信到报馆，说张爱玲之《谈看书》算是什么！我乃想起战时在上海许广平对我说过的一节话："虽兄弟不睦后，作人先生每出书，鲁迅先生还是买来看，对家里人说

作人先生的文章写得好，只是时人不懂。"

胡兰成这段话拿自己和张爱玲与鲁迅和周作人作况比，内含的意思是：自己与张爱玲感情虽已不复存在，但在文学上，最能理解和欣赏张爱玲的还是他自己；这就如同鲁迅与周作人，尽管"兄弟失和"，但真正能读懂周作人的还是鲁迅。质之以文学史的相关材料，不能说胡氏的说法全无道理和依据。

在这段表述里，胡兰成明言，有关鲁迅和周作人云云，是战时在上海由许广平告诉他的。鉴于胡兰成有"从鲁迅游"等装神弄鬼的前科，对此话的真实性，人们原本可以打个问号。然而，值得注意的是，胡兰成所讲的鲁迅与周作人"失和"之后的情况，偏偏可以从许广平的著作中得到印证。请看许广平《鲁迅回忆录（手稿本）·所谓兄弟》一章所写：

> 鲁迅虽然在上海，但每每说："周作人的文章是可以读读的。"他的确是这样，不因为兄弟的不和睦，就连他的作品也抹煞。每逢周作人有新作品产生，出版了，他必定托人买来细读一遍，有时还通知我一同读。如1928年9月2日，日记上也曾记着："午后同三弟往北新书店，为许广平补买《谈虎集》上一本，又《谈龙集》一本"。又1932年10月31日，买"周作人散文钞一本"。这可见他的伟大襟怀，在文学上毫没有因个人关系夹杂私人意气于其间，纯然从文化上着想。

显然，在"兄弟失和"后，鲁迅对周作人的态度问题上，许广平的回忆与胡兰成的说法虽有繁简详略之别，但基本内容是相通不悖的，其中关于鲁迅买周作人的书读并有所肯定的细节，二者更是表现出惊人的一致性。这使得我们不得不正视和考虑以下史实："兄弟失和"后，鲁迅尽管无法真正割断手足之情，依旧以兄长的目光，注视和关心着周作人，但其公开的态度却只能是回避和沉默。为此，他不仅绕开了一切有可能与周作人碰面的社交场合，而且极少同自己和周作人共同的朋友谈及昔日的兄弟。至于他买周作人的书读并作相关评价一事，更是仅限于许广平、周建人等至亲知道，带有很强的"私人性"。而以上所引许广平的回忆文字，恐怕正是这种"私人"信息最初的公开披露。一切既然如此，那么，胡兰成说当年是许广平告诉了他鲁迅曾买周作人的书并留有相关评价的情况，至少在信息内容和通道上是准确的、可靠的。

也许有人会问，是不是胡兰成在哪里读到了许广平的回忆文字，进而取其要点，假托知情，旨在卖弄呢？在我看来，这种可能几乎没有。如众所知，许广平的《鲁迅回忆录》写于1959年的8至11月，起初在《新观察》杂志连载，后于1961年5月由作家出版社出版单行本。而胡兰成早在1950年就逃离大陆，同年潜至日本。按照当时的国际环境、政治气氛和出版物流通情况，亡命异国的胡兰成无论如何不可能读到许广平在大陆出版的《鲁迅回忆录》。更何况根据《鲁迅回忆录（手稿本）》的编订者、鲁迅之子周海婴标注，以上所引涉及"鲁迅认可周作人文章"的内容，在1961年出版的《鲁迅回忆录》中是被删除了的。这也就是说，许广平写于1959年的这段文字，直到2010年《鲁迅回忆录（手稿本）》出版，才得以首次面世，而这时，胡兰成已经离开人世十九年。胡兰成生前既然根本无法读到许广平的回忆文字，而他在致朱西宁的信里，确实又说出了与许广平回忆基本相同，且在很大程度上属于许广平独家掌握和了解的内容，那么，我们说胡兰成早先认识许广平，许曾向他介绍过一些有关鲁迅和周作人的情况，应当不是全无依据的妄断吧？

第二，《天风阁学词日记》1947年7月29日条写道：

> 嘉仪来，谈鲁迅遗事，谓其与作人失和，由踏死其弟妇家小鸡。作人曰如甚不满鲁迅，谓其不洁，又生活起居无度，且虚构鲁迅相戏之词告作人，致兄弟不能相见。

发生于1923年7月的鲁迅与周作人的"兄弟失和"，是中国现代文学史上一桩颇有影响的公案。由于当事双方均为文坛大家、社会名流，而事件本身又确有几分或明或暗，扑朔迷离，所以究竟是什么导致了"兄弟失和"？一直是文化界人士私下或公开谈论的一个话题，其五花八门的说法至今绵延不绝。因为有此背景，所以，藏身温州的胡兰成，于1947年7月造访夏承焘时，主动与其"谈鲁迅遗事"，特别是详细谈到"其与作人失和"，便大致上属于自然而然的举动，其中除了尽可能为自己谎称的"从鲁迅游"增加一点身份的伪装外，恐怕也不见得有更多的心机和目的。这里，真正需要我们细心体察的是，胡版"兄弟失和"所包含的具体内容和细节情况。

许寿裳、郁达夫、章川岛都是鲁迅的朋友。鲁迅逝世后，他们在各自的怀念文章里，不约而同地谈到了"兄弟失和"，其中对相关原因的分析，均围绕鲁迅与周作人之妻羽太信子的关系展开，主要内容可归纳为两点：一是羽太信子性情的怪异、经济的挥霍，以及鲁迅就此对周作人提出的规劝和羽太信子因此而产生的对鲁迅的忌恨；二是羽太信子诬陷鲁迅行为不端。如果拿这些说法来比勘胡兰成与夏承焘所谈的同一事件，即可发现，后者与前者有曲折相通，可以互证的一面，如在日常生活中，羽太信子对鲁迅的不满，"且虚构鲁迅相戏之词"等；但也有不同或不见于前者的一点，这就是所谓"其与作人失和，由踏死其弟妇家小鸡"。而从已知的有关"兄弟失和"的全部材料来看，胡兰成这一说法，并非是无源之水或无本之木，而是草蛇灰线，渊源有自。不妨再看许广平《鲁迅回忆录·所谓兄弟》一章，其中在谈到"兄弟失和"时有这样的表述：

> 从母亲那里听到过一个故事：在《呐喊》、《鸭的喜剧》里不是谈到过爱罗先珂先生和鸭的喜爱吗？爱罗先珂住在八道湾，和他们家人也熟了之后，他又懂得日语，语言上也没有什么不便利，有时谈起妇女应该搞些家务，"也屡对仲密（周作人笔名——作者）夫人劝告，劝伊养蜂、养鸭、养猪、养牛、养骆驼。"也就是现在所谓之搞副业罢。"有一天的上午，那乡下人竟意外的带了小鸭来了，咻咻的叫着；""于是又不能不买了，一共买了四个，每个八十文。喂小鸭的光荣任务首先要找饲料，南方是容易得到的，田边、水上的小虫，鸭自己就会寻食。至于在北京自家水池，那就又要烦劳徐坤去找。那徐坤却不费事，用高价（北京较难得，故昂贵）买来了泥鳅喂鸭，算起来买泥鳅的钱比买小鸭价还要大，这个副业也就可观了。在爱罗先珂先生或者以为忠言可以入耳，在又一次谈家常中

谈些妇女应该如何如何的话。话尚未完,信子已经怒不可遏,听不入耳,溜之大吉了。

　　毋庸讳言,在史料和史实的层面,许广平这段叙述明显存在一些可以挑剔和讨论的地方,(因与本文主旨无关,此处不拟枝蔓);同时,这段叙述的内容较之胡兰成所说的"踏死小鸡"等,亦有一定的出入。不过,倘从信息生成和话语线索的角度考察,它却分明是胡兰成"踏死小鸡"说的真正依据和唯一来源——在许广平的心目中,羽太信子养小鸭与"兄弟失和"是有一定关系的,故而将其写进了回忆录。而后来胡兰成在向夏承焘讲述"兄弟失和"的缘由时,不知是记忆有误还是别有考虑,则将这一事件做了有意或无意的嫁接和改写:小鸭变成了小鸡;羽太信子围绕养鸭而生的不满,由爱罗先珂的"不识时务"变成了鲁迅的"踏死小鸡"。如前所述,许广平的《鲁迅回忆录》初版于 1961 年。从时间刻度上看,在胡兰成与夏承焘谈论"鲁迅遗事"时,羽太信子养小鸭等情况,还只是贮存在许广平脑海里的一种意念和信息,远没有成为公共资源。既然如此,围绕兄弟失和一事,胡兰成为何能够提前道出明显出自许广平《鲁迅回忆录》的内容?要让这种不可思议变得顺理成章,唯一合理的解释,恐怕只能是当年的许广平,曾经向胡兰成讲述过自己所了解的"兄弟失和"。

　　第三,张爱玲《小团圆》第四章有这样的文字:

　　　　他(指邵之雍——引者注)算鲁迅与许广平年龄的差别,"她们只在一起九年。好像太少了点。"

　　　　又道:"不过许广平是他的学生,鲁迅对她也还是当作一个值得爱护的青年。"他永远在分析他们的关系……

　　《小团圆》是张爱玲写于 20 世纪 70 年代中期的长篇小说。这部作品虽然贴着小说的标签,但内容上具有很大程度的自传性,其中有名有姓的文学形象,大都以作家当年生活中的真实人物为原型乃至模特,而这些文学形象的许多言谈和细节,更是直接来源于作家的生命印痕和记忆库存,具有很强的纪实性和史料性。如果以上所引关于邵之雍——即胡兰成——的两段文字恰恰属于这种情况，是张爱玲对历史现场所做的"口述实录"，那么，它所流露出的胡兰成对鲁迅与许广平婚姻情况的熟知，以及胡对这桩婚姻的特殊兴趣与恒久关注，是否也可以算作胡兰成认识许广平并有些交往的旁证呢？

至于胡兰成究竟是在何时何地、因何机缘结识许广平的，由于缺乏直接的材料佐证，一时难以遽断，不过，胡兰成所提供的"战时"、"上海"这一具体时间和地点，应当是可信的。因为综观许广平和胡兰成各自的生命轨迹，只有在此时此地，他们才具备能够相识和交流的客观条件；同时，也只有在这样一个极端复杂的环境中和极度动荡的背景下，许广平和胡兰成这两位原本属于敌对营垒里的人物，才有可能产生出人意料的不期而遇或狭路相逢。

三

《小团圆》第四章还写道，比比来看九莉，九莉告诉她："有人在杂志上写了篇批评，说我好。是个汪政府的官。昨天编辑又来了封信，说他关进监牢了。"接下来是作家的客观叙述："起先女编辑文姬把那篇书评的清样寄来给她看，文笔学鲁迅学得非常像。"读过《小团圆》而又熟悉那段历史者都知道，这部自传体作品的作者、叙事者和主人公是三位一体的，即都是化身为盛九莉的张爱玲，而文中提到的那个写了评论文章称赞盛九莉的"汪政府的官"，便是胡兰成。据此，我们可以断言：在张爱玲眼里，胡兰成的文笔是学鲁迅的，而且学得非常像。

张爱玲的文学眼光不乏独到和过人之处，但是，她说胡兰成的文笔很像鲁迅，却分明落入了肤浅与皮相。事实上，在文学语言的层面，鲁迅和胡兰成尽管乍一看来，都给人以绚丽和华美的印象，但细加咀嚼即可发现，二者自有根本的不同：前者是绚丽之中有沉郁，华美之中有悲怆，由此构成复合融汇之美；后者则是沉溺于单一的绚丽与华美，直至滑向了浮艳、甜腻与妩媚。如此差异之所以存在，其原因最终要追溯到作家的精神与人格天地，而张爱玲偏偏不喜欢也不善于在这一天地里驻足费神。

　　胡兰成的文笔不同于鲁迅，但鲁迅却是胡兰成久怀崇敬和由衷喜爱的作家。胡兰成出生在一个因时局动荡故日趋沦落的农家。由于目睹了家乡经济的破败并体尝过家境衰微的艰窘，年轻时的胡兰成曾试图探究一切之所以如此的社会原因，并萌生过改造现实的愿望。为此，他一度研究马克思主义理论，同情中国共产党人，甚至有过一些靠近左翼的行为举动。很可能也是在这一时段，作为一种精神资源的拓展和汲取，胡兰成较多的阅读和了解了鲁迅，并在洞察社会、批判现实以及文风与文采的意义上，建立起对鲁迅的敬重与仰望，直至寄书给鲁迅以求教诲和支持。然而，从本质上讲，胡兰成毕竟是一个"无特操"的"荡子"。随着一己私欲的膨胀和投机心理的上升，他最终在抗战爆发后的 1939 年，不顾大节与大义，卖身投靠汪伪集团与"和平运动"，沦为罪孽深重，万劫不复的汉奸。这时，他的思想意识、政治观念发生了陡然转变，开始大肆攻击和无端诋毁中国共产党人，随之放弃马克思主义。这自然影响到他对鲁迅的解读和评价。于是，在写于 1944 年的《论张爱玲》里有了这样的表述："但鲁迅在开方上头是错了，他的参加左翼文学是一个无比的损失。他是过早地放弃了他的个人主义。个人主义是旧时代的抗议者，新时代的立法者，它可以在新时代的和谐中融解，却不是什么纪律或克制自己所能消灭的。"又说："托尔斯泰是伟大的寻求者，但一开方，就变个枯竭的香客了。鲁迅开的方是斯大林一味，也等于宗教。而在过早地放弃个人主义上头，则鲁迅和果戈理在晚年同样地被什么纪律所牺牲了。"这当中囿于政治立场的无的放矢和谬托知己显而易见。

　　然而，即使如此，胡兰成依然没有从根本上贬低和否定鲁迅，而是在替鲁迅"惋惜"和感喟的同时，照旧欣赏和推重鲁迅。还是在《论张爱玲》中，胡兰成写道：

　　　　鲁迅之后有她。她是个伟大的寻求者。和鲁迅不同的地方是，鲁迅经过几十年来的几次革命和反动，他的寻求是战场上受伤的斗士的凄厉的呼唤，张爱玲则是一株新生的苗，寻求着阳光与空气，看来似乎是稚弱的，但因为没受过摧残，所以没一点病态，在长长的严冬之后，春天的消息在萌动，这新鲜的苗带给人间以健康与明朗的、不可摧毁的生命力。

……

鲁迅是尖锐地面对政治的，所以讽刺、谴责。张爱玲不这样，到了她手上，文学从政治走回人间，因而也成为更亲切的。时代在解体，她寻求的是自由、真实而安稳的人生。

……

她是个人主义的。苏格拉底的个人主义是无依靠的，卢骚的个人主义是跋扈的，鲁迅的个人主义是凄厉的，而她的个人主义则是柔和、明净。

诸如此类在鲁迅与张爱玲之间展开的比较论析，或许未必都能经得住学理的推敲与他人的挑剔，但其中所包含的论者试图以鲁迅的成就与声望，来烘托和彰显张爱玲文学地位的用意与思路，则是确凿无误，清晰可见的。它无异于告诉读者，在胡兰成的心目中，鲁迅仍旧是中国现代文学的牢固基石和重要坐标。

其实，在胡兰成有关鲁迅的言论中，真正有点价值的并不是胡氏为捧张爱玲而发布的那些难免有夸饰之嫌的言辞，而是他在谈论其他现代作家与作品时，于不经意间表达的一些观点和见解。譬如，在《周作人与鲁迅》一文中，他这样写道：

我以为，周作人与鲁迅乃是一个人的两面，鲁迅也是喜爱希腊风的明快的……不过在时代的转变期，这种明快，不是表现于海水一般的平静，而是表现于风暴的力，风暴的愤怒与悲哀。这力，这愤怒与悲哀，正是一幅更明显的庄严的图画。这里照耀着鲁迅的事业，而周作人的影子却淡到不见了。

人们可以看出，两人的文字，对于人生的观点上，有许多地方周作人与鲁迅是一致的，几乎不能分辨，但两人的晚年相差如此之远，就在于周作人是寻味人间，而鲁迅则是生活于人间，有着更大的人生爱。

读着以上文字，我们会很自然地想起林语堂留给周氏兄弟的"冷"、"热"之论："周氏兄弟，趋两极端。鲁迅极热，作人极冷。两人都有天才，而冷不如热……冷热以感情言也。两人都是绍兴师爷，都是深懂世故。鲁迅太深世故了，所以为领袖欲所害。作人太冷，所以甘当汉奸。"（《记周氏兄弟》）显然，较之林氏的说法，胡兰成的观点多了一点文化的视野与人生的感受，因而也更具有一种知人论世的深度和力度，其褒贬也更让人佩服。

不妨再看胡兰成以下几段鲁迅论：

> 他（指诗人路易士——引者注）也有做作的地方，可是做作得很幼稚，甚至于有些地方让人联想起阿Q式的狡狯。但阿Q的狡狯还是可爱的。因为老实人装狡狯，不过使人笑，而狡狯者装老实，却使人猈，使人恐怖。"
>
> ——《路易士》

> 时代的阴暗给予文学的摧折真是可惊的。没有摧折的是鲁迅，但也是靠的尼采式的愤怒才支持了他自己。
>
> ——《论张爱玲》

> 他（指鲁迅——引者注）的滑稽正是中国平人的壮阔活泼喜乐，比起幽默讽刺，他的是厚意，能调笑。他常把自己装成呆头呆脑，这可爱即在于他的跌宕自喜，很习。而他却又是个非常认真的人，极正大的。
>
> ——《山河岁月·平人的潇湘》

这些文字或阐发作品人物的性格特征，或揭示作家内在的精神资源，或分析和描述作品风格乃至作家性情的独异之处，虽然不能说是独步一时的学术发现，但也堪称为已有的话题平添了若干新意。

当然，对于鲁迅，胡兰成亦有严重的误读或有意的曲解。譬如，他的《山河岁月》一书，曾多方阐释中华文明的先进性与优越性。其中在谈到中国历史的大善大信和言语文字的清真吉祥时，笔锋一转，突然写道："但亦有像鲁迅等人，他们说中国东西不好，那是如同年轻人的总以为自己的相貌生得不好，又如一个女孩子在打扮时对她自己生气，乃至她生气到家里人的身上，这也是可以的。年轻人要西洋东西，又像小孩子的看见别人有，马上他亦要，这也可爱。鲁迅到底是可爱敬的，只是不可以为师。他的无禁忌即是中国文明的，他对中国东西颇有一笔抹杀的地方，但红粉是为佳人，受她委屈亦心甘情愿，宁可不要别人来安慰。"这段话看似在为鲁迅所躬行的国民性批判作诠释和注解，但实际上却用一些不伦不类的比喻和绕来绕去的表述，从根本上消解了鲁迅作为精神界之战士的重要意义，同时也在很大程度上搞乱了国家与国人的关系。面对这样一种效果，我们不得不为之长叹一声：人和人之间的精神沟通，有时竟然是那样的艰难！

（原载《黄河文学》2012 年第 10 期）

"张看"鲁迅

把张爱玲和鲁迅联系起来，做或明或暗的比较评价，说来也是个老话题了。在这方面，20世纪40年代的无行文人胡兰成和20世纪60年代的海外汉学家夏志清，均曾留下过色调驳杂的印记。不过，这一话题真正进入中国大陆的学术领域，并引起广泛关注，无疑是在张爱玲"热"形成之后的20世纪八九十年代。从那时到现在，不断有学者和评论家将探索的目光投放于张爱玲和鲁迅之间，或梳理从"呐喊"到"流言"的文学进程；或解析由"孤独"到"苍凉"的精神落差；或认定张爱玲是"女的鲁迅"，"只有张爱玲可以同鲁迅媲美"；或断言张爱玲延续着鲁迅的方向，张爱玲作品"被腰斩"则意味着鲁迅"传统之失落"。平心而论，诸如此类的说法，并不缺少推陈出新的高蹈和烛幽发微的精妙，只是作为不同作家的文学对读，它们殆皆集中在了以客观阐发为主旨的"平行研究"的层面，而无形中回避或者忽略了另一个更为质实也更为细致的视角——"影响研究"（为简明扼要的说明问题，这里姑且借用比较文学的一对术语）。后者需要从特定的材料出发，通过实证性的分析，搞清楚张爱玲究竟以怎样的心态、在何种程度上接受和理解着鲁迅？套用一下张爱玲别出心裁的句式，也可以这样说："张看"鲁迅包含了怎样的主体评价？而她最终又看到了鲁迅什么？显然，对于准确有效的张鲁比较与评价而言，这是一项无法省略的基础性和前提性的工作。

正如许多人所知道的，张爱玲一向有着非常个人化的、明显区别于一般的阅读兴趣。譬如，她对中国古代章回小说的萦怀终生，对鸳鸯蝴蝶派小说的高度痴迷，对市井小报、流行读物的津津乐道等。不过，所有这些，都不曾妨碍和取代她对"五四"以降中国新文学作家与作品的关注和接受。

事实上，在这方面，张爱玲同样投入了很高的热情和足够的精力，不仅实现了相当充分的资源占有，而且很自然地将自己的一些阅读感受与文本评价，融入了笔下无拘无束的"私语"、"流言"乃至《红楼梦》研究，进而形成了与新文学作家自由而坦率的对话或潜对话。不是吗？她毫不掩饰对老舍作品的称赏，一再表示偏爱小说《二马》和《离婚》。她也无意遮盖对张资平小说的反感，公开承认"我不喜欢张资平"。对于丁玲，她分明注入了发展的眼光，认为：《梦珂》"文笔散漫枯涩，中心思想很模糊，是没有成熟的作品。《莎菲的日记》就进步多了——细腻的心理描写，强烈的个性，颓废美丽的生活。都写得极好"。对于冰心和白薇，她则流露出"童言无忌"式的不恭，明言"把我同冰心、白薇她们来比较，我实在不能引以为荣"。在张爱玲的作品中，如此这般或褒或贬，或扬或抑的文学评价，还程度不同地涉及胡适、刘半农、俞平伯、张恨水、曹禺、路易士等，它们共同构成了作家与新文学难以切割的因缘。

正是在这样的背景和向度之下，作为新文学泰斗和旗帜的鲁迅，几乎是毫无悬念、势在必然地进入了张爱玲的视线。关于这点，我们自可从张爱玲作品和相关资料里得到证明。

先来看张爱玲笔下的鲁迅。依照笔者未必全面的阅读和检索，在已经公开出版的张爱玲纪实和议论性的作品中，直接或间接提到鲁迅的地方主要有六处。兹按大致的写作或发表时间引述如下：一、《忆胡适之》写于20世纪60年代后期，收入1976年台北皇冠出版社出版的《张看》一书。该文开篇就回忆了作家1954年秋寄《秧歌》和短信给胡适的情况，并复述了短信的内容："大致是说希望这本书有点像他评《海上花》的'平淡而自然'。"注意！当年最先将"平淡而自然"的评价贻以《海上花》的，并不是胡适，而恰恰是鲁迅。关于这点，鲁迅的《中国小说史略·清之狭邪小说》写得明明白白；胡适在为《海上花》作序时，虽引用了鲁迅的评价，但亦说得清清楚楚，实在无意掠美。但作家却似乎无视这些，硬是将"平淡而自然"的版权塞给了胡适，个中缘故既令人费解，又让人回味。二、写于1976年前后、收入1988年台北皇冠出版社出版的《续集》一书的《关于〈笑声泪痕〉》，是作家为澄清香港市场的盗版图书所做的声明。其中有这样一段："有人冒名出书，仿佛值得自矜，总是你的名字有号召力……被剥削了还这样自慰，近于阿Q心理。"这里的阿Q无疑指的是鲁迅小说中的人物。三、同样收入《续集》之中的《谈吃与画饼充饥》一文，沿着作家关于"吃"的记忆谈到鲁迅的译作："几年后我看鲁迅译的果戈里的《死魂灵》，书中大量收购已死农奴名额的骗子，走遍旧俄，到处受士绅招待，吃当地特产的各种鱼馅包子……鲁迅译的一篇一九二六年的短篇小说《包子》（张爱玲记忆中的篇名有误，从情节看当为淑雪兼珂——今译为左琴科——的《贵家妇女》），写俄国革命后一个破落户小姐在宴会中一面卖弄风情说着应酬话，一面猛吃包子。"这说明作家对鲁迅的译作是熟悉的。四、刊于1983年台北《联合报》副刊的《国语本〈海上花〉译后记》，围绕刘半农对该书的评价写道："刘半农大概感性强于理性，竟轻信清华书局版许堇父序与鲁迅《中国小说史略》所记传闻，以为《海上花》是借债不遂，写了骂赵朴斋的。"以下还有介绍胡适分析许、鲁所记传闻并列举其矛盾之处的文字。看来作家对于作为学者的鲁迅亦不陌生。五、《小团圆》是作家写于1975至1976年间，此后又不断增补修订，直到近日才刚刚面世的自传体小说，书中托名盛九莉的作家在谈到恋人邵之雍——即胡兰成时，曾认为他"文笔学鲁迅学得非常像"，质之以胡兰成的文本，此话难免攀附与溢美之嫌，但从另一方面看，却也在无形中流露出作家对鲁迅文笔的肯定与欣赏。六、《四十而不惑》初载1994年2月《皇冠》第四百八十期，系作家为皇冠出版社成立四十周年献上的祝福。内中这样写道："我从前看鲁迅的小说《祝福》，就一直不大懂为什么叫'祝福'。祭祖不能让寡妇祥林嫂上前帮忙——晦气。这不过是负面的影响。"看来，作家涉猎的鲁迅小说还具有一定的广度。以上几段文字表述，虽然各有各的语境，也各有各的所指，但作为张爱玲直接和具体的涉鲁之谈，却又不无明显的相通之处：第一，从时间刻度看，它们均出现在张爱玲离开大陆，定居美国之后，而不是在此之前，这是否意味着作家对鲁迅的认识和态度有一个逐渐深化的过程？或者说她直接谈论鲁迅需要一个远离中国现代文学现场的海外环境？第二，依言说方式论，它们都是张爱玲在讲述其他问题时，无意中借用或扯出了鲁迅，而不是正面针对鲁迅的有感而发，因此也就不曾涉及有关鲁迅的具体分析与评价，这难免让人生出猜测：在公共空间或公开场合，张爱玲是不是故意回避着对鲁迅的发言？

再来看相关资料里的"张看"鲁迅。《山河岁月》是胡兰成最早的著作。其中《平人的潇湘》一文，涉及作者亡命温州时同张爱玲相见的一些情况。该文写道："爱玲也说鲁迅的小说与《三闲集》好，他的滑稽正是中国平人的壮阔活泼喜乐，比起幽默讽刺，他的是厚意，能调笑。他常把自己装成呆头呆脑，这可爱即在于他的跌宕自喜，很刁。而他却又是个非常认真的人，极正大的。"坦率地说，这段话的用语和断句似乎均有毛病，以致造成了表达的含混——我们搞不清起句之后的一大段议论，究竟有多少是张爱玲的见解，又有多少是胡兰成的发挥。不过从整段文字的意思看，说张爱玲认同从"认真"而又"滑稽"的角度欣赏鲁迅的小说和杂文，恐怕并不算离谱。倘若果真如此，那么应当承认，张爱玲还是捕捉到了鲁迅作品的某些特点的，这当中她自己对讽刺艺术的熟稔和看重，大约起到了桥梁作用。

水晶是到美国做过张爱玲专访的台湾作家，他写的《夜访张爱玲》于1971年披露于台湾《中国时报》，产生过广泛影响。在这篇专访里，水晶有这样的记述："谈到鲁迅，她（指张爱玲——引者注）觉得他很能够暴露中国人性格中的阴暗面和劣根性。这一种传统等到鲁迅一死，突告中断，很是可惜。"如果说张爱玲认同"认真"而又"滑稽"的说法，还只是对鲁迅作品某种风格和元素的局部把握，那么，水晶转述的这段满是惋惜的张氏话语，则无形中接近了鲁迅思想与作品的内质。因为数十年来的鲁迅研究已经证明，深入而无情地解剖和批判国民性，进而达到由"立人"到"立国"的目的，正是贯穿鲁迅全部文学和社会实践的一条基本线索。这里，张爱玲大抵是凭着自己的生活观察、人性体验以及艺术直觉，同鲁迅形成了深层的沟通与呼应，而她的作品也恰恰是在这一维度上，呈现出与鲁迅作品的殊途同归和异曲同工。明白了这一点，我们也就明白了当年的傅雷为什么会在张爱玲的《金锁记》里读出"《狂人日记》中某些故事的风味"。而在这一意义上，水晶将张爱玲说成是"鲁迅的私淑弟子"，庶几并非信口开河。

在分别梳理和清点了作家作品与相关材料里"张看"鲁迅的内容之后，我们不难发现，相对于前者诉诸笔端，写入文章的公众场合的涉鲁言说，后者只是转述了作家于私人空间里表达的有关鲁迅的一些看法。而事实上，偏偏是这后一种私下里的表述与交流，真正承载着作家对鲁迅的敏锐洞察与客观评价，代表着她特有的鲁迅观。这时，有一种疑问便显得无法回避：张爱玲对鲁迅既然有着独特的把握和深层的理解，那么，她为什么不愿意在自己的文章里畅所欲言，反而有些闪烁其词呢？毋庸讳言，要圆满可信地回答这个问题，最好依据作家准确无误的"夫子自道"，然而，在此一条件目前尚不具备的情况下，我们仍然可以做一些尽可能周延的分析与推测：由于受家庭、阅历、环境、文化等方面的影响，张爱玲对历史上的左翼文学是怀有诸多不满的，但是，一种源于西方的相对纯粹的文学观念，却又让她近乎天真地奉行着所谓创作不涉及政治的原则，用她自己的话说就是："自从一九三几年起看书，就感到左派的压力，虽然本能的起反感，而且像一切潮流一样，我永远是在外边的……"正因为如此，当她面对一向被尊为左翼文学领袖与旗帜的鲁迅时，虽然敏感而清醒地察觉到他与许多左翼作家的不同，以及他较之他们的杰出与高明——顺便说一句，她之所以偏爱《三闲集》，或许就是因为从中看到了鲁迅对"革命文学家"的质疑与反诘——但却仍然不愿意公开赞扬鲁迅，因为那样会破坏她远离政治，独往独来的处世原则，也会影响她永远在潮流之外的自选形象。如果这一番分析与推测可以自圆其说，那么，我们对张爱玲的认识和理解，是否也可以由此更深一层呢？

（部分内容载《文汇报》2009 年 5 月 17 日，全文载《文学界》2009 年第 8 期。）

如磐风雨里的少年鲁迅

——读张梦阳《鲁迅传·会稽耻》

在现代中国，鲁迅作为观念和学术形态的存在，早已是连篇累牍，卷帙浩繁；但作为艺术和审美形态的存在，却始终凤毛麟角，颇为罕见。如果说在影视天地里，近年来终于有了濮存昕、孙维民创造的鲁迅形象，那么在文学领域，鲁迅的风神气质、音容笑貌依旧几近空白。此种状况之所以出现，当然不能完全归咎于作家的浮躁或慵懒，其中一个更重要的原因不能忽视：以经典的、信史的态度，塑造鲁迅的文学形象，委实不是件容易的事情。这里且不说要把鲁迅这样一位基本在案头度过了一生的文学大师，转化为动态立体的人物形象，需要作家付出多少超常的、格外的精思与才情；即使单就写作者的资质而言，便必须是集作家和学者于一身。即一方面要像作家那样，善于营造细节，设置场景，渲染气氛，驾驭形象；另一方面又要像学者那样，能够了解史实，掌握材料，明辨真伪，揭示意义。而这对于绝大多数写作者来说，常常属于可望而不可即的。正因为如此，当我获知一向钟情于文学创作，同时又长期从事鲁迅研究且硕果累累的张梦阳先生，正全力撰写关于鲁迅的长篇传记小说"苦魂三部曲"时，遂有一种欣慰之情浮上心头——鲁迅的文学形象终于有了足以胜任的塑造者；及至读了作家的"苦魂三部曲"之一《鲁迅传·会稽耻》（华文出版社 2012 年 1 月初版），我的内心于由衷的欣悦之外竟又增添了热切的激赏：这部作品虽然只是描写主人公早年由"小康"到"困顿"，再到"走异路，逃异地"的成长经历与生活场景，但立意高远，文思缜密，匠心独运，其若干富有创意的审美追求和堪称个性化、陌生化的艺术描写，不仅成功地展现了青少年时代的鲁迅，而且为塑造完整的鲁迅形象拓展了通道，积累了经验。换句话说，一部《鲁迅传·会稽耻》在具备了相对独立的艺术价

208

值的同时，也为整个"苦魂三部曲"的持续展开，奠定了良好的基础。

翻开《鲁迅传·会稽耻》，我们可以看到，这部旨在展现鲁迅"成长史"的长篇作品，并没有严格按照自然时序，对鲁迅由少年到青年的生活经历做年轮式的跟踪和历数，而是自觉截取 1893（清光绪十九年）至 1902 年（清光绪二十八年），即鲁迅十二岁到二十岁这八年多的生活情景，作为基本叙事进程，加以重点演绎和描绘，同时运用巧妙的回忆和适时的倒叙，交代鲁迅童年的一些重要情景。作家之所以做这样的选择和调度，乍一看来，仿佛只是遵循了文学写作的基本伦理，即合理使用艺术笔墨，有重点而又讲效果地表现主人公的性格特征和成长岁月；但仔细品味，则不难发现，它实际上包含了作家更加深邃也更见绵密的艺术思考。如众所知，1893 年秋天，原本生活安逸的少年鲁迅，突然遭遇惊天大事：祖父因科场舞弊案被关入杭州府狱，并由此引发父亲功名被革、生病去世，直至家庭急剧败落等连续性灾变。这一番突发性事件对鲁迅一生造成了深远而巨大的影响。关于这点，鲁迅后来在广州回答青年学生的提问时，曾做过这样的表述："我小的时候，因为家境好，人们看我像王子一样，但是，一旦我家庭发生变故后，人们就把我看成叫花子都不如了，我感到这不是一个人住的社会，从那时起，我就恨这个社会。"李泽厚亦认为："鲁迅的多疑可能与他'从小康落入贫困'等人生经历有关，他看透了人情世俗的虚伪，'从中可见世人的真面目'，从而怀疑一切被称为美好的东西。"这就是说，家庭的衰败、境遇的逆转与鲁迅思想感情的变化，直至最终成为民族根性的反思者与社会制度的批判者，是密切联系在一起的。正因为如此，《鲁迅传·会稽耻》开笔即写鲁迅家庭的"惊天大事"，实际上就是将少年鲁迅精神成长的背景、条件与过程，一起推向了前台，使其成为贯穿整部作品的一条主线。而接下来，作家写鲁迅和周作人被送到皇甫庄舅父家避难，被恶邻称作"讨饭胚"、"叫花子"；写鲁迅小小年纪就挑起家庭重担，奔走于当铺和药房，受尽白眼与侮辱；写他在台门里遭受势利族人的无端歧视和蓄意欺负；写他目睹的扭曲畸形的世相百态和动荡不安的社会变局；当然，也写他的苦闷与醒悟，思考与追寻。所有这些，都是对这一主线的准确勾勒和精心描摹。它们穷形尽相而又入木三分，层层皴染而又步步递进，最终把少年鲁迅在逆境中酿就"苦魂"的心路历程，亦即作品预设的基本主题，生动鲜活，极富质感地呈现在了读者面前。

　　显然与梦阳确立的以上主题和主线相关，《鲁迅传·会稽耻》在全书结构的设计上，亦使用了属于作家自己的方式与策略。这就是：从突出和强化少年鲁迅心灵世界与精神成长的宗旨出发，有意淡化经向的情节链条和故事特征，而在保持大致的生命向度和时间脉络的基础上，着力做纬向的笔墨拓展和散点透视，以此形成富有开放性和写意性的叙事空间。你看：全书的各个章节虽有既定的意脉和人物相连，但其各自聚焦的场景和讲述的内容，却大都是一个个相对独立，自成格局的单元。具体来说，序幕"绍兴古街"，先从宏观上勾勒作品锁定的地域风貌，同时先声夺人，爆出周福清的大案。接下来的十九章正文及尾声，则分别围绕"三味书屋"、"周家新台门"、"乌篷船"、"皇甫庄"、"杭州狱府"、"娱园"、"东昌坊口"等一系列特定时空，展开一种具有跳跃性和辐射性的描写，从而将少年鲁迅置于一个多维多变的成长环境，同时也使鲁迅的性格及其所处的时代，得到了立体开阔和有机统一的展现。

　　而在每一个单元内部，多个灵动摇曳，活色生香的小"板块"，比肩而立，相映生辉。如第四章《皇甫庄》，依次写了"偏要吃给你们看！""琴表妹"、"一定要报这恶狗的仇！""复仇"、"影写绣像"、"范啸风"、"女吊"；第八章《归家》，先后出现了"梅雨"、"酒客"、"街市"、"早"、"《花镜》"、"阿云"。这些小版块固然重在讲述关于鲁迅或与鲁迅有关的情节与细节，藉此构成作品真实细密的生活质地；但同时又不忘在其中营造一种背景、一种情调、一种氛围，一种或浓或淡，或隐或现的精神投影。而所有这些，最终都归结为一个目的——烘托和映现在少年鲁迅身上逐渐集结形成的那颗"苦魂"，以及这"苦魂"所蕴含的一种沉哀凄婉之美。面对这样的文字表达，我们不禁想起鲁迅在《中国小说史略》里对《红楼梦》中荣国府和大观园的精彩描述："悲凉之雾，遍被华林。"其实，那走向败落的周家台门和风雨飘摇的绍兴古城，又何尝不是内囊将尽的荣国府和三春过后的大观园？当然更会联想到鲁迅那著名的诗句："灵台无计逃神矢，风雨如磐暗故园。"（《自题小像》）当年孕育了鲁迅"灵台"的故园，果真是"风雨如磐"！显然，从整体结构入手，追求隽永的情境和浓郁的诗意，洵为一部《鲁迅传·会稽耻》的突出个性和可贵优长。

　　按照梦阳的定位，《鲁迅传·会稽耻》连同整个"苦魂三部曲"都属于传记小说。这便意味着作家笔下的鲁迅形象，兼顾了传记的真实性和小说的艺术性，是这两种元素尽可能完美的嫁接与融合。对此，作家曾有真诚的告白：我的基本创作原则，"与现在创编历史题材影视剧所提出的口号相同：'大事不虚，小事不拘'。力求艺术地再现鲁迅的真实原貌和他所处的历史环境。绝对不能胡编，更不能戏说。故事主干必须严格遵循历史真实，做到言必有据。为了文学的需要，枝节部分可以适当虚构和调整，但也必须合理"。从目前已有的阅读效果看，作家是实现了自己的创作预期的，一部《鲁迅传·会稽耻》，无论"不虚"的"大事"，抑或"不拘"的"小事"，大都处理得稳妥恰当，流畅自然，从而在较高的层面上获得了传记性和小说性，亦即真实性和艺术性的双赢。

　　不过，在这双赢的二者之中，我更看重的是后者，即一部《鲁迅传·会稽耻》在"小事不拘"方面表现出的艺术匠心与小说功力。这不仅因为作家的身份本位是学者，立言"不虚"早已成看家本领，而行文"不拘"方更见挑战性与超越性。同时还鉴于《鲁迅传·会稽耻》作为传记小说，其"不虚"固然重要，但却是许多鲁迅传记的共同品格和普遍追求；而"不拘"才是小说的个性所在与魅力所藏，也是"这一部"鲁迅传记的别具慧心，戛戛独造。令人欣喜的是，在这一维度上，梦阳和他的《鲁迅传·会稽耻》用心良苦，出手不凡，其行文落笔、绘影传形，多有可圈可点之处。不妨来看全书序幕中的"惊天大事"一节。这一大段全从想象中得来的文字，写县衙差役到周家新台门捉拿犯官周福清的场面。那并排而行的高头大马，那鸡飞狗跳的骇人气势，那颐指气使，故作张扬，其目的却在于勒索钱财的心理与做派，不仅活画出旧时衙门的恶习，而且渲染了一种气氛，以此烘托着周家的大祸临门，进而奠定了全书抑郁悲凉的叙事基调。第四章中的"复仇"一节，讲述少年鲁迅带领皇甫庄的小伙伴，机智地打死了富人家放出的意在欺负穷孩子的恶犬。这个笔墨简约的情节，虽然没有多少"本事"可依，但是却既符合少年儿童简单直接的报复心理，又埋下了鲁迅性格中刚毅、抗争、疾恶如仇的伏线。从这一意义讲，"不拘"并非真的可以随心所欲，而是仍然要顾及人情事理，要遵循人物的性格逻辑。书中的"冬雨"、"春雪"、"慰藉"、"无言"等多个小节，点染了少年鲁迅与表妹琴姑的心灵相通和两情相悦。此事在周建人的回忆中，可以找到一点史实的影子，但转化为文学场景却主要靠作家的虚构。而就实际的艺术描写看，则充盈着灵动、简约、内敛、含蓄的风致，且常常伴之以诗情画意，其结果不仅丰富了少年鲁迅的心理与情感空间，而且为展现他未来的婚姻与爱情生活，提供了有用且有益的元素。此外，三味书屋中鲁迅对阵"小头鬼"；娱园内鲁迅和四个表姐妹笑堆雪罗汉；窘困中鲁迅夜读李长吉；以及安桥头家中鲁瑞与琴姑融洽相处，杭州府狱里周福清的愤然骂皇帝等，都写得出神入化，恰到好处，从不同的角度彰显了鲁迅的少年风貌，以及那个时代的生活状况。香港作家刘以鬯在谈到传记小说时认为：这种文体"可以用文学色彩使想像穿上真实的罩衣"。窃以为，《鲁迅传·会稽耻》中的艺术笔墨，恰恰具备了这样的特征。

应当指出的是，《鲁迅传·会稽耻》在追求传记性和小说性、真实性和艺术性双赢的过程中，还承载着作家一些更为细致也更见绵密的文心与才情。这突出表现在两个方面：一是出于增强作品小说性与艺术性的考虑，精心酿造活色生香的地域风情，以浓郁而纯正的"绍味儿"吸引和感染读者。翻开《鲁迅传·会稽耻》，有关景物与民俗的描写，像一连串晶莹璀璨的彩珠，竞相辉映，目不暇接。其中既有俯瞰"古街"的宏观勾勒，也有聚焦"当铺"的微观描摹；既有"上坟"、"葬仪"那样的工笔图，也有"春雪"、"梅雨"这般的写意画；既有茴香豆、盐煮笋、炸臭豆腐之类的食用之物，也有酒店、台门、书屋、寺庙这样的出入之所。此外还有乌篷船、夜航船、拜师父、祭灶、祝福等奇异的事物与场面，以及师爷、地保、"女吊"、"破脚骨"等特殊人物。凡此种种，不仅把我们带入了清末民初别具风情的浙天绍地，而且使我们更深刻地认识了在这片天地里成长起来的鲁迅，正所谓："一方水土养一方人。"二是从强化作品的传记品格和史实元素着眼，将鲁迅笔下的人物原型和生活素材，审慎而巧妙地引入文本，融入叙事。周作人等人的考释文章证明，鲁迅小说中的人物形象每每具有真实的生活原型，而这些原型大都来自作家的少时闻见和故乡经历。这实际上给鲁迅传记的书写提出了一个要求：必须恰当合理地展现传主的小说形象与生活经验之间的关系。梦阳显然清楚个中道理，他的《鲁迅传·会稽耻》在这方面颇下了一番衍化、想象和梳理、调度的心力。于是，随着场景的转换，作品中出现了朴实、健壮，比男工还能做，但后来却被娘家人抢走了的女佣"阿祥嫂"；丈夫去世，孩子病亡，嘴里不停地喊着"宝儿"、"阿宝"的疯寡妇连四嫂子；住在土谷祠里，"饿得精瘦"，但仍要唱"我手执钢鞭将你打"的阿桂，以及他和"小个子"之间上演的"龙虎斗"；喜欢喝酒，竟稀里糊涂朝烧饭妈妈求爱的周桐生；知道"回字有四样写法"，却只能向酒店小伙计表达优越感的老童生孟夫子……所有这些，不仅点缀和活跃了作品本身的形象与场面，而且通过这种形象和场面，开启了读者的思考与想象，使他们从生活与艺术的特殊角度，进一步理解了鲁迅小说的构思过程与典型化特征。记得老作家端木蕻良曾说过：他写长篇小说《曹雪芹》不是"生搬硬套《红楼梦》，而是提供出《红楼梦》的素材"。看来，一部《鲁迅传·会稽耻》，亦在一定程度上揭示了鲁迅小说的素材来源，及其实现艺术整合的奥秘。

毫无疑问，《鲁迅传·会稽耻》是一部有创意、高水准的优秀作品。然而，正像所有的优秀作品都不可能尽善尽美一样，《鲁迅传·会稽耻》亦难免存在局部的美中不足。依我未必准确的看法，这主要表现为两点：第一，在关于鲁迅与琴姑的描写中，加入《红楼梦》的内容或许不够妥当。根据史料的提示和作品的设定，鲁迅与琴姑最初的相互好感，发生于1893年秋天，即鲁迅到皇甫庄避难期间。当时，鲁迅刚满十二岁，琴姑的年龄则更小，这决定了他们之间的感情，只能是青涩的、朦胧的、若有若无的，而《红楼梦》爱情描写的加入，则使他们之间不那么自觉的情窦初开，一下子成熟化和成人化了，结果是减弱了这类文字应有的雾里看花的韵致，同时也让人觉得多少有违心理和生活的真实。第二，全书出现的人物太多，仅据书前的"人物表"统计，有名有姓者已是八十有余，如再加上形形色色的过场人物，恐怕早已逾百人之数。这么多人物挤在一起，自然使其中的一部分很难获得必要的表现空间，以致常常于转瞬即逝中显得来去匆匆，面目模糊。在这方面，我觉得，作家的失误似乎在于，太想从人物群像和家族谱系的角度还原历史的真实。其实，就传记小说的人物设置而言，发挥"小事不拘"的优势，做些删繁就简，归纳整合和突出重点的工作，效果可能更好。

注　释

[1] 薛绥之主编:《鲁迅生平史料汇编》第4辑,天津人民出版社1983年版,359页。

[2] 李泽厚、刘再复:《彷徨无地后又站立于大地》,刘再复《鲁迅论·代序》,中信出版社2011年版,卷首。

[3] 张梦阳:《我生命的结晶》,《文艺报》2012年2月27日。

[4] 刘以鬯:《萧红传·序言》,江苏文艺出版社1993年1月版,卷首。

[5] 钟惟:《端木蕻良与〈曹雪芹〉》,《文汇报》1980年11月23日。转引自孔海立:《端木蕻良传》,复旦大学出版社2011年版,172页。

（原载《野草》2012年第4期）